U0901773

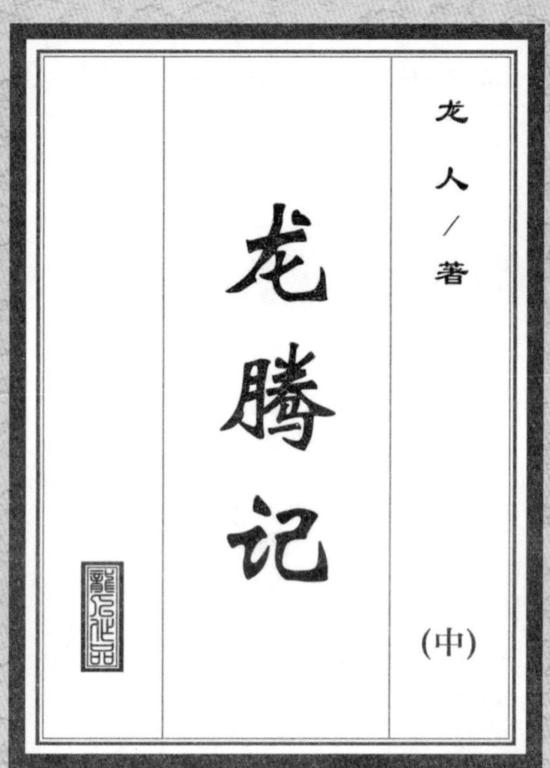

龙腾记

(中)

龙人／著

二十一世纪出版社集团
21st Century Publishing Group
全国百佳出版社

图书在版编目(CIP)数据

龙腾记:全3册/龙人著.-- 南昌:二十一世纪出版社集团,2017.12

ISBN 978-7-5568-3242-2

Ⅰ.①龙… Ⅱ.①龙… Ⅲ.①长篇小说—中国—当代 Ⅳ.①I247.5

中国版本图书馆CIP数据核字(2017)第289906号

龙腾记:全3册 龙 人 著

责任编辑 敖登格日乐

出版发行 二十一世纪出版社集团
(江西省南昌市子安路75号 330025)
www.21cccc.com cc21@163.net

出 版 人 张秋林

经　　销 新华书店

印　　刷 北京市兴怀印刷厂

版　　次 2018年5月第1版 2018年5月第1次印刷

开　　本 710mm × 1000mm 1/16

印　　张 45

字　　数 441千

书　　号 ISBN 978-7-5568-3242-2

定　　价 150.00元(全3册)

赣版权登字—04—2017—895

如发现印装质量问题,请寄本社图书发行公司调换 0791-86524997

目 录

第十四章　魔焰嚣张 …………………………………………………… 1
第十五章　别有洞天 …………………………………………………… 18
第十六章　龙尊遗墓 …………………………………………………… 36
第十七章　洞天之中 …………………………………………………… 53
第十八章　千毒老怪 …………………………………………………… 67
第十九章　除魔联盟 …………………………………………………… 83
第二十章　决战魔教 …………………………………………………… 100
第二十一章　高手对决 ………………………………………………… 116
第二十二章　意外之变 ………………………………………………… 134
第二十三章　蒙古公主 ………………………………………………… 150
第二十四章　漠外高手 ………………………………………………… 170
第二十五章　一代枭雄 ………………………………………………… 186
第二十六章　成吉思汗 ………………………………………………… 200
第二十七章　大闹元营 ………………………………………………… 216

第十四章　魔焰嚣张

想了半天，韩丐天主意已定，他决定不能让敌人蒙住了双眼，在他的心中，目标只有一个，那就是组织丐帮弟子抗击元军，等他回过神来，丐帮长老和日月神教的堂主已混战在一起。

韩丐天大吼一声，站在那里双掌平胸推出，丐帮的六大长老和日月神教的三位堂主，像是被分开之后又串在一起，排成一串而倒地，接着轰的一声，韩丐天庞大的身躯也"砰"然倒地，胸口鲜血长流。

韩丐天双掌平推，手上已使了两股内力，左手把丐帮长老用内力分开，拉出来排成队，右手把日月神教的堂主排成队，这些长老和堂主站在一起，高低伏窜，必须用内力带动第一个长老靠近第二个，然后从高处拉下，左边拉到右边，排好队，掌力一吐，长老和堂主就依次跌坐在地。

柳天赐心想：能将内力运用到这等地步真是震古烁今，这跟韩帮主在山村用筷子射杀两个日月神教的跟踪者是一个道理。

柳天赐想着想着，忽然心里一亮，这"丐圣"的"隔山裂岳掌"和武当的"百变神功"、大理的"随形剑气"，还有"不老童圣"的"弯路又蹦又跳射人针"之间有异曲同工之妙，他们都是以深厚的内力为基础，只不过运气和发力的方式不同而已。

"隔山裂岳掌"至刚至猛，内力所至，能上能下，能左能右。"百变神功"是将内力化作拳掌爪，然后使出各种各式发出内力。"随形剑气”是将内力凝聚手指，并上下左右追影随形。“不老童圣”将内力运在银针上，所发出的银针在内力的催动下弯弯曲曲，上上下下。

其实这四位武林前辈的内功都达到出神入化的境地，虽然大理的段永庭，他未谋面，但他可以想象得到，所以他们能将体内的内力随心所至的发出来，或转弯，或上下，或跳跃……

柳天赐想到这里，心里一喜，他忘记了周围人的存在，双掌平推，一股深厚的内力从掌中源源不断地吐出，如大江奔流，意念所至，只见他前面的丐帮弟子，东倒西歪，上窜下跳，忽左忽右，乱七八糟地向前跌倒。

群丐看到帮主神功一现惊诧不已，堂主和长老是跌倒并没受伤，从地上爬起来，最后一个仰在地上爬起来时，众人发出“啊”的一声惊叫，原来地下的方砖已裂得粉碎，韩丐天为了将他们分开，但又不伤他们，将这股至刚至猛的“隔山裂岳掌”传到方砖下，长老和堂主只是这股内力的载体，韩丐天激起全身内力，胸口的剑伤撕裂，人也向后跌坐。

群丐大张嘴巴看着台上，突然，丐帮中间一片哗然，人群跌倒一片，像龙卷风吹倒了一地的麦子，由于人太多，群丐弄不清怎么回事，以为中间有人扰动，上官红侧头一看，见柳天赐像韩丐天那样的掌平推站在那里，面带惊喜，赶忙一拉，柳天赐回过神来站好，群丐回过头来惊讶无比，愤怒地望着他俩，但怎么也想不到一个小小的丐帮弟子身上一个袋都没有，在一时之间悟出了这行内力的神功。

上官红朝群丐一吐舌头，然后怔怔地看着柳天赐，心想：你怎么也会，柳天赐惊喜地望着她，上官红也感到惊喜无比，两人相视而笑。

段安柯躺在地上，鼻血长流，“十二剑女”赶紧扶起他，慌成一团，在他身上捶捏拍掐，段安柯见向子薇飞身来救，心里感动不已，后听到向子薇的两声尖叫，扑倒在地，赶快跑过去扶向子薇，向子薇斜眼看到少女在她身上捏来摸去，本来就恼火，段安柯关切地跑过来扶她，气不过，手一挥，粉拳正砸在段安柯的鼻子上，段安柯的鼻子又流出两股鼻血，嘴里叫道："子薇，你怎么拳打南山。"向子薇不由"扑哧"一笑，段安柯顿觉一片春光明媚，赶紧扶起向子薇站起来，向子薇却把他推到一边，段安柯一脸愕然地站在一边，向子薇却不看他，一脸冷漠。

上官红一笑，心想：我这表妹醋心不小，又掩耳盗铃，怕别人发觉和段安柯好，故意藏情，都是初恋少女，上官红为她这种发现兴奋不已，斜睨柳天赐，没见柳天赐柔情脉脉地望守她，又感到一阵失望。

"哒哒哒……"南边传来一阵急骤的马蹄声，人们的视线向南转去。

一行二十多人，马到丐帮弟子的外围戛然而止，一勒马头，马前蹄扬起，发出一阵嘶鸣，二十多人，身影"嗖嗖"从群丐的头顶飞越而过，凌空踏步冲到点将台上。

柳天赐和上官红惊叫一声，台上的长老纷纷操起打狗棒一围，日月神教堂主更是惊讶无比，呆立台上……

只见阮楚才皮肤白净，面颊潮红，身上穿着日月神教的黑色大褂，头上束着墨绿玉环，腰上系着一把宝剑，傲然屹立在台中。

跟在他后面的是"西天五杀"和许多不认识的人，皆穿着日月神教的衣服，冷冷地站在后面。

更令上官红和柳天赐吃惊的是，失踪了好几天的绿鹗，被"西天五杀"挟持着站在台上，显然是被点了穴道，撅着嘴巴，眼珠乱转。

群丐见有人踩头而过，纷纷破口大骂，见来人引起台上的骚动，台上人脸色大变，就停下咒骂注视台上，心想：今晚怎么回事？

阮楚才"嘿嘿"冷笑道："韩帮主，你那'隔山裂岳掌'威力可不小啊，想杀人灭口！"说着，大踏步走到"向天鹏"的棺材前，眨巴眨巴竟挤出了两滴眼泪，说道："向大哥，我柳天赐今天为你报仇来了，给我取下这老贼的人头，我要用他来奠祭向大哥。""西天五杀"等二十多人挥动兵器，向丐帮长老和韩丐天围杀过去。

除了柳天赐、上官红和绿鹦几人外，其余的人无不震惊，原来这个就是被向天鹏亲口任命的日月神教的第二任教主“柳天赐”，这早就成了江湖人众所周知的新鲜事，柳天赐已被人传得神乎其神。

而使丐帮长老感到惊恐的是“柳天赐”后面的二十来个魔头，什么“西天五杀”、“南海六魔”、“三大淫魔”、“寒冰门”……这些都是在江湖上名声显赫的嗜杀成性的魔头，怎么都穿着日月神教的衣服，跟着柳天赐，他们走上来就杀，魔性十足，凶残无比地杀了过来。

裴曾法等丐帮长老来不及多想，挥舞着打狗棒挡在韩丐天面前，刀光剑影，好一场恶战！

日月神教四位堂主和舵主知道向大哥传位给新教主柳天赐，但从未谋面，今天突然一见“柳天赐”是个面白颊红文弱的二十岁左右的青年人，皆惊疑不定地站在一边。

阮楚才眼光一扫，冷声说道：“怎么，莫堂主，你们不想为向大哥报仇？”

日月神教向教主一向命令如山，全教无不服从，加上教规极严，各堂主虽然与向天鹏私下里以兄弟相称，大块吃肉大碗喝酒，但在命令面前毫不含糊，尽管心里觉得这样以多欺少胜之不武，还是操着兵器加入混战。

“西天五杀”的王少杰扣着绿鹦的琵琶骨站在阮楚才一边。

韩丐天冲天而起，如大鹰扑食，向阮楚才扑去，牛眼圆睁，胸口一片血渍，大叫道：“阮楚才，你这小孽种，我韩丐天先毙了你！”说着一掌向阮楚才扑去，这一掌带着排山倒海之势。

阮楚才哪敢怠慢，身子一侧，一招“魔剑藏针”伸出两指向韩丐天的肋骨点去，这一招真是见缝插针，甚是诡秘，令人防不胜防，但韩丐天何等神勇，身形在空中扭转，右掌一带，左掌直取阮楚才的天灵盖，这也是一招两败俱伤的打法。

阮楚才身子一侧，一招“魔剑扬波”，两指翻飞，直戳韩丐天的“劳宫穴”。

柳天赐看得心惊肉跳，他以前在九龙帮见过阮楚才，使了师父黑魔的一招“魔剑藏针”，就吃惊不小，现在又使了一招“魔剑扬波”，不由瞪大双眼，凝神屏息观看。

尽管阮楚才学会了“天魔”剑只攻不守的诡秘奇招，但韩丐天还是能破解，因为两人功力相差太远，何况阮楚才翻来覆去就是那么两招，韩丐天瞅准空隙，一招“霸王托天”迎着阮楚才的手指推去，“轰”的一声，阮楚才身子腾空而起，向台下跌去，摔在群丐头顶，将台下的群丐打倒一片，翻滚落在地上，吐了一口鲜血。

日月神教的堂主大吃一惊，正在酣战，没想到韩丐天如此神勇，擒贼先擒王，在身受重伤的情况下竟有如此一击，以为新教主又遭毒手，恼怒不已，众舵主冲到台下，分开群丐，将阮楚才扶了起来，四堂主挥着兵器一起杀向韩丐天。

韩丐天虎吼一声，奋掌平推，劲风大作，站在点将台边沿的丐帮弟子纷纷向后退去，群丐一阵骚动，不一会儿，鲍云威和陈少雷又被震飞台下。

这边“西天五杀”和“南海六魔”等二十多个魔头将丐帮长老纠缠，丐帮长老都是江湖顶尖高手，全力以拼，未露败迹，但也是全身而战，颇为吃力，不多时都汗透衣衫。

众舵主见韩丐天如此神勇，扶着阮楚才，呆在一边，不敢迈前，谁知阮楚才血口模糊地说：“你们怎么畏缩不前，快，将韩丐天的人头斩下替向教主报仇，我不要紧。”众舵主一凛，是啊，我怎么贪生怕死，这新教主果真肝胆英雄，自己生死不顾，一心只想着向大哥的大仇未报，于是不顾一切地冲向韩丐天。

其实阮楚才是听到韩丐天直呼其名而冷汗一流，既然知道他的名字，就知道他底细，不禁心惊肉跳，心想：这老叫化子，难道知道这些阴谋，于是招呼众舵主围攻韩丐天。

韩丐天如衰草的头发尽散于额，胸口的一道剑口，往外渗血，将前衣都染红了，掌影翻飞，将周身一两丈搅得飞沙走石，水泼不进，不多时，又有四个舵主震飞到台下，大叫道："大家快停手，我们不要上了小贼借刀杀人的当。"

阮楚才捂着胸口站在一边，听见韩丐天一喊，也大叫道："韩丐天，你杀了我向教主，还人模人样的大谈英雄救国之事，想用瞒天过海之法欺骗全武林。"

韩丐天又是一声虎吼，震飞了两位面前的舵主，径直向阮楚才欺了过去，双手一抓，想把阮楚才擒住，阮楚才似乎早就知道他有这么一下，身子一闪，从王少杰手里抓过绿鹦往前一挡。

韩丐天在此以前就与阮楚才交过手，他一路从九江跟踪阮楚才到襄樊，后见"西天五杀"夜里潜入"望家池"，趴在窗户向里吹毒，然后背起两个人准备溜回去，韩丐天一路跟踪，只听见"残杀"侯海平说道："老大，柳教主说有四个人，我们也明知有四个，怎么房里只有两个人？"王少杰道："我也不知道，先将这两个背回去，然后我们再来捕捉另外两个。"

韩丐天一看，其中一个是日月神教的堂主"千年钓客"袁苍海，另一个是"无影怪"的女儿绿鹦。"无影怪"生性怪癖，但少与江湖上人有交往，他很讨厌那些满嘴仁义道德，却又不够大丈夫的正道人士，显得迂腐，也讨厌那些恶残成性的魔头，可也恶得不彻底，缺少那恶贯满盈的霸气，显得有点斧削痕迹，唯独觉得韩丐天胸襟博大，光明磊落，又放浪形骸，不拘礼节，甚是投机，所以和韩丐天相交甚深，韩丐天也经常挟着一坛美酒到飞来峰与"无影怪"醉卧松林之间，韩丐天很喜欢绿鹦，每次还经常教绿鹦一两招。

于是韩丐天大喝一声，从天而降，"西天五杀"见是韩丐天也是大惊失色，都知道韩丐天神功盖世，还吃了他不少苦头，但心想集我五人之力正好教训教训这老叫化子，一声呼啸就与韩丐天厮杀起来。

韩丐天志在夺人，两手一抄，抓起了袁苍海，正准备带走绿鹦，谁知顾人灭“刷”地把剑往绿鹦的脖子上一架。

正在这时，“南海六魔”和“寒冰门”飞身赶到。

这“南海六魔”就是被江湖人称“一尊三圣四怪六魔”中的“六魔”，武功和魔性已超出“西天五杀”许多，已能和“四怪”一争长短，相传六人都是天下奇丑无比的孩童，后来被南海一个叫“南海恶神”的世外异人掳到南海，倾囊而教六人“魔功大法”。这六人因为从小生得奇丑，受到人们的歧视，练成了“南海恶神”的武功，生性嗜杀，行走江湖，杀戳无数，手段毒辣，武林正道人士曾联合围剿，将六魔赶到了南海六岛，十几年未在江湖露面，当时就是韩丐天组织武林中人围剿的，这“南海六魔”被阮星霸和“太乙真人”请得重出江湖，对韩丐天恨之入骨。

这“南海六魔”之间没有辈分之分，唯一的就是以武功高低来定，谁的武功最高，谁就是老大，其他五人都得听其号令，每年他们六人都要比斗一番，从而选出武功最高的作为老大。

他们都杀人不眨眼，使用兵器极怪，但名号却都叫得诗情画意，按年龄依次是“寒梅剑魔”肖飞，使的是一把鱼骨刺，用此剑曾将华山派前掌门人脖子刺断而死。“青兰剪魔”张逸群，扛着一把大铁剪，“金菊棍魔”胡强，使用的是一根树丫样的兵器，上面横生许多旁支。“紫竹锤魔”冯二条，使用的是一根铁棍，两头穿着一个铜锤，铜锤上面满钢刺。“海棠刀魔”刘中旭，使的是一把像桌面同宽、长方形的大刀。“芍药锄魔”牛石山，成天扛着一个铁锄。

经过几年的比武，他们六人中的老大连续几年被“海棠刀魔”刘中旭夺得，阮楚才见“西天五杀”半年没回来，就叫刘中旭带着五魔“三大淫魔”及“寒冰门”去看一看，“南海六魔”一看韩丐天，仇人相见，分外眼红，一齐向韩丐天狠杀而来。

韩丐天一人应付十来个江湖成名的魔头，就非易事，何况左边还夹着一个袁苍海，行动大受牵制，凭着他深厚的内力和出神入化的打狗棒法，一时众魔头奈何他不得，被“芍药锄魔”回身一锄，打在袁苍海的胸口，袁苍海一声闷哼就昏了过去。

韩丐天无奈，怕袁苍海再有什么不测，对不起日月神教的朋友，用打狗棒向前紧逼几招，身形一起，消失在夜幕之中，“南海六魔”紧追而去，韩丐天奋力狂奔，将他们越甩越远，只好作罢。韩丐天每天用浑身的内气为袁苍海疗伤，袁苍海才劫后余生。

韩丐天想抓住阮楚才，却被绿鹗挡在前面，赶紧中途变招，这略一停顿，莫广华和田仕雄两条长鞭从背后袭来，陈少雷长拳直击韩丐天的面门，鲍云威两板斧向他腰间斩落，韩丐天内力一吐一收，加上为袁苍海疗四五天的伤，内力大损，更有胸口已被向子薇重创，换了别人早就趴下，纯粹是凭一口真气强撑，如今对绿鹗有顾忌，内力一发一收，全身像散了架一样，内力全无，人已虚脱，向台上摔倒，群丐一声惊呼，丐帮几大长老本来就险象环生，见帮主失手，一分神，谢远华被张逸群的大铁剪剪掉一只手，熊百能被冯二条方形大刀当胸一拍，胸骨拍碎，扑倒在地，剩下的六个长老更是难以应付，左支右绌，危机四起。

柳天赐站在台下，台上的打斗他观之于微，没想到阮楚才手下都是武功这么厉害的狠毒的角色，更令他心服的是韩丐天那大义凛然的气魄，不顾身受重伤，还这么神勇无比，使柳天赐耳目为之一新，由衷心佩，见韩丐天身陷绝地，一拉上官红的手，如巨雕凌空，向日月神教四堂主扑了过去，上官红身姿优美，如玉女凌空飘然而上，柔柔的蓝光一片，“叮叮当当”已与“西天五杀”和“南海六魔”交上手。

柳天赐虽然穿着丐帮的破衣服，但英气逼人，将剑一晃，一招“天魔乱舞”长剑带着锐利的杀气分刺四个堂主。

四大堂主见韩丐天扑倒在地，本可将他一举击毙，柳天赐陡然出现，如海啸狂暴的内力，使他们感到胸闷，赶紧撤回兵器自救，柳天赐使的天魔剑法是江湖最大的魔头黑魔浸淫几十年才悟出的一套只攻不守的至阴至毒的剑法，阮楚才在九龙寨只凭一招“魔剑藏针”就把吴浩刺伤，就可想而知。

“刷刷”两剑将莫广华和田仕雄的长鞭磕开，跟着又是两剑将陈少雷的长手齐臂切断，鲍云威两柄板斧震飞到半空，落在台下，群丐纷纷躲闪，一阵骚乱。

群丐只觉眼睛一花，从他们之中飞出两人，心想：哇，我丐帮弟子怎么有这样的人才。

阮楚才派人从九江一路跟踪柳天赐，在鄱阳湖的山村，派出“九龙帮”的两个武功高强的舵主去行刺，结果反被人用筷子射喉而死，后来在九江渡口将“九龙帮”武功最高的张立君安排在船舱里想把柳天赐溺杀在长江里，但被柳天赐逃脱。

于是就一路掌握柳天赐行踪到了襄樊，知道柳天赐要到“蝴蝶崖”。

其实成吉思汗要大举进攻南宋，深为中原日月神教和丐帮这两大帮所头痛，他们经常在元军后面行刺放火，大大牵动了元军南下的进程，于是就由“护国法师”将“九龙帮”前帮主黄朝霸秘密擒住，扶大将阮星霸为“鹰爪门”帮主然后替代“九龙帮”帮主，收罗大批武林高手，没几年就将“九龙帮”扩展为中原水上最大的帮派。蒙古军骁勇善战纵马驰骋，但不熟悉水战，这样“九龙帮”就成了成吉思汗南下水战的一股主力军，成为他手里操纵的一枚棋子，成吉思汗为自己这样深谋远虑，甚为得意，他帮助阮星霸不断扩充势力，造大水船，训练水师，中原武林议论纷纷，像阮星霸这样一个武林大帮，为什么能建起这么宠大的作战船队，武林帮主都只想在江湖上扬名立万，兴帮建派，谁还有心思兴军劳师。

另一方面，成吉思汗命令阮星霸离间日月神教和丐帮，让日月神教、丐帮一争高低，摧毁中原这两大绊脚石，但一直找不到间隙，收效甚微。

正在成吉思汗思虑重重之时，中原武林传出了日月神教想一统武林在天香山庄大肆杀戳武林同道，心想天下英雄最后都难免落于争王称霸这一俗套，但他对向天鹏传位给柳天赐甚是不解，可这一举动给成吉思汗一个非常重要的讯息，马上派“太乙真人”到浙江去调查柳天赐的一举一动，得知柳天赐和两个少女到达九江，就演了一曲狸猫换太子的戏。

让阮星霸的二儿子替代柳天赐，摇身一变成为日月神教的第二任教主，从而统一日月神教，只要日月神教一归元军控制，那成吉思汗就控制了中原武林水陆两个最大帮派，进而就统一中原武林，那进攻南宋就势如破竹。

可见阮楚才能不能出任日月神教的教主，是一步重要的棋路，成吉思汗非常重视，和护国法师商量了一昼夜，觉得事先必须解决三个方面的问题。

第一，必须先除掉日月神教的教主向天鹏和“阴阳天地”四大护法，因为这五人知道柳天赐。

第二，必须将柳天赐先除掉，不能让他到达“蝴蝶崖”。

第三，阮楚才必须全面掌握和了解日月神教的教规和其他各个方面。

这三点，第一点是最难办到，向天鹏武功盖世，他身边的“阴阳天地”四大护法更是令中原武林神秘莫测，谁也不知道四人武功到底高到什么程度，阮星霸一连派了几批高手前往秦岭刺杀，结果都是泥牛入海，有去无回。

为此阮星霸伤透脑筋，一筹莫展，可局势却天遂人愿，竟柳暗花明的出现向天鹏在大洪山身首异处的消息，据说是中了韩丐天的“隔山裂岳掌”，“阴阳天地”四大护法神秘失踪，成吉思汗在惊喜之余，又有些担扰，总觉得汉话有一句叫“螳螂捕蝉，黄雀在后”说得甚有道理，但这黄雀是谁呢？是敌是友分不清楚，但他从王者的霸气中知道，胳膊终究拧不过大腿的！

一直使成吉思汗头疼的是中原丐帮，其帮主韩丐天，桀骜不驯，领导北方的丐帮子弟与他作对，元军在攻打襄樊城时，由于韩丐天和丐帮浴血奋战，使元军久攻不下，成吉思汗大恼其火，几次下令阮星霸在南方牵制丐帮子弟，但由于丐帮子弟在南部分散，阮星霸难以捕其踪影。

现在的局面对成吉思汗太有利了，向天鹏死去，日月神教四面树敌，最终的结果是中原武林正派会联络各门各派的势利，歼灭日月神教，本来命令阮星霸下“蝴蝶令”追杀丐帮长老，就有离间日月神教和丐帮的目的，谁知韩丐天似乎一切以大局为重，尽量避免与日月神教发生冲突。

可这一次向天鹏居然是中了“隔山裂岳掌”而死，天下武林谁不知道是韩丐天打死了向天鹏，丐帮和日月神教的矛盾现在已是弦上之箭，不得不发的时候了！

阮楚才得知柳天赐和袁苍海也到襄樊，住在望家池，就先派“西天五杀”去放毒，将四人一举擒获，可柳天赐不在，袁苍海被韩丐天救走，只将绿鹦抓了回来。

阮楚才见柳天赐和上官红飞身而上，心里暗喜道：“天堂有路你不走，地狱无门你偏进来。”大叫道：“快将这假冒我名号的‘暴牙鬼’抓住。”“南海六魔”对韩丐天恨之入骨，就像杀过来置韩丐天于死地，但想先解决这些丐帮长老，断其羽翼再说，可眼看韩丐天就要命丧九泉，心里还懊悔不已，怎么没死在我们刀下。

见柳天赐一招之间化解了四大堂主的致命杀招，不由大震，听到阮楚才一喊才知道是江湖传得沸沸扬扬冒充柳天赐的“暴牙鬼”，身形一起，撇开上官红向柳天赐攻来，顿时台上形成四堂主和舵主及“南海六魔”围攻柳天赐，“西天五杀”和“寒冰门”及“三大淫魔”围攻上官红和丐帮长老的局面。

柳天赐和上官红衣衫褴褛，脸上污迹斑斑，但两人长剑闪耀，互相呼应，柳天赐长剑所至劲风疾扫，剑法时而诡秘莫测，时而罡风阵阵内功浑厚；上官红一如蝶穿花间，身姿煞是优美，一条蓝色的光影出没其中，看这群丐帮弟子跟着摇头晃脑，摩拳擦掌不知身在何处。

日月神教四堂主在江湖上是何等人物，在一招之间就被柳天赐断了手臂和震飞板斧，无不感到惊惧，后见“南海六魔”参战，十来人围着柳天赐拼死厮杀，柳天赐激发体内真气，忽而一股地罡正气上涌，劲力浑厚纯正将他们逼得不敢向前，不一会儿，陈少雷和鲍云威被震飞出去，“南海六魔”迅速添补上去。这“南海六魔”既然被列为“一尊三圣四怪六魔”，武功自是能傲视武林，柳天赐不得不调动体内所有的内力与之抗衡。

可柳天赐感到丹田一寒，体内居然有两股真气上升，心里一凛，回想起在天香山庄与“不老童圣”比拼内力的情景，赶紧将真气下压，身子一欺，抓住莫广华的银鞭，手一带竟把莫广华的身子带飞过来，回舞一个大圆圈，左手一抄，将韩丐天夹起，右手一掷，莫广华身子直飞而去，这一掷由于惯性，莫广华像腾云驾雾一般，好半天才落到边缘，将边缘的群丐砸倒一大片。

柳天赐跟着身形一起，叫道：“姐姐，我们走。”“南海六魔”双眼血红，杀心大炽，哪肯放过，“海棠刀魔”刘中旭一踏胡一锤的肩头，身子上纵，一招流星赶月，刀锋向前一撩，向韩丐天削去。

柳天赐人在空中，身子向右边飘移，将韩丐天向左边一带，避过刀锋，可左边“芍药锄魔”牛石山舞着铁锄向柳天赐挖来，柳天赐没法，身子向前冲去，可田仕雄的钢鞭又向他脚踝卷去，“紫竹锤魔”冯二条正好在他前方，手一掷，带着钢刺的锤棍夹着劲风，当胸袭来。

柳天赐在空中已经换了三次方位，身子再也不能借力，双脚一曲，身子一缩，左手使掌，向冯二条猛推过去。

两股正邪真气，“砰”的一声在他胸中一撞，柳天赐面前一黑，和韩丐天一起向前扑去，正好迎着冯二条带刺的铜锤扑倒。

上官红倩影翩翩，“西天五杀”等魔头跟着滴溜溜地转。

段安柯在旁边目不转睛地看，忽然一拉向子薇叫道："子薇，那个就是我说与你一样之貌的人，她是个女的。"

向子薇完全被上官红美妙的身姿所吸引，心想：天底下哪有这么美妙的身姿，听段安柯一说，再仔细看，果然细腰纤手，白皙欣长的脖子，污迹斑斑的脸蛋，稍露女人特有的白里透红的皮肤，从眉目之间可以看出真的像自己，简直一模一样，心里怪怪的。

上官红听到柳天赐喊她，一招"无影无踪"，刺向顾人灭的天突穴，跟着一招"无情无欲"一剑刺在"一点喉"钱冷的神庭，两人翻身后仰，上官红找开一道缺口，想和柳天赐会在一起。

突然看见柳天赐向前扑倒，大急，身子如乳燕投井，急矢过去，身子前倾，手抓住柳天赐的胸口，脚在带刺铜锤中间的棍上一点，身子向上纵去，可田仕雄的钢鞭卷住了柳天赐的左脚向下带，上官红手一松，柳天赐和韩丐天同时跌了下去。

忽然一只黑物像一支利箭"嗖"的一声，击在田仕雄的百会穴，田仕雄一阵酸麻，钢鞭已脱手而出，接着一条人影一闪，一个白发银须的老道从点将台外围的一棵樟树上，向台上俯冲而来，群丐下看，如一只鹰隼，道袍飘起，带着呼啦啦的风声。

老道一把提起柳天赐，奋力一摔道："姑娘，快跑，我将两人掷给你。"只见柳天赐和韩丐天两人像出膛的炮弹向上官红劲射而去。

上官红见柳天赐中途跌落，芳心大急，正准备下落，又见柳天赐向自己飞来，赶快在一个丐帮弟子头上一踏，身子一拔，将柳天赐一带，牵引到段安柯的黑马上，叫道："谢谢道长。"

段安柯和向子薇两人都惊叫一声"师父"，"玉霞真人"掌化拳，拳化爪，爪化勾，漫天的掌影，一时间"南海六魔"逼得手忙脚乱，"玉霞真人"叫道："姑娘，快走，将我给的那粒药丸给少侠服了，切记，切记。"

上官红将柳天赐和韩丐天往马背一放，自己坐在后面，也不顾马能不能载得了三人，幸好段安柯这匹是西南宝马，是一匹稀世罕见的“黑鬃骢子”，上官红两腿一夹，缰绳一带，黑马已像离弦的箭向前冲去，“玉霞真人”的“切记切记”随风送来。

阮楚才见到嘴的肉跑了，大急叫道：“快，我们追去。”心想：柳天赐和韩丐天负重伤，三人同骑一匹马，谅也难以逃脱。“南海六魔”和“西天五杀”一声呼啸，皆身影暴掠，踏着群丐的头，飞身上马，奋力向上官红追去。

“玉霞真人”正准备追去，忽然两枚银针飘飘忽忽地向他射来，一个孩童的声音叫道：“臭老道，能不能避开我这‘弯路又蹦又跳又左又右射人针’？”

“玉霞真人”急忙用“百变神功”化解，双枚银针交替在他掌影中翻飞，一上一下，一左一右，竟能避开他的掌风，大叫道：“‘不老童圣’你正经事不做，干嘛成天追着我。”

“不老童圣”天真地笑道：“只有你才配接我的‘弯路又蹦又跳又左又右射人针’，因为你一下子能生出上百只手。”说着又把手伸进怀里，“玉霞真人”知道他又在掏出银针，身子一起，赶快疾逃而去，“不老童圣”在后面狂追道：“臭道士，你这算什么，见到我就跑，一点也不想跟我玩。”两条人影变成两个小黑点消失在夜幕里。

天上的星星带着冷峻的寒光，群山森森。

上官红只感到耳边风声阵阵，她伸手一探柳天赐的鼻息全无，柳天赐已经死去了，上官红一阵绝望，心像掉进了冰窖。

孤天黑幕，也不知道往哪儿去，策马狂奔，逢路就走，后面的阮楚才领着众魔头在后面大呼小叫，紧追而来。

也不知跑了多长时间，上官红已经香汗淋漓，一条大山横亘在她的面前，她一勒马，寒风吹来，她猛地打了一个寒颤，她感到了空前的无助，横亘在她面前的山，悬崖峭壁，似乎无路可寻。

上官红俯下身吻了吻柳天赐冷峻的面庞说道：“弟弟，难道真是天妒我俩。”说着泪如雨下洒在柳天赐的脸上。

突然柳天赐双唇翕动，轻声叫道：“姐姐，你怎么哭了……”

感到绝望的上官红如惊雷炸耳，惊喜地拍了拍柳天赐的脸迭声叫道：“弟弟，你在吓唬姐姐。”说着竟“呜呜”地大哭起来……

阮楚才领着众魔头紧追其后，忽然听到上官红放肆大哭起来，心里一喜，心想：“肯定是柳天赐那小子已经气绝。”叫道：“诸位，‘暴牙鬼’已经死了，快将韩丐天和那妞儿抓起来。”三个淫魔闻声大喜跃起，竟奋不顾身地冲到前头。

上官红仿佛一个掉入了万丈深渊的人，看到天上垂下了一根长绳，心底升起无限的希望，一阵暖和，人精神大振，左手提起柳天赐，右手拉着韩丐天，身形拔起，人已经跃到悬崖十丈高的一颗小树上。

上官红一个少女，虽然手上提着两个壮汉，居然能跃出十丈高，并且身形优美不已，如嫦娥奔月，连杀人不眨眼的大魔头们都看得目瞪口呆，为之咋舌，殊不知上官红是发挥了身上所有的潜能而为之。

人在情绪激昂的时候，会激发自己身上的潜能做出意想不到的惊天之举。

十几丈高，就是叫天下轻功第一的“无影怪”也是不可能的，何况上官红手里还提着两个壮汉，但上官红确确实实地站在离地十丈高山崖的一颗小树上。

上官红心里当时只有一个想法，天赐还活着，我一定要活下去，一定要活下去！

她借着小松树一弹，身子一跃，又上升了七八丈，这悬崖的当中有一块凹的大深洞，上官红就站在深洞口往下一看，下面黑沉沉的一片，什么也看不到，抬头一看，陡峭的山峰插入黑夜之中，拖着长长的尾巴，她不知道这山峰有多高，一弯弦月挂在峰顶，苍穹无限，上官红感觉到自己仿佛如一颗尘埃！人经过了一场生离死别，什么江湖恩仇，兴衰成败……怎比得上她对柳天赐的爱，只要柳天赐还活着，其余的一切多么微不足道啊！

寒风吹来，上官红感到一阵清爽，长长的吁了一口气，会心地笑了。

只听见阮楚才的声音在山下叫道："今天我们一定要将'暴牙鬼'和韩丐天抓到，活要见人，死要见尸，上！"

又听见似乎是"海棠刀魔"刘中旭的声音道："教主，这韩丐天自寻死路，这山是湖北随州的大洪山，这个崖叫'断魂岩'，谅他们插翅也难飞出去，嘿嘿……"这冷笑声在黑夜中听得特别刺耳。

上官红听到有人用刀剑等兵器敲击崖壁，夜风在无边的夜色中穿行，带着呼啸声，上官红只感到四周无边无际，真的，太空旷了。

"这么光秃的山，我们怎么上去？"有人问道。

"连那娘们都上得去，我们就……"阮楚才心里没谱地说道。

静了一会儿，阮楚才高兴地大叫道："有了，'南海六魔'六位大哥在一边搭个人梯，我和'西天五杀'在这边搭个人梯，王少杰和刘中旭两位大哥站在上面，然后两人互相翻飞，刘大哥借王大哥的力，不就可以抓住那颗松树，只要有个落脚点，刘大哥再垂根绳子，用力一掷，王大哥不就可以借力飞上去了吗？"

接着，上官红听到众魔头叫道："好，好主意。"听到"嘿嘿"的声音，估计他们正在搭人梯。

上官红将柳天赐和韩丐天放在洞里，去找了几块石头，深洞里石头倒是有，可石头像房子那么大，好不容易找了几块搬得动的石头，上官红吃力地搬到洞口，往下推去，像滚滚的雷声，又如山洪爆发，"轰轰隆隆"的声音响彻山谷，经久不息，声势甚是骇人，震耳欲聋的声音惊起了两只大鸟，在黑夜中发出怪叫，凄厉的飞远……

接着就发出两声惨叫，也不知是哪个该死的被砸中，群魔大哗，一片叱喝声不绝于耳，甚是惊恐。

阮楚才惊叫道："快，各位大哥快后退，我们就在这崖下围她几天几夜，然后到山洞里搜尸。”上官红听到他们在下面七嘴八舌地议论着。

回头一看，这是一个巨大的深洞，尽管洞口很窄，上官红抱着柳天赐走进深洞，觉得别有洞天，仿佛走进了巨大的迷宫，黑影绰绰，奇形怪状的石柱，使古老的深洞显得扑朔迷离，笼罩着一层神秘的色彩。

滴滴哒哒的水声，给人一种空旷的感觉，黑古隆冬又显出斑斑的光影，时不时有蝙蝠从她面前一闪而过，上官红抱着柳天赐深一脚浅一脚地往前走。

这深洞似乎没有尽头，上官红不敢再往前走，找了一块平坦的地方，将柳天赐放下，然后又出去将韩丐天背了进来，她折腾了半夜，浑身无力，一点力气也没有，她自己也难以想象，怎么能背驮两个大男人登上了这陡峭山崖，摇了摇头，便一头栽在地上，原来激情所至，人一放松下来，就累昏了。

第十五章　别有洞天

从光怪陆离的光线中，上官红知道又是新的一天了，四周静悄悄的，只听水滴从悬挂的钟乳石上滴滴哒哒地落下，每滴一下，她心跳一下，她能听到自己的心跳声。

顿时心一紧，伸手向柳天赐摸去，还好柳天赐和韩丐天就在她的身边，她才有一种安全感。上官红坐了起来，想起昨天晚上，血雨横飞，带着柳天赐和韩丐天，亡命奔逃，还心有余悸，恍若隔世。

不过，她感到有一个强大的精神支柱，就是柳天赐，只要柳天赐在她身边，还有什么使她惧怕呢？一切的危险，一切的困苦，在此时此刻的上官红的心里是那么的微不足道，只要柳天赐还……

她慢慢地、慢慢地将视线移到柳天赐的脸上。

柳天赐平静地躺在她的右侧，这种静，静得可怕！

以往，上官红在很遥远的地方就能闻到柳天赐身上所散发的气息，感受到他强大搏动的生命力，何况隔的如此之近，她早应感到巨大的力量在吸引她，并且将生命与那力量融为一体。

然而，此刻她只感到寂静，除了寂静什么都没有……

仅仅在一夜之间，柳天赐就头发槁枯了，失去了以往那种意气风发的光泽，脸色苍白，有线条、有棱角的脸庞没有一点血色，没有以往那种神采飞扬，嘴唇紧抿着，带着干燥的乌色。

不见他踌躇满志的模样！

上官红头脑一片空白！

她伸出玉指的手，摸索着柳天赐的嘴唇，高高隆起的鼻子，苍白的脸庞，宽广的额角……

上官红感到此刻她对周围没有什么感觉，她不愿相信眼前的事实，而又被眼前的事实所陶醉。

是陶醉么？她只觉得自己的思绪如一口枯井，沉沉的，漆黑漆黑的往下坠落，一直往下坠，不见底……

时间一点一点地过去，光柱一点点地移动，长长的渐渐变短，上官红的眼泪一滴一滴地掉在柳天赐脸上！

突然，如大海掀起了巨浪，她看到柳天赐的眼睛似眨非眨地闪动了一下，她不相信自己的眼睛，因为她觉得眼前一片模糊。

她定了定神，真的啊，天，柳天赐那线条分明的嘴角牵动了一下，他的嘴唇翕动了一下，上官红弯腰将柳天赐的头挽到自己的胸口，俯下身子，轻轻地、轻轻地亲着柳天赐的嘴唇，她感到有一丝微热的气息在与她呼应。

上官红浑身一阵颤栗。

“姐姐……水……水……”声音很轻，但上官红仿佛感到大地在轰鸣。

她轻轻地将柳天赐放下，飞快地跑到深洞间的小溪边，用手捧了一捧泉水，泉水慢慢地流进柳天赐乌色干燥的嘴唇。

上官红似乎将自己的生命注入到这滴滴的泉水中，这不仅仅是泉水，这泉水掺和了上官红的生命和希望……

柳天赐嘴唇很微弱地张开，掺和着上官红生命和希望的泉水，从他洁白的牙齿流到他的体内，他的嘴唇开始慢慢地一张一合，脸上有一丝丝的牵动。

上官红笑了笑，她感到自己的生命在春雨的滋润下，伸开触角，慢慢地、慢慢地苏醒过来，干燥压抑的心房吹进一缕青风，渐渐变得滋润。

突然，上官红将手伸进柳天赐的胸口，她摸到了一个白色的小瓷瓶，她小心翼翼地握着。

拔开瓶塞，一股淡淡地、沁人心脾的清香弥漫开来，里面躺着一颗红色的药丸，倒出红色的药丸，上官红捧在手中，借着光线，药丸殷红滴血。

她想起“玉霞真人”的话，她相信“玉霞真人”！

上官红抹着柳天赐的脖子，她仿佛感到红色的药丸慢慢地进入柳天赐的体内。

药丸散发的清香连她也感到精神为之一振，头脑一片清爽，回过神，发觉自己一直跪在柳天赐身边，跪在碎石上，印出了斑斑血迹，她居然一点也没感到疼痛！

柳天赐伸出舌头舔了舔嘴唇，脸上渐渐地显出生动的神情，上官红感到他鼻孔有均匀的鼻息。

上官红满心喜悦，仿佛看到一个新生命的诞生。

慢慢地，柳天赐的脸色红润起来，呼吸变得粗重，一翻身，竟抱着上官红的腰，睡着了。

他真是睡着了，上官红听到了柳天赐的脉搏跳动，尽管很微弱，可这次柳天赐是贴着她睡着的，是实实在在的。

上官红感到一阵幸福，搂着柳天赐平静安详地睡着了，她从没这么有依靠，有安全感，睡得那么香。

上官红醒来的时候，感到一股热流从耳根一直滚到全身，如被雷电所击，浑身颤栗，她不愿睁开眼睛，就怕睁开眼睛这种幸福就消失了。

是的，这种感觉错不了，她此刻正躺在柳天赐的怀里，她不是搂着柳天赐睡的吗？她躺在柳天赐宽广的胸怀，说明柳天赐已经醒过来，她不知自己睡了多久，只感到有阳光映在她的眼睑，难道又是一天！

柳天赐只感到自己胸口一股血气上涌，然后两眼一黑，就昏死过去，这一次比上次在天香山庄的那一次厉害得多，然后发生了什么事，他一点也不知道。

朦胧中，他感觉自己躺在一个人的怀里，软软地，他闻到少女的体香，一种令人骨头都酥软的体香，他又觉得那么熟悉。

姐姐，是仙女姐姐，柳天赐感到心神俱醉，他也感觉不到是怎么回事，他体内有浩大的真气，但这两股真气自己却无法管制得住，只要至刚至纯的真气发挥到极限，另外一暴戾真气就与之相克，这两股真气在他胸口一撞，就如两个顶尖武功高手，同时在他胸口猛击一掌，这含有千钧之力的内力他怎能受得了。

而此刻的感觉，柳天赐感到自己睡在微波不惊的大海中，海浪托着他，体内的真气在缓缓地流淌，似乎再也没有那混沌异常之感，两股真气在掺和交融，汇成一片浩瀚的海洋，如潮起潮落，穿行自己身体内的奇经八脉，从丹田出发，经任、督二脉向四肢游动，达到百会，然后又从百会汇入丹田，柳天赐四肢舒泰，就这样循环往复地运行，那么静谧，几乎是憩着他的四肢百骸。

可柳天赐还是感觉到有两股真气的影子，就像浑浊不清和清流的两股江水，汇入大海，被大海融和，依然还保存着浑浊和清澈的影子，然后又归于丹田之内。

柳天赐感到一丝遗憾，如果这两股真气能彻底地拧成一股，那该多好，可惜体内循环不息的真气安静下来，带着没有完全揉合的印迹，归到丹田里面，大海风平浪静。

尽管如此，柳天赐的内伤已彻底化解了，他为体内的这种真气自然的运行感到惊诧不已和新奇。

他还不知道自己已经吞服了“玉霞真人”的“导气神丸”。

“玉霞真人”的“百变神功”和韩丐天“隔山裂岳掌”一样，都是一种至刚至纯的内家功力，“玉霞真人”结合道家精神，将自己的功力采日月灵气，炼炉四十多年，才炼出这粒“导气神丸”。

"导气神丸"能增加三四十年的功力，最重要的是它能引导人体内的真气归于丹田，打通经脉，除去驳杂的内力，"玉霞真人"感觉到柳天赐身上有两股正邪内力，所以将这粒"导气丸"给了他，心想帮助他除去邪气，从而使柳天赐走上武林正道。

柳天赐身上本来凝了天下最强的功力——龙尊的夺魂心经，但后来经白佛和黑魔调教，白佛是代表武林正道的最高至刚至纯的地罡正气，而黑魔代表武林魔头至邪至恶的天魔邪气，两个极端人物一引导，就把龙尊那包含日月精华最强大的功力一分为二。

因为这两股互不相容的真气太强大了，"玉霞真人"的"导气丸"还不能将它融为一体，所以柳天赐才有这种感觉，但柳天赐所受的内伤已被消除了。

也只有像"玉霞真人"这等武功修为的有悟性的人，才能化解这内伤!

而柳天赐对这些都一无所知，他身上又已增长了三四十年的功力。

他翻身坐起，上官红靠在石壁上，脸上带着微笑，发出均匀的呼吸，他像四周一望，他已住在一个大溶洞里。

他明白，昏死过去之后，是姐姐冒着生命的危险将他带走的。

柳天赐心里一热，将上官红抱到自己的怀里，亲吻她的发鬓。

上官红真的不愿醒来，好闭着眼睛尽情地享受着这一切。

两个热血青年陶醉了，陶醉在彼此的情怀里。

柳天赐用手擦了擦上官红腮边的泪水和污迹，仔细端详上官红明净秀丽的脸庞，情不自禁地叫道:"姐姐!"

上官红听到这发自耳畔的呼唤，犹如在遥远的天际，她含羞地睁开眼睛，上官红平静地注视着柳天赐，仿佛看着一个分别了一个世纪的恋人。

四目相对，爱火飞溅，两人紧紧地拥抱在一起，柳天赐深情地吻着上官红，两人嘴唇相接触，如雨露滋润花蕊。

两人浑然忘了时间的存在。

“咳咳”听到韩丐天的剧烈的咳嗽声，上官红娇羞无比从柳天赐的嘴唇里挣扎出来，双颊绯红，瞥了柳天赐一眼，嗔道：“你坏!”

由于两人太忘情了，把韩丐天忘在一边。

柳天赐经过内气的调整，不仅没有那种重伤之后不适的感觉，反而容光焕发，精力陡增，柳天赐惊奇无比，上官红满含惊喜娇羞地望着他。

柳天赐和上官红一阵内疚，两人跑到韩丐天的身边，将韩丐天扶起来。

韩丐天被向子薇刺了一剑，本来就失血过多，见了阮楚才重新挑起争端，鼓动日月神教及众魔头与丐帮长老混战，完全是凭深厚的内力支撑，想制止这场骚动，揭穿阮楚才的阴谋。

擒贼先擒王，他想抓住阮楚才，谁知阮楚才诡计多端，甚是阴险，将绿鹗往前一挡，韩丐天推动“隔山裂岳掌”怕伤了绿鹗，情急之中，功力一收，这一收间，就如用“隔山裂岳掌”打到自己的身上，试想这隔山裂岳掌威力多么凶猛，韩丐天将自己一掌震得几乎肝胆俱裂。

躺在地上，感应地气，人才慢慢地醒转，睁开眼睛，发现自己在一个陌生的山洞，胸口的剑伤已被人用破布包扎着，他感觉到旁边有人，试图侧过身子看一下，竟牵动了胸前的伤口，一阵疼痛，剧烈地咳了起来。

见柳天赐和上官红坐在两旁扶着他，韩丐天笑道：“小子！我老叫化子还没抓你到官府里去呢。”

柳天赐和上官红被韩丐天的情绪一下子感染了，两人相视一笑，柳天赐不好意思地说道：“韩帮主，我柳天赐有眼不识泰山，谢谢你出手相救。”

柳天赐平时在上官红的眼里放荡不羁，正邪不分，这句话倒说的甚是真诚，反而显得不伦不类，不由“扑哧”笑了出来。

韩丐天笑道："你这小子什么时候也学得文绉绉，酸不拉叽，听得老叫化子大倒胃口！咳咳……"由于一笑，加上怪眼一翻，又牵动了伤口，不由得又猛咳起来。

上官红赶紧给韩丐天捶了捶背，焦急地说道："韩伯伯，你……不要紧吧！"

韩丐天缓了一口气，笑道："唉，这女娃子又贤慧又善良，武功又不比你这坏小子差，这坏小子真是有福气，以后要再欺负她，我老叫化子可不饶你！"

上官红满脸通红，以为韩丐天看到了刚才一幕，羞道："韩伯伯，你要再说我可不理你了。"

虽然柳天赐和上官红与韩丐天只是第二次见面，但这气氛却像相识了很久的朋友，最主要是韩丐天胸怀坦荡，不拘言笑，使人感到又可敬又可亲。

柳天赐一脸愕然地问道："韩帮主，我可是真的很坏？"

韩丐天大嘴一瘪说道："你岂只坏，你身上的杀孽可重呢！"

这一句倒说中了柳天赐的心思，他有时候真的有一种杀人的冲动，看到鲜血，他有一种兴奋的感觉，为此，他曾困惑不已，恨不得将自己的手砍下来，但他又不能管住自己。

柳天赐瞪着眼睛问道："韩帮主，你怎么知道？"

韩丐天怪眼一眨道："你这小子，我在浔阳楼的时候，就发觉你了，有什么我老叫化子不知道的。"

柳天赐一惊，心想：自己真是大意，一直被人跟踪，居然没有察觉出来，幸好是韩丐天，要是换了一个大魔头，自己遭了毒手还不知。那天在九江浔阳楼，只注意到吴堂主，还没发觉到韩丐天也在三楼喝酒。

尽管是困在石洞中，上官红却觉得春暖花开，丽日融融，心情如艳阳高照，说不出的开心，听到韩丐天一说，心"格登"一下，想到"这韩伯伯难道也知道我的心思"？低眼一瞟，见韩丐天倒没注意她，不觉有点失意，嘟着嘴说道："韩伯伯，你就喜欢跟在我们后面偷偷摸摸，这可不光明正大。"

韩丐天笑道："我老叫化子可没跟着你们，是你们总跑到我眼前晃来晃去，我不看可不成啊，再说，我只看到这傻小子怎么打架的，其他的，我可什么也没看到。"

上官红捶了韩丐天一拳，脸一红道："你这叫不打自招。"

韩丐天没在意，笑道："你这可叫此地无色银。"说完哈哈大笑。

"咳咳……"韩丐天一笑又猛咳起来，上官红忙给他捶了捶背，嫣然一笑道："韩伯伯，你这叫'此地无银三百咳'。"说完也学着韩丐天"咳咳……"

韩丐天怪眼一翻，道："我懒得跟你这野丫头斗嘴，快，弄点什么老叫化子吃一吃，我老叫化子已饿得呱呱乱叫。"

柳天赐奇道："怎么饿得呱呱乱叫?"

韩丐天伸出舌头一舔大嘴说："唉，我老叫化子一生就是喜欢吃鸭子，特别是皇宫烤鸭，哟，那美味……你知道，这皇宫烤鸭可挺难吃到的，我有半个月没吃到，我有一个懂事的丐帮子弟，从浙江给我带了两只到襄樊，我一口气吃了，连鸭嘴也吃进去了，现在饿得只有两个鸭嘴在肚子里，不就呱呱大叫么。"说着竟流出了口水。

柳天赐和上官红被韩丐天的话和馋相逗乐得笑出了眼泪。

这一说，两人也觉得肚子实在很饿，不知道在这洞里住了多长时间，一点东西也没吃，想到这里，人越发觉得饿。

可这洞里到处都是石柱，哪有什么东西可吃。

柳天赐游目四顾，确实找不到什么可吃的东西，忽然听到有人吵吵嚷嚷地爬上来。

上官红一惊，在这洞里一悲一喜地，居然把阮楚才他们都忘记了，也忘记告诉柳天赐和韩丐天。

阮楚才领着众魔头守在"断魂崖"下，"寒冰门"的两个弟子被上官红扔下的巨石砸得脑浆迸裂，众魔头虽说是把脑袋扎在裤腰上过日子，刀尖上舔血，但还是奇骇不已，守在崖脚下，不敢贸然上去，点了堆篝火，一直守到天亮。

天一放亮，众魔头看到寒冰门的两个弟子已砸成肉饼，脑浆溅得到处都是，一股恶臭，两个弟子屎尿都给砸了出来。

众魔头抬头仰望，只见“断魂崖”光秃秃地，直插云天，气势雄伟，顶天立地，如从地上冒出来的一支擎天柱。

山势陡峭光滑，没有一点坡度，也不见有歇脚的地方，半山腰上有一颗歪脖子的松树，相对斜伸，离小松树八九丈有一个天然洞口，站在山下看，那洞口云雾缭绕，仿佛是天幕上的一个黑洞。

众魔头昨天晚上看上官红一跃就上去了，当时并不感到惊奇，没想到跃到那么高，十来个人惊诧不已，怀疑她是不是有什么邪术，真是不可想象。

又怕上官红从上面扔下石头，守了两天两夜，却不见上面有什么动静。

刘中旭阴恻恻地说道：“柳老弟，我想那老叫化子和‘暴牙鬼’已经差不多了，我们上去给他们碎尸万段。”

刘中旭身为“南海六魔”之首，辈分极高，出道几十年，在江湖上早就威名远震，虽然已归附阮楚才，但还是不习惯低下辈分叫阮楚才为教主，他为了报韩丐天将他们六人赶到南海孤岛上十年不敢踏入中原武林之仇，对韩丐天简直是咬牙切齿，恨不得扒他的皮，抽他的筋，喝他的血。

一个轻佻的声音叫道：“对，对，对！现在只有那姑娘一人在上面，我兄弟三个上去抓来，然后……嘿嘿，就嘎嘣嘎嘣。”

“四大淫魔”在天香山庄被向天鹏震死一个，现在只剩下三大淫魔，因惧怕向天鹏，在江湖上行为稍有收敛，他们认为采集女人身上的阴气，可以增长功力，并且认为武功越强的姑娘，越能增长功力，所以江湖上不知多少姑娘惨遭三人淫手。

现在三大淫魔皆有五十多岁，仍在江湖上采花不辍，变本加厉，恶行不断，加盟日月神教，阮星霸许诺他们三人，只要能当上武林盟主就将峨嵋派整派尼姑送给三个终饱淫欲。

上官红尽管身上穿着破衣，脸上涂着污迹，但丝毫不能遮掩容光照人的美丽，三大淫魔都垂涎欲滴，心痒难忍，恨不得就登上山洞里大展淫威。

阮楚才头一点，说道："上，我们活要见人，死要见尸。"

刘中旭对三大淫魔斜睨一番，冷冷道："就看你们三个老弟了。"

三大淫魔望着悬崖壁，心想："你这不是给我出难题吗?"明知刘中旭在损他，但武功没别人高，敢怒不敢言，只得一脸淫笑道："可千万别把那小妞给饿坏了，上，人家刘大哥还等着看我们献丑呢。"

这"三大淫魔"老大叫"沉鱼魔"，老二"落雁魔"，在天香山庄被向天鹏震死，老三"羞花魔"，老四"闭月魔"，皆取名于古代四大美女的外称，谓：沉鱼落雁，羞花闭月。

老大"沉鱼魔"一个空心跟斗往上一翻，人已上了峭壁两丈之高。

老二"羞花魔"紧接着一个跟斗翻上去，正好抓住"沉鱼魔"下垂的双手。

"沉鱼魔"双脚在悬崖上一借力，双手上抛，就把"羞花魔"向上摔出三四丈之高。

跟着"沉鱼魔"飞身而上，双手抓住"羞花魔"的双手。

依葫芦画瓢，两人上下翻飞，经过五个来回，两人都站在"断魂崖"的深洞口上。

往下一看，白云袅袅，崖脚下十来人如十来个黑点。

"两大淫魔"露这一手绝活，倒出众魔头意外，除了要轻功高，最主要的还是两人必须配合好，众魔头一直看着两人上下翻飞而上，最后变成两个小黑点消失在深洞口，不觉都喝起彩来。

其实，这是“三大淫魔”平时在一起练出来的一种登塔上楼的绝技，没想到在这里用上，大大的露脸一番。

“沉鱼魔”和“羞花魔”落入洞口，心知上官红武功甚是了得，也不敢轻举妄动。

两人向洞里一望，洞内光线太暗，也看不清什么。

“沉鱼魔”思索着，说道：“三弟，万一那老叫化子和‘暴牙鬼’没死，我俩可要吃大亏了。”

“羞花魔”吞了一口口水道：

“大哥，我们的宗旨是，宁在花下死，作鬼也风流，见到绝世美女，怎能临阵退缩呢?”

“沉鱼魔”一拍胸脯说：

“好，那就这么定了。”

说完两人一起向洞里走去，所谓色胆包天，一路上还为谁先谁后争了起来。

两人的声音在山洞里特别响，显得吵闹喧哗，就像有千军万马进来。

所以，上官红吓了一跳，心想：韩帮主武功全失，柳弟又重伤初愈，这下可不能硬拼。

但柳天赐清楚地听到是两个人的脚步声，渐渐地，两个人一路猜拳行令的走进洞里。

“羞花魔”突然高兴得淫笑起来，又蹦又跳，“沉鱼魔”一脸沮丧地站在一边，猜拳行令结果是“羞花魔”赢了。

两人侧耳倾听，四只桃花眼四下搜寻。

上官红那时深一脚、浅一脚将柳天赐和韩丐天背到一个避风干燥的角落，刚好在一块巨石的后面。

所以三人处在转角的暗处，能看见进洞的“沉鱼魔”和“羞花魔”并且他俩所说的下流话也传到耳朵里。

越往里走，光线越暗，“沉鱼魔”停下来从口袋里掏出火折，点了一根火把，往里走。一阵风吹来，带着阴森的气息，两人不由觉得寒骨悚然。

两人虽说色胆包天，洞里的光线光怪陆离，再说所要找的上官红躲在暗处，心里甚是恐怖。

提着剑，全身戒备地往里走。

一路蹑手蹑脚。

忽然“羞花魔”叫道：

“大哥，大哥，这里有个方形的洞口。”

三人靠在角落，依着声音一望，这洞口四四方方，凹进去有个石门。

“沉鱼魔”拿着火把凑近一照，说道：

“嘘，别叫，那妞就在里面。”

上官红听到他俩一路淫话连篇，又气又羞，真想飞掠过去，割下他们的舌头，但浑身酥软无力。

知道两个魔头甚是厉害，真正打起来，韩伯伯和柳弟都受了重伤，从二魔的话中听出，三人已在洞里呆了两天两夜，三人一点东西也没吃，再也无力打架，只好忍气吞声地看着两人怪模怪样地向那方形石洞走去。

三人甚觉好笑。

只见“沉鱼魔”左手举着火把，右手持着长剑，与“羞花魔”身子一闪，向洞口两边贴过去。

“羞花魔”轻声叫道：“大哥，你看这洞口还有字。”

“沉鱼魔”将火把贴近一看。

果然那方形的石洞门上镌刻着四个大字，似乎是用人手指划刻的，字体遒劲挥洒。

“羞花魔”轻声念道：

“天下独夫。”

两人站在洞口惊疑不定，互相对望着，四只桃花眼在火光下眨巴眨巴。

“羞花魔”目光下移又叫道：

“大哥，这石门下面还有字，什么‘叩首台’。”

柳天赐一看，石门的下方果然有一块四方的青石板，青石板上写着“叩首台”三个字。

“沉鱼魔”不耐烦地说道：

“他妈的，在这里装神弄鬼，冲进去，这鬼地方！”

说着，右手用力向石门推去，石门应声而倒。

“羞花魔”大叫道：

“小心！”跟着“沉鱼魔”一声惨叫。

柳天赐看到两支利箭带着裂帛之声，激射而出。

穿过“沉鱼魔”的胸口，射到“沉鱼魔”后面的柱上，箭尾兀自摇动不已。

“羞花魔”惊恐不已，拿着剑向旁边一闪，眼里满是惊惧的目光。

这一变化使柳天赐大吃一惊，难道这石洞里有人？谁有这么大的功力。

上官红惊叫一声。

“羞花魔”本就是风声鹤唳，听到上官红惊叫，跟着也惊叫一声。

突见一个黑影一晃，“羞花魔”本能地用剑往上撩。

那黑影“吱吧”一声怪叫，不躲不避，挥掌一拍。

“羞花魔”的长剑被内力震得断成几截，掉在地上，那声音特别刺耳。

跟着黑影手往前一抓，“羞花魔”毫无反抗之力。

只听见“咔嚓”一声，“羞花魔”脑浆迸裂。

“呼呼”两声，“沉鱼魔”和“羞花魔”两具尸体向洞外飞出。

柳天赐、韩丐天和上官红都是身负绝顶武功的人，三人靠在石壁上，被眼前的景象惊得呆若木鸡。

这一切只是在电光火石的一瞬间就完成了，两个活生生的魔头在一瞬间就消失了，向洞口直飞而去，庞大的身躯挟着风声，飞出洞口很远，直看到两个黑点，才往下落。

谁有这等的内力神功！

不，那不是人，而是一只长臂猿。

三人靠在石壁上，大气也不敢出，静静地凝视着那头怪物！

长臂猿身形比一般的猿要大，浑身长着白毛，还长着白色的长胡须，两只眼睛发出绿绿的幽光。

别说打，那“羞花魔”吓也吓得半死。

更令柳天赐三人感到奇怪的是，这长臂猿武功极高，几乎达到匪夷所思的地步，一爪能将“羞花魔”的头盖骨给捏破。

突然绿光一扫，上官红看到长臂猿望这边看来，龇牙咧嘴，鼻子皱了皱，似乎闻到了生人的气息。

上官红吓得惊叫一声，花容失色。

绿光定在柳天赐的脸上，长臂猿忽然满脸堆着怪笑，乐滋滋地向这边跑来，那神情仿佛看到了它的亲爹。

上官红以为长臂猿要伤害柳天赐，就不顾一切地拔出了“美姬剑”。

蓝光一闪，美姬剑出鞘。

说也奇怪，那长臂猿惊骇不已，双手抱着头，跪在地上，叩头不已，满脸惊恐，像闯了什么弥天大祸。

就在上官红拔出宝剑的一刹那，三人突然听到两声金属的交鸣声，声音甚是欢悦，像两个多年不见的恋人发自肺腑的呼声。

一声婉转悠扬，如怀春少女，是上官红手里的美姬剑发出来的，蓝光大盛。

另一声高亢激昂，如龙吟虎啸，似一个内功极高的青年登高相应，这声音是从石洞深处传来。

上官红手拿着“美姬剑”呆住了。

长臂猿叩完头，满脸委屈地望着柳天赐，朝柳天赐拜了几拜，嘴里“吱吱”有声，那神情似乎是有求于柳天赐。

柳天赐知道自己吞了“通灵神丹”，所有动物都把他看作自己的同伴，放下心来，走过去拍子拍长臂猿的头。

上官红回想起鄱阳湖边，那马对柳天赐的亲热劲儿，也明白了其中的蹊跷，心里感到踏实，收起了“美姬剑”。

唯独韩丐天满面不解地呆坐一旁。

纵是他历险无数，经过了许多奇遇，像眼前这一景象还是生平第一次见过。

这天地凶兽——长臂猿，在一刻间就驯服下来。

长臂猿见柳天赐友好地拍着它的头，好像得到了莫大的安慰，满脸喜悦，抓耳挠腮，又蹦又跳，牵着柳天赐的手，“吱吱”地叫个没完，眼睛眨巴的望着柳天赐，那神情似乎是在告诉它的朋友，这一切是怎么回事。

柳天赐三人也被长臂猿友好的气氛感染了，三人心里都感到暖烘烘的。

长臂猿拉着柳天赐的手，欢天喜地的往石洞走去。

柳天赐身子一定，牵过上官红的手。

“怎么，见了朋友，把我老叫化子扔下不管了。”韩丐天憋了半天没说话，声音变得有点干涩。

柳天赐对长臂猿示意，拍拍它的头，指了指韩丐天说：“朋友，那边还有一位叫化子伯伯，他可吃醋呢，去，把他背过来！”

长臂猿似乎领会了同伴的意思，一脸不情愿地望着柳天赐，意思是说：我也不认得他，我不去！翘着猿嘴，竟像人撒娇的神情。

柳天赐把手一甩，满脸不高兴，意思说：你不听话，我可不理你！

长臂猿见同伴柳天赐不高兴，只好依依不舍、一步三回头地向韩丐天悻悻地走过去，样子颇为勉强。

上官红见柳天赐和长臂猿对话的表情，特别是柳天赐学着长臂猿嘟着嘴，不停地抓耳挠腮，笑得直不起腰来。

原来的惊恐和紧张一下烟消云散，她也喜欢这长臂猿。

长臂猿分明是一个七八岁撒娇孩子的神情。

韩丐天见长臂猿伸出毛茸茸的手走过来，吓得往后退，双手乱摆，大嘴一咧叫道：

“别，你别过来啊！”

长臂猿本来就不愿意，看在柳天赐的面子上才过来，见韩丐天双手乱摆，嗷嗷大叫，不耐烦地伸手一抓，往肩上一扛，身子一掠，跑到柳天赐身边，拉着他往洞里走。

韩丐天本来全身功力已失，趴在长臂猿的背上，毛茸茸的，倒挺舒服，只好老老实实的趴着，不敢再叫，怕长臂猿一翻脸，说不定会做出意想不到的举动。

走到石洞的门口，长臂猿拉着柳天赐的手，柳天赐只感到一股大力把自己往下拉，身子竟跟着长臂猿跪了下去。

长臂猿把韩丐天从背上放下来，掰着韩丐天的腿，韩丐天身上一点内力也没有，也只硬生生地跪下来。

上官红见长臂猿朝她望，怕它过来强迫自己，赶紧跪了下来，长臂猿伸出大拇指朝她摇了两摇，那样子对她甚是赞许。

三个人和长臂猿跪在青石板上，长臂猿“吱吱吱”乱叫，然后叩了三个响头。

三人不明所以，不知道这长臂猿搞什么鬼，互相望了一望。

长臂猿见三人直挺挺的跪着，甚是不满，尖声“吱吱吱”的叫着，样子很急躁。

那样子似乎告诉上官红和韩丐天，要不是柳天赐，我会把你们像刚才那两个人一样扔出去。

柳天赐低头一看，脚下有“叩首台”三个字，似乎明白了长臂猿的意思，“咚咚咚”叩了三个响头。

上官红见柳天赐叩了头，跟着趴在地上轻轻地叩了三下。

韩丐天被长臂猿从背上扔下来，心里老大不快，但自己功力全失，长臂猿神力惊人，没有丝毫反抗，想自己已经年纪一大把，头发胡须都白了，是成千上万丐帮子弟的帮主，统领黄河南北的丐帮子弟，这辈子向谁叩过头来，也不知道这洞里面是何方神圣，还要他叩头。

长臂猿见自己的同伴和上官红都叩了头，唯独旁边的老头子倔犟地昂着头，惊疑地望着他。

绿眼一翻，长臂一伸，按住了韩丐天的头，重重地在青石板上“咚咚咚”地撞了三下。

韩丐天被撞得金星乱冒，跟这畜牲也说不清个理儿，只算遇到鬼，自行倒霉，怪眼一翻，朝长臂猿狠狠地瞪了一眼。

长臂猿不理睬他，手一甩，又把他提到背上，牵着柳天赐的手，侧身走进石洞。

石洞漆黑一片，长臂猿对这曲折的密道甚是熟悉。

柳天赐心里暗数，左三拐，右三拐，再向左边一拐，长臂猿就停了下来。

柳天赐在黑夜中照样能视物，他看到长臂猿的前面是一扇木门，那木门已经破损，显然是经年已久。

长臂猿在门口抓耳挠腮，不敢进去，心情甚是矛盾复杂。

柳天赐心想，这房子里面肯定住着一外号叫“天下独夫”的人，“天下独夫”，好霸气的名字！

柳天赐侧身细听，里面一点动静也没有，看到长臂猿焦虑不安的样子，心想：这木门似乎很长时间没有被人开启，说明长臂猿已经很长时间没有进去，主人也没出来。

柳天赐伸手摸了摸长臂猿的头，长臂猿精神一振，似乎下了决心，一推那木门，木门已经枯朽，倒在地上，扑起一层灰，断裂成几块木块。

一道柔柔的蓝光洒了出来。

首先映入眼中的是一颗闪闪发亮的蓝珍珠，这颗蓝珍珠是镶在石壁上的，发出的蓝光照亮了整个石房子。

蓝珠子下面挂着一幅肖相，肖相上画着一个姿色绝美的少女，少女手里拿着一柄蓝光四射的宝剑，身态优美如舞，剑尖斜斜向下。

上官红惊叫一声："师父。"

的确，肖像上的少女就是"美姬"，就是上官红的师父"美姬谷"的谷主美姬，她手里拿着的那柄长剑就是现在背在上官红身上的"美姬剑"，所用的那一招正是"美姬剑法"有情剑的第七式"情深似海"。

这怎叫上官红不惊讶无比！

柳天赐叫道：

"咦，姐姐，这不是你的画像么，看看，这剑也是你的，还有这一招式。"

上官红摇摇头说：

"这不是我的画像，画上是我师父。"

美女美到极点，就归于一个形象，而"美姬"和上官红都是绝美的两个人，所以柳天赐看起来特别相像，就把"美姬"认成了上官红。

上官红将自己在"美姬谷"的一段奇遇已讲给柳天赐听了，柳天赐说道：

"是你师父美姬？"

心里甚是不解，满是疑惑，她记得上官红跟他说美姬还是自己师祖龙尊的师妹，这样算起来已近两百岁，怎么这么年轻。

第十六章　龙尊遗墓

房子不大，陈设也极为简陋，一张石床，一张石桌和一张石椅。

奇怪的是石床上并排放着两个石枕。

长臂猿不管三七二十一，将柳天赐和上官红拉进了石房子，像在石洞门口一般，让三人和它一起跪在肖像前叩头，这次上官红倒是心甘情愿，虔诚的叩了三个响头。

尽管美姬没亲自教自己一天武功，但自己使的“美姬剑法”都是美姬在“美姬谷”悟出来的武学精华。

然后，长臂猿将韩丐天放在地上坐着，把柳天赐也牵到床上坐着，满心喜悦地端详柳天赐，左看看，右看看，乐不可支，上官红坐在一边，凝视着画像，一脸不解。

韩丐天坐在地上没人理他，甚是不满，叫道：“喂，小子，快叫你同伴给我们弄点什么吃的，我可饿死了。”

柳天赐一想，也是的，折腾了半天把饿肚子都忘记了。

长臂猿看到柳天赐捂着肚子，做一个饿像，立刻白影一晃，就消失了。

不一会儿，白影一晃，长臂猿手里擒着四条鱼进来。

那鱼浑身漆黑漆黑，头上长着一顶像皇冠的触角，有筷子那么长，在长臂猿手里发出“水水”的叫声。

长臂猿每人发了一条，上官红一抓活蹦乱跳的黑鱼，吓了一跳，手一松，黑鱼竟尖叫一声“水水”飞了起来。

长臂猿长臂一伸，又抓住了，一拍将黑鱼拍个脑浆迸裂，递给上官红。

韩丐天满脸喜色地叫道：

“啊，这次我老叫化子可真是口福不浅，居然吃得到‘炎黄鱼’。”

柳天赐问道：“什么叫‘炎黄鱼’？”

一说到吃，韩丐天立刻眉飞色舞，满面红光，道：

“‘炎黄鱼’我也只是听说，相传是炎帝和黄帝大战蚩尤统一了中原，那一年，天下大旱，大地龟裂，炎黄二帝心急如焚，看到百姓都坐以待毙，两人率领百姓从东海运水回来灌溉农田，一天往返几趟，终于心力交瘁而死，后来人们发现有无数条头戴皇冠的黑鱼，从东海那边飞来，每次都发出‘水水’的叫声，黑色嘴一张就从天上吐出一股水，这股水势极大，像降了一场大雨，北方干旱的郡县都出现了生机，人们称这些黑鱼叫‘炎黄鱼’。”

柳天赐和上官红被这个传说感动了，心想：原来这黑鱼是老百姓呼唤水的，才叫“水水”。

韩丐天接着说：

“从此天下又繁荣昌盛，这黑鱼就不见了，有人说在炎黄二帝的诞生地——湖北的大洪山听到发出‘水水’的叫声，但从没有人抓到过这样的鱼，没想到在‘断魂崖’的山洞里，真是奇遇，奇遇。”

韩丐天一生吃尽了天下的山珍海味，对“炎黄鱼”早有耳闻，但从没吃过，今天在这里看到，兴奋不已，吞了吞口水说道：

“相传吃了这‘炎黄鱼’人能延年益寿，返老还童，百病不生，哈哈，我老叫化子可真有口福。”

柳天赐抓着“炎黄鱼”一脸愕然问道：

“这鱼怎么吃？”

韩丐天只顾高兴，听柳天赐一问，心想：是啊，没有火折，又没有锅，怎么吃呢？

三人一脸惘然地望着长臂猿。

长臂猿一下子受到尊敬，正襟危坐地蹲在石凳上，嘴一张，将“炎黄鱼”的鱼头给咬了下去，接着就一气猛啃，不一会儿，长臂猿手里拿着一根鱼刺，咂巴咂巴一下猿嘴，似乎很有回味。

韩丐天在一旁瞧着，直流口水。

学着长臂猿的样子，一口将鱼头咬下，叫道：“好吃，好吃，真是好吃，美味啊，真是人间美味。”

柳天赐和上官红惊疑地对望一眼，从没听到人这么夸张的赞着。

韩丐天话还没说完，就低头啃了起来，连鱼刺都吃得一根不剩，一抹嘴，望着柳天赐和上官红手里的两条鱼，嘴里竟留下一串口水。

上官红手里拿着一条头已破裂的“炎黄鱼”，她怎敢吃下去，连忙递给韩丐天说：

“韩伯伯，我这条给你吃。”

韩丐天叫道：“好，好。”忙不迭地伸过手。

长臂猿从石凳上跳下来，绿眼一翻，伸手一指，那意思是不让上官红给他。

韩丐天只觉得手臂吃痛，怪眼一翻，那架势似乎要与长臂猿拼命，长臂猿嘴一张，做了一个鬼脸，样子比他还凶。

君子不跟畜牲斗，韩丐天觉得肚子里暖烘烘的，倒不觉得饿。

分吃别人的东西，反正也是自己理亏，只好作罢。

长臂猿回头一看，见柳天赐拿着鱼没有吃下去的意思，长臂一探，抓过“炎黄鱼”一下子塞到柳天赐的嘴里，右手在柳天赐下巴上一拍，柳天赐将鱼头咬了下来，鱼头进嘴即化，有一股热流流进柳天赐的肚子里，味道的确鲜美无比。

不用长臂猿强迫，三啃两啃的“炎黄鱼”给吃下去了。

长臂猿很满意，露出高兴的猿笑，转头向上官红望去。

上官红一凛，生怕长臂猿像对待柳天赐一样，如法炮制，见柳天赐咂巴咂巴，吃得津津有味，再说已有两天没有吃东西，肚子里空荡荡的，以前还不觉得，见韩丐天和柳天赐吃的酒饱饭足的样子，喉头像伸出小手，哪管是什么东西，眼睛一闭，就将鱼头咬了下来。

吃了一口，就想吃第二口，一会儿，上官红手里也拿着吃得干净的鱼刺。

三人甚是奇怪，一条小鱼吃到肚子里，人觉得浑身舒服，肚子一点也不饿，懒洋洋地，韩丐天往地上一倒，不一会儿便鼾声大作。

长臂猿趴在桌子上也睡着了，柳天赐和上官红往床上一侧，进了梦乡。

也不知是白天还是黑夜，三人醒过来，觉得没有一点疲劳的感觉，反而觉得精神大旺，内力猛增。

韩丐天一运劲，虽然内力没恢复，但人不再感到四肢一点力都没有，于是就盘腿坐在地上运气疗伤。

柳天赐已经完全恢复了内力，游目四顾，长臂猿不见了，看到桌上摊开着两本书，携着上官红的手走过去。

两本书纸页已发黄破损，柳天赐小心翼翼地翻动，一本书上写着“龙尊剑法”一本书写着“美姬剑法”。

“龙尊剑法”分为地罡和天魔两部，上面画的图案，柳天赐熟悉得不能再熟悉了，但不同的是运气的方法恰恰相反。

以往，白佛教柳天赐地罡七式剑法所用的是一股至纯至刚的内家功力，而书的使用恰恰是黑魔所教的至阴至邪的功力，而黑魔所教的天魔七式剑法反而用的是白佛的内功运行方法。

“龙尊剑法”柳天赐看得入迷了，取下长剑，依法演练起来。

只见剑走灵蛇，房间里一片龙吟虎啸，剑光霍霍。

柳天赐进入一种全新的感觉，以往他总是感觉到全身两股真气互相牵制，使起剑来总不那么轻便，现在体内真气激荡，意念之中，以一股刚猛排山倒海的内力，挥剑一击，使的是天魔剑的第二招“魔剑幻影”，动作轻盈飘逸，剑势如虹，一点也不滞泥。

体内真气涌动，说不出的舒畅，真气催动，接着就是“魔剑出击”、“魔剑藏针”、“魔海扬波”、“魔情剑海”、“魔动血剑”、“天魔血剑”，一发不可收拾，如大海奔潮。

博大强劲的内气带动长剑神出鬼没，招招制敌，阴毒老到，只攻不守。

并且没有一丝魔气，看不出有一丝暴戾乖张的剑式，鸿远开阔，无边无际，无穷无尽，似乎是破绽百出，但你又找不出任何破绽，每一招都是致命一击。

突然，剑式一转，柳天赐的长剑变得有迹可循，剑法木讷古拙，似在不经意地轻描淡写，漫不经心的挥洒，可那剑气阴毒刁钻，诡秘神功。

柳天赐觉得自己体内一股阴险恶毒的邪气，渗于凝重厚道、大开大合的“地罡剑”中，使木讷古拙的“地罡剑”变幻出无穷的机敏，看似漫不经心，实则剑藏机鹜，每一招都不徐不疾，恰到好处。

房里劲风疾扫，如龙行天下。

剑气带着破帛之声，柳天赐身姿飒爽在房间里游动，完全沉浸其中，如闲庭散步，随兴指点。

“地剑平川”、“地动山摇”、“佛心地剑”、“罡剑归天”、“地罡正剑”、“剑地罡风”、“地罡剑海”。

“刷刷刷……”酣畅淋漓，长剑一收，柳天赐感到体内两股真气在慢慢地揉合，是那么的畅意！

“好！好！好！”韩丐天在一边半晌大叫出三个“好”字来。

上官红的思绪随着柳天赐的剑势忽高忽低，忽抑忽昂，她完全融入到剑势里去了。

这感觉就像在“美姬谷”的“石像洞”中，让上官红好一阵眩目激动。

她觉得柳天赐每招每式与自己的剑法竟如此吻合，她情不自禁、满心喜悦地喝起彩来。

柳天赐似乎意犹未尽，站在那里回味无穷，身上的衣衫被真气激荡，如玉树临风，意气风发。

上官红也跟着兴奋得满脸通红，问道：

“天赐，你刚才使的可是龙尊剑法？”

柳天赐侧目问道：

“姐姐，我这‘地罡七式’和‘天魔七式’可与以往有什么不同？”

以往柳天赐曾将这套龙尊剑法，演了好几遍给上官红看，每次上官红都惊叫不已，被那充满霸气的剑势所折服，然后上官红总要跟着演一套美姬剑法，柳天赐也连声喝彩。

每次两人都有同一种感觉，觉得“龙尊剑”浩瀚如大海，“美姬剑”涓涓如小溪，一个如高山流水，一个如露湿花心，一个排山倒海，一个润物无声。

似两个心息相通的恋人在低吟浅唱。

同时两人感觉到这剑气中总有一丝不合谐的地方。

“龙尊剑”剑气太傲太霸，而“美姬剑”又太冷艳，似乎心息相通，又似乎若即若离。

两人曾想将这两套剑法揉合在一起，但每次都因为这丝不和谐而失败。

而这一次上官红感到柳天赐的剑气与自己所运行的真气配合得丝丝入扣，如一脉天成，遥相呼应，再也找不到一丝的不和谐。

如鱼得水，如凤求凰，如龙戏凤。

蜜里调油，妙不可言。

上官红心旌神摇，说道：

“的确不同，你这所演的‘龙尊剑法’古讷而不失流畅，毒狠之中不乏正气，自然而使，不像以往一样，一招一式正邪分明，天赐，你是怎么悟出来的？”

柳天赐道：“不是我悟出来的，是我师祖龙尊教会我的。”

上官红惊道：“你师祖龙尊？”

柳天赐走到桌前，小心翼翼地翻动了“龙尊剑法”道：“这就是我师祖留下的。”

上官红一翻开书的扉页，扉页上果然写了几行小字。

天下独夫龙尊示有缘人：

世道本不存正邪，正邪全存于心，大正即邪，大善即恶，大道即魔，反之亦然，不可刻意而为之。

按时间算，已有七十八年了。

柳天赐和上官红似懂非懂，想必这是龙尊经过闭关自悟得出的心念。

上官红说道：“也就是说，这石房是龙尊闭关自悟的地方。”

柳天赐仿佛一下子心智成熟起来说道：

“我听师父白佛说过，湖北的大洪山是炎黄诞生之地，师祖龙尊每隔一甲子年就要到‘断魂崖’采集日月灵气，每次都要闭关二十年，没想到我们误打误闯竟到师祖闭关的山洞里。”

韩丐天没想到柳天赐竟是武林绝代奇人龙尊的徒孙，怪不得内功如此登峰造极，惊叹之余在一旁插话道：“龙尊是我辈武林中人一朵绽放千年的奇卉，一生潜于武学，终究还是悟出正邪之道，武功盖世，天下无敌手，才取名‘天下独夫’，高山仰止和者寡，人也孤独的很啊！”

三人唏嘘不已，倍觉沧桑。

上官红问道：“那龙尊所写的为什么与他教给白佛黑魔的不一致呢？”

韩丐天在一边悠悠说道：“龙尊自负武功盖世，在年青时心高气傲，亦正亦邪、亦魔亦佛，一直不能悟出，到底是正胜邪，还是魔胜佛，就找了两个毫无出身背景的孤儿作为自己的徒弟，就是白佛与黑魔。

“龙尊就教白佛纯正的内家功力，并教以‘地罡剑法’，教黑魔阴毒的魔功，和诡秘的‘天魔剑法’。

“白佛在江湖上行侠仗义、除恶扬善的纯粹侠义行径，就有点拘泥不化，黑魔在江湖上奸淫掳掠、无恶不作的恶魔行径，就过于大恶乖张而锋芒大露。

“两人走上绝然不同的道路皆因为各自身上有一股正气与魔气，两人水火不容，泾渭分明，唉，真是人本身就有佛性与魔性，哪能分得那么清楚，只不过与佛讲禅，以魔治魔罢了，如魔入佛道，自其感悟。”

柳天赐和上官红在一边听得似懂非懂。

韩丐天自为“三圣”之首，在武林中的修为只在龙尊之下，面对龙尊的困惑颇有感触，接着说道：

“就这样白佛与黑魔在江湖上龙争虎斗，其实他俩的斗争实际上就代表了龙尊佛魔两种思想的争斗，两人经过几十年的争斗，结果白佛和黑魔都在江湖上创下纯粹的侠与魔的名头，并没像岳穆武王那样深明大义，忧国忧民，也没作出像秦桧那样遭人唾死的千古罪人，两人势均力敌，就像是一个挖坑，一个填坑的农夫，于世事无补，又怎么分出佛魔呢?”

韩丐天长叹一声，看着柳天赐说：“龙尊一世奇人为此困苦不已，后来他就观天象而得知世上将出现一个千年武林奇才，就是你这小子!”

柳天赐一愕道：“是我?!”

韩丐天坐在地上一颔首道：“对，就是你，然后叫白佛与黑魔将全身的武学精要，正气与魔功全都传给你，所以你身上既有佛性亦有魔性，从第一次在九江浔阳楼遇到你，我就感到很奇怪，如此强的正邪之气怎能聚一人之身!”

柳天赐一直觉得自己是一个矛盾的组合体，于是问出他心中的一个一直找不到答案的问题道：“那我到底是魔性还是佛性呢?”

韩丐天悠然说道：“这正如你师祖所讲，‘世道本不存正邪，正邪存于心，大正即邪，大善即恶，大道即魔，反之亦然’，唉，龙尊到了晚年才悟出佛魔真理，所以将‘地罡剑’和‘天魔剑’融为一体，这才是武学真谛啊!”

柳天赐恍然大悟道：“怪不得我以‘天魔内功’去使‘地罡剑法’，感觉与以往竟如此不同，内力不滞。”

韩丐天坐在那里感慨万千，柳天赐心想：武功到达一定的修为就会这样，他会不会像我师祖那样困惑不已呢？

谈着谈着，三人正觉有点饿意，白影一晃，长臂猿拎着四条“炎黄鱼”进来。

上官红心想：这长臂猿倒蛮通灵的！

三人吃了鱼，身子暖和，肚子也不饿了，心想：这真是一条神鱼，吃一条就饱了。

柳天赐吃过炎黄鱼说道：

“这猿兄眉须全白，年纪也不小了，肯定是我师祖龙尊驯养的，我师祖在里面闭关修炼，猿兄就定时送鱼给他吃。”

韩丐天又道：“这只长臂猿的武功也不在你我之下，看来平时那自命‘天下独夫’的龙尊也教了他不少，论辈分你这小子应该叫它师叔。”

柳天赐问道：“韩伯伯，你说人应该对谁下跪？”

韩丐天牛眼一翻，说道：“上跪青天，下跪荒地，中间跪双亲和师尊。”

柳天赐笑道：“那你是以什么身份跪我师祖？”

韩丐天一下子愣然了，气得吹胡子瞪眼睛，因为他在进洞的时候确实跪下来，还三叩首。

柳天赐“嘻嘻”一笑道：“论辈分算你应该叫这猿兄为师兄了，也就是我的二师叔，从今后我就叫你二师叔了。”

上官红见韩丐天在一边气得胡须直翻，笑得岔不过气，缓了缓气说道：

“如果按这样算，你以后也要叫我隔山三师叔了。”

柳天赐疑问道：

“我怎么叫你隔山的三师叔？你可是我姐姐。”

上官红一敲脑袋，说：

“你师父一直追求我师父，想成为我师父的丈夫，不就是我师父，但又不是亲师父，也就是你隔山三师叔了。”

柳天赐听得牵强附会，但又找不出反驳的理儿，就悻悻地说：

“你怎么知道我师祖追求你师父？”

上官红笑道：

“你师祖，也就是我隔山师父，一直挂着我师父的肖像，唉，为伊消的人憔悴，青卷孤灯，蓦然回首，那人却在珠光灿烂处，不追求我师父，挂着我师父肖像干什么？”

说到这里，上官红想到师父美姬年过百岁，对龙尊一腔痴情，可纵有千种风情更与何人说！不由黯然神伤。

长臂猿本是大洪山一只百年灵猿，后经龙尊驯服，对龙尊佩服得五体投地，就成天服侍龙尊，龙尊武功盖世，在世上没逢对手，倍感寂寞，所谓高处不胜寒，就教长臂猿内功，陪他过招练武，与龙尊形影不离。

龙尊出关云游，留下它守着“天下独夫”洞。

“沉鱼魔”和“羞花魔”不叩首自闯“天下独夫”洞，中了机关暗箭，长臂猿眼里除了龙尊就不认得任何人，痛恨别人不尊龙尊，恼怒之下，就一抓毙了“羞花魔”。

当然吞了“通灵神丹”的柳天赐就另当别论了，因为在长臂猿眼里，柳天赐也是一只浑身长毛的兽王，是它的同伴，本来就寂寞，有朋自远方来，不亦乐乎，上官红和韩丐天在一起，想必也是它同伴的主人，于是就欢欣无比地将三人带到龙尊的房里。

现在见三人说说笑笑，表情古怪，它不知所云，只好在一边瞪着绿眼睛，望望这个，瞧瞧那个，心里倒挺高兴，毕竟有朋友陪它，在旁边抓耳挠腮，发出兴奋“吱吱吱”的叫声。

柳天赐见上官红神情黯然，就笑着说道：

“隔山三师叔我师祖这里还有隔山师祖的‘美姬剑法’呢!”

上官红嫣然一笑，道：

“想你那师祖也太虚伪了，要学‘美姬剑法’，只要博取我师父的芳心，师父不就教给他了，看，搞一本空白‘美姬剑法’，真是劳神费力。”

柳天赐一看，果然里面一片空白，只有第一页画了美姬的肖像上部，下面还没画完。

上官红说道：

“我真想看看你师祖龙尊的肖像。”她心里也一直是这么想的，心想：我师父美姬对龙尊那么痴情，龙尊到底是什么样子。

可这房子里除了龙尊留下的一点生活必须用品，没有让上官红感到龙尊音容笑貌的东西。

柳天赐看了龙尊感悟后的“龙尊剑法”真如醍醐灌顶，武功又达到了一个新的境界，如果说以前的柳天赐就是腰缠万贯的大富翁，却不知道怎么花钱，反过来再回味平时上官红的“美姬剑法”，就另有新意了，于是就说道：

“隔山三师叔，将你的‘美姬剑法’再演一遍给我看看。”

上官红嗔着：“你叫我什么来着?”

柳天赐说道：“不是你叫我这么称呼你的吗?”

上官红别过身去道：“现在我不喜欢这称呼，你要叫得我满意，我就练给你看。”

柳天赐脱口而出道：“姐姐!”

上官红没动。

柳天赐想了一会儿叫道：“红妹。”

上官红还是没动，柳天赐“嘻嘻”一笑叫道：“老婆!”

上官红转过身，满脸绯红，抡起粉拳捶柳天赐嗔道：“贫嘴!”

长臂猿蹲在一边，见他们先是说得好好的，怎么突然打起它的同伴，龇牙咧嘴地发出两声尖叫，“吱吱”意思是警告上官红，你要再打我同伴，我就对你不客气了。

上官红朝长臂猿吐了吐舌头，扮了个鬼脸，也不敢造次，从腰上抽出“美姬剑”，蓝蓝的柔光一闪。

韩丐天见柳天赐和上官红打打闹闹，心想：痴情男女，难对红尘，无奈闲愁，这两个小子把与世隔绝的山洞作人间天堂了。见一片柔柔的蓝光，含着冷意，心中又暗喝道：“好剑!”

与此同时，三人都听到一声高亢的剑啸声。

时空一下子凝固了，三人呆住了。

高亢的剑啸声是石床上的石枕发出来的。

柳天赐抱出石枕一看原来是个石匣子，打开石匣子一看，立刻红光一片。

里面有两个剑槽，空了一个，另一个剑槽躺着一把殷红的宝剑，剑柄是蓝的。

柳天赐小心翼翼地拿起宝剑，剑啸声戛然而止。

韩丐天惊叫道：“龙尊剑!”

果然，上面刻着“龙尊剑”三个字，一边剑刃上写着“地罡”一边刻着“天魔”。

上官红轻声念道：

“此情绵绵无绝期，长使美姬空对月。”

心想：师父的心愿不就是两剑同穴吗？而龙尊剑就在眼前，难道真的有缘分这一说法，难道世间真的心有灵犀一点通，真的有感应吗？当时在“石像洞”里看到空着一个剑槽的木匣，如同看到了龙尊和美姬之间残缺的爱情。

连两把原本有感情的宝剑，经龙尊和美姬的融于感情的铸造，也能发出相互调和的声音，恋人的金石之响，何况两个凡夫肉胎的人。

上官红自从与柳天赐相遇，后来到天香山庄的后院，不是在守着一份爱意吗？

难道这些都冥冥之中安排的天意，是上天昭示的缘分！

上官红被这种机缘巧合所感染！

柳天赐心想：师祖一生自负清高，而美姬又自迷于自己的倾国倾城，但她所做的一切都是对龙尊痴爱的一种逆反心理，龙尊被一种高傲的心理蒙蔽了双眼，具有一身惊世骇俗的武功，可到晚年才悟出人世间最简单的一个“情”字。

望着石匣里镌刻的两行小字：曾经沧海难为水，除却巫山不是云。柳天赐和上官红看得唏嘘不已，思绪万千。

两人四目相对，眼光中竟有万语千言，要不是碍于韩丏天和长臂猿，两人就会情不自禁地拥抱在一起。

韩丏天被自己的“隔山裂岳掌”所伤，功力全失，所受如此重创，没有半年的调息是难以恢复，但他仅次于龙尊的武学修为，隐隐感到龙尊的“龙尊剑法”和美姬的“美姬剑法”自存一体，又相互依存，两者之间似乎存在妙不可言、千丝万缕的联系。

韩丏天为自己的这一发现感到兴奋，挪了挪身子，瞪着牛眼睛，急切地叫道：

“喂，你们两个娃子将‘龙尊剑法’和‘美姬剑法’对练一遍给我看一下。”

只见红光和蓝光相互交织，石房里“嗤嗤”连声。

韩丏天看了一会，大叫道：

“不对，不对，应该是那小子使‘地罡剑’对红儿的‘无情剑’，而用‘天魔剑’对红儿的‘有情剑’，再来一遍。”

柳天赐剑尖一摆，一招“地动山摇”，一道红光如长虹贯日，将体内的魔力摧动着“龙尊剑”发出地动山摇的剑势。

上官红刚要起剑与之相和，突然惊叫一声，一招“无拘无束”使出一半时感到自己的内力一下子提不上来，跌坐在地。

柳天赐大惊，赶忙扶起上官红。

韩丐天在一旁凝神说道：

“龙尊不愧为两百年武学巅峰人物，美姬是比他稍逊一筹。”

上官红惊问道：

“韩伯伯，你是怎么看出来的？”

韩丐天牛眼一转，说道：

“龙尊和美姬是两百年前武林的两个奇男女，由于龙尊一生亦正亦邪，所以在江湖上就褒贬不一，而美姬为情所困，反其道而行之，在江湖上留下一个‘毒牡丹’的恶名，我老叫化子今年已有一百二十岁了，当年和龙尊、美姬、‘不老童圣’、段永庭五人在大洪山比武，激斗了十天十夜，最后就完全比拼内力了，龙尊将我震翻在地，但也被我的‘隔山裂岳掌’震退了五步。有什么是你韩伯伯看不出来的！”

上官红撅着嘴说道：“那也不能说明龙尊比我师父高吗！”

韩丐天说道：“你刚才是不是感到有一口真气接不上来？这就是证据。”

上官红惊问道：“这怎么证明？”

韩丐天心想：这上官红争强好生的性格倒蛮可爱，笑道：

“龙尊和美姬都是天地奇人‘九海之心’的徒弟，两人悟出九海龙气，自成一家，由于美姬坠入情网太深，一个‘情’字扰之，内功的修为就受到了牵制，当然就低了一筹。但由于两人尘缘太深，所创的剑法相得益彰，就叫情之所至，剑之道势，如果两人能抛却世俗偏见，那双剑合璧，将是一套惊天动地的剑法，唉，可惜，可惜！”

韩丐天摇摇头，接着说道：“真是武林一大幸事，幸好两人都有传人，‘龙尊剑法’中的‘地罡剑法’以至纯至刚的内力使出阴损刻薄的剑招，而‘美姬剑法’的‘无情剑’最重要的是要做到无情无义，地罡正气正好感化，而‘有情剑’以情深似海的情意反哺‘天魔剑’的暴戾凶残。”

柳天赐和上官红听得幡然醒悟，两人的心里一直有这样的感觉，但还没想到这上面，经韩丐天一语道破天机。

韩丐天接着说：

“由于红儿的内功不如那小子的内功，所以在强大的纯正内力之下感化，难以做到无情无义，因此剑法就不能施展！”

柳天赐不得不对韩丐天的武学折服，真是洞若观火，察之于微，心境一变，口气也变了道：

“韩伯伯，那应该怎么练？”

韩丐天牛眼一翻，朝天鼻一哼道：

“你这小子，倒还挺会拍马屁的！”但语气中含着满意，接着说：

“我们就叫这套剑法为‘无情地罡’和‘有情天魔’剑法，相对而言，在‘无情地罡’中，红儿的难度就要大些，一定要带着仇视的心理，做到无情无义、无爱无欲，而在‘有情天魔’剑法中，天赐就必须做到魔性十足。好吧，你们谨守这一原则，再练一遍。”

柳天赐和上官红依言演练，但上官红还是不能发挥。

经过了四五天，两人才将一招“地动剑摇”和“无拘无束”揉合得如出一剑。

韩丐天在一旁大声喝彩。

就这样，在韩丐天的指点下，柳天赐和上官红“无情地罡”和“有情天魔”剑法练得有些眉目。

也不知过了多少时日，除了睡觉小憩之外，两人不停地练剑，长臂猿定时的给他们送来“炎黄鱼”。

这段时间，韩丐天的内力也恢复了两成，长臂猿对韩丐天和上官红的关系也大为改善，碰到长臂猿心情好的时候，还用浑厚的内力帮韩丐天运功行气，所以韩丐天的内功恢复神速。

内功疗伤，不能出现丝毫的闪失，当长臂猿为韩丐天疗伤，柳天赐和上官红就到外面空旷的大洞里练剑。

这天，两人练到“有情天魔”最后一招，柳天赐使的是“天魔剑”

的第七式“天魔血剑”，上官红使的是“有情剑”的末式“情深似海”。

在溶洞里，上官红柔情似海的剑势下，柳天赐怎么也使不出“天魔剑”最恶毒的一招“天魔血剑”。

柳天赐真的有点气馁了，没有信心再练下去。

两人总觉得缺了一些什么。

上官红见柳天赐心浮气躁，甚是苦恼，心生爱怜，无端地生出一股柔情，剑式一缓，柳天赐“刷”的一剑，上官红正面提剑转身。

这一剑将上官红的胸前给划开了，露出了雪白丰满的乳房。

柳天赐呆住了！头脑一片空白。

上官红满面娇羞，衣服一裹扭过身去。

柳天赐只觉得浑身燥热，欲火中烧，走上前去，拦腰抱起了上官红。

上官红一阵目眩，又踢又捶，柳天赐和上官红皆是热血青年，初懂男女之事，上官红知道要发生什么，本来对柳天赐深情一片，松开护住衣服的手，也就闭上眼睛依了他。

柳天赐看着赤裸的上官红如一个玉人，玉肌冰肤，眼含秋水，面若桃花，胸乳粉红，腰纤脚细。

上官红只感到一阵巨痛像海潮一样弥漫全身，觉得自己变成了一只小鸟，时而是在晴朗的天空飞翔，时而又钻进急风乱雨……

两人只觉得肉体与灵魂已融在一体，彻底地熔化了。

初识云雨情，两人感到又是紧张，又是悸颤。

上官红娇羞万分，穿好衣衫，柳天赐见其胯下一点血红，搂过上官红轻声说道：

“姐姐，是天赐不好!”

上官红身子一软，倒在柳天赐怀里，咬了柳天赐一口道：

“你就是坏!”

上官红只觉得脸一阵发烧，挣脱柳天赐的怀抱，走到溪边洗了一把脸。

回眸一笑。

这一笑把柳天赐整个笑呆了。

脸上污迹洗尽，露出白皙娇嫩的脸庞，光洁照人。

一阵亲热，就像悄悄的落下了一夜的积雪，面颊飞出两片红晕，那红晕随着她柔情一笑，倏地浮起。

唇上没涂胭脂，天生成两片樱花的色泽，两道眉毛尖儿偏高，尾儿偏低，正是所谓愁眉，眼睛脉脉含情，柔光一片，鼻峰细腻得像玉雕瓷塑，隐约间见细汗微微。

秋波流转。

柳天赐顿时不能自已，也不答话，上去揽住了上官红的纤纤细腰。

轻轻地亲她欣长柔嫩的玉脖，上官红痛快地呻吟着，两条玉臂软软地搭着。

柳天赐摸索退去上官红的衣服露出雪白的胴体。

上官红身子一颤，发出一声痛叫，柳天赐心生一股怜悯，想轻一点，却又止不住，初尝禁果的热血青年，行动中已出了一身大汗。

上官红喘息着问：

“你怎么啦？”

柳天赐说道：“姐姐，是不是很痛，让我看看。”说着就要俯下身去看，却被上官红揪住了耳朵嗔道：“不许看，这事就是要疼。”

“你不怕就好了。”柳天赐急急地把上官红压在身下，看到上官红珠泪四溢，痛入心肝的模样，一阵喘息，山崩地裂般的震撼，上官红觉得自己的肉体不存在了。

柳天赐松开手，将她轻轻抱在怀里，却见上官红娇喘微微，粉腮红唇，身上已汗渍渍的。

上官红的脸庞放着柔柔的红光，双目微闭，启动红唇，轻轻地出了一口气，两片红唇渍出了血，还留着几个牙印，带着幸福的笑意躺在柳天赐怀里睡去了……

第十七章　洞天之中

第二天，两人接着练“有情天魔”剑的第七式。

两人同时起剑，石破天惊，柳天赐觉得体内真气自然流畅，同时一击而出。

柳天赐兴奋得大叫起来：“姐姐，成了，成了！”

上官红也满腔喜悦，心想：龙尊和师父其实早就想将“龙尊剑法”融为一体，但始终未能遂愿，因为尽管心心相印，但又却相隔甚远，留下一本空白的“美姬剑法”。

自从与天赐经过肉体神交，才悟了出来，想到这里，上官红满心欢喜，却又羞不自胜，红着脸，不敢正视柳天赐兴奋的眼光，垂下红脸。

柳天赐拉着上官红的手，冲进石房里，大叫道：

“韩伯伯，我和姐姐练成了‘无情地罡’和‘有情天魔’剑了。”

韩丐天一听，也大感诧异，龙尊苦苦思索的一套剑法，两个娃子竟练成了。

柳天赐见韩丐天半信半疑的样子，一把拉起韩丐天的手，长臂猿也跟着出来。

就在深洞外一块平坦的石台上，两人亮出蓝晶晶的“美姬剑”、红殷殷的“龙尊剑”相对一站，韩丐天眼前一亮，好一对天生的璧人！

忽而，红光一闪，蓝光跟着灵动起来，接着红蓝两道剑光交织融和在一起。

柳天赐剑势凝重如高山巍巍，上官红凌空如仙子，如小溪涓涓，柳天赐大气磅礴，上官红如小桥流水，巫山湖笛，婉委清灵。

两人一攻一守，一俯一仰，一抑一扬……配合得妙手天成，天衣无缝，丝丝入扣。

真是天下绝配！

这套剑法，韩丐天寻思着，真是无懈可击的剑法，守得固若金汤，攻得凌厉狠毒，而且是从任何一个武林高手意想不到的方位出击。

柳天赐清啸一声，人剑合一，平剑上举，顿时红光大盛，韩丐天知道这是一股极刚猛的内力注入剑身，上官红脆音一和，剑随意动，发出耀眼的蓝光。

两人用“有情天魔剑”第七式合力一击，合抱粗的巨石，竟被拦腰截断，洞里狂风大作，剑啸冲天，飞沙走石。

两人剑势一收，两口宝剑本就通灵，发出一阵龙吟凤鸣之声！

韩丐天知道：柳天赐和上官红悟出了龙尊还没悟出的天下第一剑，这是神威天下的剑法，这套剑法包含了二百年武学泰斗龙尊和美姬的心血。

他为之感到震惊欣喜，又感到一丝担扰，柳天赐经“导气丸”和上官红身上的真气在阴阳调和的感化和引导，已经除去了魔气，两股正邪内力，揉成一股天下无敌的刚猛内力，这实则为天下武林一大幸事，怎叫他老叫化子不欣喜万分！

可这对璧人住在这世外桃源的山洞里，竟然将武林正在发生的一场浩劫，忘在九霄云外，在这个温柔乡乐不思蜀，怎叫他老叫化子不担忧。

韩丐天在长臂猿和炎黄鱼的帮助下，内力已恢复了八成，爽朗地哈哈大笑道：

“小子，真是青出于蓝胜于蓝，业已能成这套惊世剑法，就是龙尊现在也甘拜下风了，不过我这老叫化子还是想用我这套‘隔山裂岳掌’

会会你，小子，别愣着，接掌！”

话没说完，一股排山倒海的掌力已逼到柳天赐面前。

柳天赐略一错愕，一招“魔剑藏针”，蓝剑直刺韩丐天的肩井穴，韩丐天一声虎吼，掌风带起一块巨石向柳天赐当头砸去。

柳天赐内力运到剑上，迎风而击，“轰”巨石击得粉碎。

碎石激起小溪的水花，荡起粼波一片。

韩丐天施展平生绝学，毫不容情，柳天赐再也没感到两股内力牵制，体内的那股纯正内力越斗越旺。

两人酣斗了三百多招，难分难解。

韩丐天的掌影一幻，刹那间，只见石洞中弥漫着满天的掌影。

“蓬！”的一声巨响，两人双掌交接。

柳天赐和韩丐天两人同时向外倒飞出去！韩丐天一下子站不稳，跌坐在地，柳天赐身子靠在石壁上，身子反弹回来，扑倒在地。

上官红惊叫一声，只见柳天赐后背的石壁上已清晰地印上了两个掌印！

“隔山裂岳掌”的神功巨力传到壁上留下了两个掌印，要是震在柳天赐的身上，非打得柳天赐胸口俱碎不可。

上官红虽然怜惜不已，但还是跑过去，扶起韩丐天。

柳天赐站起来一揖道：“多谢韩伯伯手下留情！”

韩丐天哈哈大笑道：“彼此，彼此，我还得谢谢你让我老叫化子多活几年呢！”

韩丐天见上官红不解，一拍胸口，飘下了一地的衣服碎片。

韩丐天胸口的衣服赫然洞开两个手掌大小的洞。

柳天赐怕这一掌伤了韩丐天，就把掌力贯到了他胸口的衣服上，将衣服震成碎片，而丝毫没伤到韩丐天。

两人惺惺相惜，韩丐天感到柳天赐至刚至纯的内力不带有所谓武林拘泥成法，一板一眼的纯正，但要灵动得多，更见人性，宅心仁厚。

韩丐天颔首笑道：

“看来，我老叫化子也有一个衣钵传人了。”

上官红闻言，芳心大喜，见柳天赐呆呆地站着，急叫道：

“天赐，还不快拜见师父！”

柳天赐“扑通”跪下。

韩丐天手掌一托，柳天赐头竟没叩下来，韩丐天牛眼一翻，道：

“我老叫化子破天荒收徒，但先得约法三章，你就别忙着拜了，先听我说完。”

韩丐天接着说道：

“第一，让我老叫化子做一回月下老人，今晚就和红儿拜堂成亲。”

柳天赐心里一凛，难道韩伯伯知道我和姐姐已有夫妻之实，来个亡羊补牢，向上官红瞧去，上官红粉面飞霞，乐滋滋地推了韩丐天一把说道：

“韩伯伯，你又捉弄红儿！”

韩丐天哈哈大笑道：

“小子，你还没表态呢？”

柳天赐心想：这叫什么约法三章，他原以为是丐帮的帮规教条，谁知是命令与姐姐成千年之好，这不是成人之美吗？哪有这样的三章之约。

倒使柳天赐有点口吃道：“弟子柳天赐听……师……父吩……咐！”

韩丐天回头对一旁红脸的上官红道：“这可是两人间的一件大事，不能剃刀担子——一头热，红儿，你的意见呢？”

“我……我听……”上官红低着头，声音细不可闻。

韩丐天一拍手道：“好，第一件事就这么定了，我就说第二件事。第二，我老叫化子年事已高，所以我的衣钵传人必须担起丐帮的重任，将丐帮发扬光大，你可答应！”

上官红和柳天赐一惊，这丐帮为中原人数最多的一帮，丐帮子弟遍及黄河两岸，大江南北，柳天赐惊疑不定，想自己被吴凤变成黑狗，在绍兴一乞丐曾施了他一碗饭，心里一直心存感激，可当天下叫化子的一家之主，柳天赐还真有点难当重任之感，想日月神教的教主纯粹是被假向天鹏所逼，为了探明真相，柳天赐居然接受。

可这次是义薄云天的韩丐天名正言顺地传给自己，倒有点受之有愧了。

见柳天赐低着头，韩丐天恼道：

“日月神教大教主若不是嫌充我脏不拉几丐帮帮主么?”

柳天赐脸一肃道：

“弟子不敢，想我柳天赐何德何能，怕难负师父重托。”

韩丐天纵声长笑道：

“愧为男子汉大丈夫，不敢勇挑重担，境由心造，事在人为，居然说出这等丧气的话来。”

柳天赐豪气一生，道：

“我柳天赐尽一份力，发一份光，这担子我接了。”

韩丐天满意得牛眼直翻，厚唇一翻道：

“那翘起你的屁股，我就传位给你了。”

柳天赐不明所以，传位何以要翘屁股。

略一迟疑，韩丐天身影一晃，打狗棒一挑，将柳天赐屁股高高翘起，然后“噼里啪啦”狠命的打了三棒。

打得柳天赐屁股皮开肉绽，柳天赐痛得龇牙咧嘴。

丐帮先祖韩信受汉高祖刘邦一碗饭之恩，辅助刘邦成了帝业，跪在金銮殿上乞求刘邦在他屁股上打了三棒，以感皇恩，这也就成了丐帮历代帮主必受的三棒。

柳天赐忍痛接了碧玉打狗棒，高举头顶，纳头便拜，韩丐天伸手托起道：

“不忙，不忙，我还有一条没说呢。”

韩丐天向两人瞧了一眼，丑面一肃道：

“第三，我丐帮子弟遍及天下，虽然地位低下，但每个丐帮子弟应以国家兴衰为己任，为天下苍生而奔命，身为一帮之主更要以身作则，不能贪图安逸，所以我想你学会了‘隔山裂岳掌’后，立即出山！”

如一记重锤敲在柳天赐胸口，震聋发聩，柳天赐羞愧得无地自容。

柳天赐自从与上官红有了鱼水之欢，两人刚风华正茂，两情相悦，觉得这山洞如同人间天堂，将江湖恩仇忘得一干二净，也忘了自己的初衷。

柳天赐神情一振，长啸一声，“咚咚咚”叩了三个响头道：

“弟子遵命！”

这次韩丐天没拦，柳天赐额头竟叩出了三个血包。

韩丐天说道：

“好，柳帮主，你现在就是我丐帮第九代帮主，但身份上我还是你师父，如果你做了什么不义之举，我韩丐天还可以废了你的帮主之位。”

说完，竟向柳天赐叩了三个头。

晚上在韩丐天的证婚下，柳天赐和上官红在美姬像下互相交拜，然后韩丐天领着长臂猿走到石房外去睡。

这样，龙尊的石房子就成了两人的洞房，两人默默，相对无言，感慨万千。

柳天赐抚弄着上官红一头的秀发，因为洞里没有什么东西装扮，但今天日子非同寻常，上官红还是净身洗漱一番，在蓝光的照耀下娇翠欲滴，艳丽可人。

见柳天赐怔怔地望着她，脸一红钻到柳天赐怀里嘤的一声说道：

“天赐，以后就不要叫我姐姐，就叫我红儿吧！”

柳天赐生在丽春院，自己的爹娃什么都不知道，受尽了别人的冷眼，后来被吴凤变成一条黑狗，更是饱受狗的生活，痛不欲生。

但自从遇到上官红，心里就植下一个希望，而现在这个希望就在身边，无限爱意的拥在怀里，柳天赐痴痴地叫道：

“红儿！”

上官红身子一颤，流下了两行珠泪，说道：

“天赐，红儿好幸福，你以后会一直对红儿好吗?”

柳天赐俯身吻干了上官红脸上的珠泪，紧紧地搂着上官红说道：

“皇天作证，我柳天赐会一生一世爱着红儿！决不做红儿不高兴的事。”

上官红在元帅府误闯密室，被父亲追杀，流落江湖举目无亲，现在觉得太满足了，心里感动得一下子受不了，两瓣朱唇吻住了柳天赐的嘴。

一夜巫山云雨，蜜里调油！一夜春宵美景。

由于柳天赐有深厚的内力根基，加上资质不浅，在韩丐天的指导下，不几天就将“隔山裂岳掌”熟记于心，只是还差些临敌的火候，还不老到。

韩丐天还教了他三十六路打狗棒法。

上官红撅着嘴，说韩丐天自私得很，将一些绝学都教给了丐帮帮主，自己不也是做了几天丐帮弟子吗?缠着韩丐天教她一点别的。

韩丐天被缠得没法，就教了她一手“隔空取物”之法，只见韩丐天将内力运到手掌中，凌空一抓，桌上上官红吃剩下的鱼骨头飘了起来，向他移动，犹如一只无形的手拿着似的。

这本不是什么武功，而韩丐天为了在酒楼偷别人的酒喝，练就了一手“隔空取物”的手法，因此他曾莫名其妙地吃了许多好东西，大到烤乳猪，小到小葱拌豆腐。

上官红大感兴趣，练了半天，居然也能将鱼刺吸几根过来。

韩丐天见柳天赐的“隔山裂岳掌”和三十六路打狗棒法已练成，但要达到运用自如，并非一日之寒，就把柳天赐和上官红叫到房里商量下山的事。

柳天赐在东赢山一个人住了五年，倒不觉得怎么凄苦，上官红幸好有心上人在身边陪着，不过时间长了，心里痒痒地。

两人都想出去一展身手，听韩丐天说明天就要出洞，兴奋得跳了起来。

上官红拉着韩丐天的手说：

“师父，我明天下山的第一件事，就到城里隔空取一只烧鸡和一坛美酒孝敬你。”

在上官红的心目中，早就把深明大义、不拘小节的韩丐天称为师父，事实上韩丐天也教过她一招。

韩丐天牛眼大放光彩，他已个把月没喝酒了，笑道：

“还是红儿嘴乖，可师父再不是以往的韩丐天，可以随意坐在酒楼里喝酒吃肉了。”

柳天赐说道：

“怎么？还有谁敢败师父享享口福的雅兴？”

韩丐天神情落寞地说：

“我老叫化子现在已是恶名累累了，打死义弟向天鹏，偷了大理的《随形剑气》，这一个多月，又不知阮楚才给我加了一些别的什么罪名。”

柳天赐一拍脑袋大惊，自己在山洞里住了这些时日，居然将外界忘得一干二净。

柳天赐急忙大叫道：

“师父，日月神教向天鹏不是你害死的！”

韩丐天说道：

“傻小子，你一个人相信我有什么用！”

柳天赐知道韩丐天领会错了他的意思，就把他在东赢山当年见到的一切说给了韩丐天听。

饶是韩丐天见识多广，也张着厚厚嘴唇合不拢。

“这么说，向老弟早就被人下了毒手，怪不得武林有这么多说不清的反常。”

柳天赐说道：

“师父，我一直不明了那个假向天鹏是谁，他又被谁暗算成一个尸首异处的无头尸呢？”

韩丐天脸罩云雾道：

“照这样来说，比老叫化子想象的要复杂得多，想那阮星霸掠取九龙帮帮主，本是元军的一名大将，想一统日月神教和九龙帮，现在基本已达到目的，于是就大肆杀戳武林正道，挑起武林纷争，达到两败俱伤从而削弱中原武林势力，为成吉思汗铁蹄踏破中原铺平道路，狼子野心，昭然若揭。可这个假扮向老弟的神秘人物又要达到什么目的？如果上次襄樊城里棺材里躺的人就是那神秘人的话，那他不是为成吉思汗作了嫁衣裳！”

柳天赐疑问道：

“师父怀疑棺材里又是一个假的？”其实柳天赐在点将台的时候，就有这种想法。

韩丐天说道：

“这也是唯一最合情理的说法，那神秘人既然能假扮向老弟，为什么不能找个替死鬼假扮他呢？”

上官红在一边听了半天，脱口而出道：

“金蝉脱壳。”

韩丐天一拍大腿道：

“对，这就叫金蝉脱壳。”

柳天赐问道：

“他金蝉脱壳后必然要暗渡陈仓，下一步他会怎么样呢？”

韩丐天说道：

“当时我看到棺材里的尸体就产生怀疑，因为向老弟胸前‘玄铁蝴蝶印’旁边有一颗黑痣，可那尸体胸前的‘玄铁蝴蝶印’虽然被掌力震碎，可找不出那颗黑痣。”

“这个神秘人物取代向老弟唯一的目的就是给日月神教四面树敌，后来又心生借刀杀人一计的教主之位传给你，这真可谓老谋深算?”

柳天赐接着说：

“这神秘人物显然不是与阮星霸同一路人物。”

韩丐天颔首道：

“对，他们是为了两个不同的目的，但殊路同归，都是狼子野心，危害武林。想我那向老弟人中豪杰，义薄云天，曾跟我老叫化子在元军千军万马中七进七出，激战一昼夜，杀元军无数，怎么会因自己小利而做出违背大宋的事呢?”

柳天赐愤然说道：

“正义之心终不能被蒙蔽，我相信中原武林正道一定会拨云见日，识破这伙人的阴谋。”

韩丐天赞许地说道：

“我将丐帮交付给你就有此意，只要中原武林团结一心，抵抗外敌，同仇敌忾，我老叫化子受点冤屈又算什么!”

韩丐天一番话说得大义凛然，不得不叫两人心生敬意。

柳天赐想起了白素娟说的两种伟丈夫，心想：我也要做一名顶天立地的大丈夫，不然，空有一身绝世武功，不就如放在石匣里的龙尊宝剑吗?

宝剑要出鞘杀敌，才称得上剑的名字。

上官红笑着推了柳天赐一把说：

“没想到你这名不正、言不顺的日月神教教主，也被阮星霸利用了，天下竟有两个柳天赐。”

柳天赐说道：

“这倒不好冒充，我柳天赐额头天生就有一颗红痣，想那阮星霸机关算尽，可对日月神教的‘玄铁蝴蝶印’却不了解，戳穿阮星霸的阴谋倒不是什么难事，难就难在对付那神秘人物，古语说明枪易躲，暗箭难防。”

上官红只要听到柳天赐一提到神秘人物，心就往下沉，她仿佛心里有了神秘人物的轮廓，她真想这一切不是真的，岔开话题道：

“可那阮楚才怎么会使你那天魔剑法？”

柳天赐没有回答她，转而去问韩丐天道：

“师父，‘太乙真人’是什么来头？”

韩丐天说道：

“这个‘太乙真人’本是西藏的一个头陀，武功极高，后在西藏冰川救了龙尊，龙尊就传了他一套‘天魔剑法’，从此横纵西疆，加上智谋过人，被成吉思汗召作护国大师，阮楚才的两招‘天魔剑法’就是他教的。”

柳天赐说道：

“师父，我们是不是要先从日月神教着手？”

上官红笑道：

“你还是念念不忘你那教主之位。”

柳天赐说道：

“为了武林正义，我一定要夺回来。”

韩丐天不无忧虑地说：

“我们应该及早地赶到‘蝴蝶崖’，想那日月神教几大堂口都是肝胆相照的忠义之士，只怕要被阮楚才所带的魔头所害。”

柳天赐说道：

“还有关在‘九龙帮’地牢里的吴堂主和前帮主黄老前辈，我们一定要救他们出来！”

明天就要下山，三人反正也睡不着，就一直坐着谈到天明。

吃了长臂猿送来的炎黄鱼，三人知道天已亮了。

走到深洞，柳天赐和上官红朝“天下独夫”洞拜了三拜。

长臂猿甚是通灵，和三人相处一个多月，已有感情，知道分手在即，发出“吱吱吱”的叫声，绿眼里竟噙着眼泪，拉着柳天赐的手将三人送到洞口。

一轮红日从天边升起，苍茫无限的大洪山已银装素裹，好大的一场雪。

巍巍高山，皑皑白雪，三人唏嘘不已！

柳天赐拍了拍长臂猿的头说道：

“猿兄，以后我还会来看你的！”

说着一拉上官红的手，三人凌空而降，将身子裹在纷纷飘扬的雪花中，如三只大雕激射而下。

惊起正在觅食的一群乌鸦，惊叫一声，向远方飞去……

樟树镇是大洪山下的一个小镇。

麻雀虽小，五脏俱全，樟树镇里旅馆、茶楼、药铺、剃头铺、酒楼……幌子在寒风劲吹下，猎猎作响。

又因为是由湖北通往湖北、陕西的唯一通道，地处南北中间，所以南来北往的客商特别多，在大雪纷飞的日子，刚过完大年，街头人头涌动，在兵荒马乱的年景，还真是少见。

仔细观察，街上奔走疾行、纵马而过的大都是带兵器的武林中人。

更为奇怪的是，餐馆酒楼家家爆满，店里的伙计忙进忙出，送走一批又来一批，这些人大碗喝酒，大块吃肉，兴高采烈，一片喧哗和嘈杂，吃完饭，喝完酒，这些武林豪客在本子上签个字，一抹嘴就鱼贯而出，也不付银两。

整条街上飘着酒香。

天下哪有这等好事，不花一文银两就可以吃香喝辣。

柳天赐三人站在一家酒楼门口，甚是好奇。

一位小二模样的人搭着抹布带着一身的热气跑到三人面前大声说道：

“三位可是丐帮子弟，快，进屋吃饭，想必一路辛苦了。”说着伸手过来拉柳天赐。

三人在“断魂崖”的山洞住了一个多月，胡须八叉，头发蓬乱，唯有上官红面容干净些，但衣服也甚是破旧，难怪小二称他们为丐帮子弟。

柳天赐拉着小二说道：

“我们可都没带银两。”

小二哈哈笑道：

“几位可是刚出道的，你们尽管放心吃了，从南到北，一路都设有接待处，专门免费接待武林豪杰。”

三人从洞里出来，本就身无分文，正愁吃饭的钱没着落，小二满脸兴奋，一拽一拽地把三人拉进了酒楼。

见三人满脸疑惑，小二笑道：

“不要紧，我们上官雄盟主已经吩咐，大到各门各位的掌门，小到草莽人物，只要是前去攻打日月神教，一路免费接待，为了武林正义，上官雄盟主可破费不少。”

韩丐天满脸惊讶，瞪着牛眼叫道：

“什么，上官雄盟主？”

小二心想，看来这三人真是从乡下来的草莽人物，武林发出这等大事还不知道，不过样子看起来蛮凶的，讪笑道：

“是啊，在去年年底，上官雄被我们武林公认为南北武林领袖，日月神教逆天而行，惨杀武林同道，上官雄盟主在元军里忍辱负重，登高一呼，因他义薄云天，神功盖世，大家都云集秦岭，剿灭日月神教。你们就放心吃吧，上官雄盟主早就替你们支付了银两，快，快，那边坐。”说着，小二又去招呼另一批武林人士。

三人抖落满身的雪花，坐在里堂一个偏角的位子。

不一会儿，有人送上了一大坛酒和盘中肉，热气腾腾。

爹爹当武林盟主了，上官红听到如五雷轰顶，她至今还心有余悸，想着密室里那可怕的一幕。

心里一紧，一个可怕的念头浮在脑海，这是一个阴谋，是爹爹处心积虑的阴谋。

她一直隐隐有这种感觉，但又不想承认这一切是真的。

韩丐天一扒开酒坛，酒香扑鼻，韩丐天喝了一大口，叫道：

“嗯，好酒。”

看柳天赐坐着不动，说道：

“喝酒，喝酒，天赐，别想那么多，反正上官大爷有的是银子。”

那边喝酒的武林豪杰停下杯子，满脸愤色地瞪着韩丐天，心想：这人怎么这么不失大体，居然说出这等不敬的话来！

韩丐天满脸不在乎，抓起一块牛肉大嚼，忽然眉头一皱道：

“唉，这牛肉烧老了，呸，小二，给我再来一盘猪耳朵。”

第十八章　千毒老怪

柳天赐见邻座的桌子上果然有猪耳朵、烧鱼等三四盘菜，小二看到三人没什么身份，只端了一盘牛肉。

小二又极不情愿地端了一盘猪耳朵上来，说道：

“吃倒蛮会吃，真的打起来又做缩头乌龟。”

韩丐天把牛眼一翻，小二吓得再也不敢吱声。

柳天赐回头看到上官红坐在那发愣，拉了拉手问道：

“红儿，你怎么啦?”

上官红回过神来说道：

“没，没什么?”

突然上官红“嘘”了一声，低下头去，韩丐天和柳天赐顺着她眼光一看，门外走进了三个人。

两个人一模一样，皂色的长袍布满了口袋，蓄着两撇山羊胡子，脸色蜡黄，其中一个抓着一个艳丽如花的少女。

柳天赐虽说没见过这两个一模一样的老者，但以前“花仙子”跟他讲过，知道这两个人就是“千毒怪”和“千毒不毒怪”两兄弟，手上被抓的少女就是日月神教教主向天鹏的女儿向子薇。

在座的都是武林中人，看到两个一模一样的老者，还有那布满口袋的长袍，就猜出了两人的身份。

大堂里一阵骚乱，人们赶紧用手捂住碗口，生怕不知不觉被“千毒怪”下了毒，有三个赶紧签了名离开出去。

刚走到大门，“咚咚咚”三个就倒在大门口，马上脸就变成紫黑色，“千毒不毒怪”伸手在口袋一掏，用指一弹，三粒药丸射进了三人的口中，不一会儿，三人醒转，吐了三口黑血，像没事人一样，赶快爬起来，逃之夭夭。

两怪一露绝活，大堂里人都低下头来吃饭，再没谁敢出去，虽然毒不死，但无端的吐一口血总不划算。

“千毒怪”两人大摇大摆地挟着向子薇走到刚才三人空出的位子坐下，小二战战兢兢地端出几盘好菜和一壶酒送上。

“千毒不毒怪”也不理众人，一拉向子薇的手阴恻地说道：

“快说，你把我那‘冰川雪蚕’藏到哪里去了？”

向子薇痛得尖叫一声道：

“你这死老怪，我什么时候见过什么‘冰川雪蚕’？”

“千毒怪”端详着向子薇疑惑地说道：

“那你身上的‘化骨散’是谁替你解的？”

向子薇叫道：

“两个疯子，本大小姐不知道你们在说什么，要是我爹在，看你们还敢不敢欺侮我。”说着“呜呜”地哭了起来。

“千毒不毒怪”朝“千毒怪”望了一眼，说道：

“不对啊，哥哥，这小姑娘一问三不知。”

“千毒怪”将手伸进胸前，突地掏出一把蓝珍珠，说道：

“别哭了，我‘千毒怪’最讨厌别人哭，这十一粒珠子是怎么用的，你得告诉我。”

上官红听了差一点笑了出来，这表妹长得也太像自己了，难怪两个老怪抓错了，不知道他俩在哪里遇到了表妹。

“千毒不毒怪”手一抓，将蓝珍珠抢了过去，说道：

“哥哥，我已研制出‘化骨散’的解药，这《夺魂心经》应该归我了。”

“千毒怪”急道：

“这小姑娘又不是吃你的解药好的，你怎么知道你那解约能解我的‘化骨散’呢？”

“千毒不毒怪”沉吟了半晌，灰眼珠一转，说道：

“这样，你再给她吃一粒‘化骨散’，我马上给她吃解药，要是解开了，你就没话说了吧。”

柳天赐吓了一大跳，心想“化骨散”要是“千毒不毒怪”解不了，那向大哥的女儿不就糟了。

上官红也大急，心想：表妹身怀有孕怎吃得这等阴毒无比的毒药。

两人正准备出手相救，见“千毒怪”脸色大变，瞠目结舌道：

“不会吧，我那‘化骨散’怎么不见了？”

“是不是你装错了口袋？”

“千毒怪”将手伸到其他的口袋一气乱摸，将口袋都翻了出来，惊慌失措地叫道：

“完了，完了，我所有的毒药都不见了。”

“千毒不毒怪”用手在自己的口袋一拍，也叫道：

“真的，真的，我身上所有的解药也都不见了。”

两人大惊失色地跳了起来，向四周一望，异口同声地叫道：

“‘妙手怪’你鬼鬼祟祟地偷我兄弟俩的东西算什么？有本领出来跟我兄弟俩斗一斗。”

江湖上人称“一尊三圣四怪六魔”的“四怪”之一“妙手怪”，柳天赐早有耳闻，传说天下没有什么“妙手怪”偷不到的东西，大到皇宫的玉御，小到武林中人的包裹褡裢。

所以，没有“妙手怪”这样的金刚钻，谁敢揽“千毒怪”和“千毒不毒怪”的瓷器呢。

韩丐天“哈哈”大笑道：

"'妙手怪'早就走了，你手上的《夺魂心经》也被他掉包了。"

"千毒不毒怪"一推手掌一看，大叫道：

"我手里怎么是十一颗蓝石子。"

本来，兄弟俩刚才叫《夺魂心经》的时候，在座的群豪就蠢蠢欲动，谁不知《夺魂心经》是天下第一的武功秘笈，一听被别人调包，又收回身子坐到原位，庆幸没有贸然出手。

突然，"千毒怪"和"千毒不毒怪"大叫一声，身子一晃，飞掠而出，样子甚是惊恐。

韩丐天"哈哈"大笑道：

"你两人饭还没吃，怎么就跑了?"

"老叫化子，你一个慢吃，我兄弟不陪你了。"声音远远传来，人影已消失在风雪之中。

柳天赐问道：

"他们两人怎么跑了?"

韩丐天说道：

"'千毒怪'怕我用隔山裂岳掌打伤了他，而'千毒不毒怪'又是解不了他的伤，所以就吓跑了。"

柳天赐和上官红也笑了起来，上官红出了一口气说道：

"那两个怪兄弟抓错了人，本来是抓我的，却抓了表……子薇，"上官红吐了吐舌头，差一点说出了"表妹"。

向子薇同时也认出了韩丐天三人，柳天赐心想：糟了，向子薇肯定要揪住师父这个"杀父仇人"。

没想到向子薇看着韩丐天流下两行晶莹的泪水说道：

"韩叔叔，子薇命苦啊!"说完放声地大哭起来。

这倒出乎三人意料。

韩丐天伸手一拍，解了向子薇的穴道，向子薇就像迷途的羔羊找到了母亲，扑在韩丐天的怀里，放声大哭道：

“韩伯伯，子薇错怪你了！子薇全知道了！”

韩丐天伸出大手抚摸着向子薇的头长长地叹了一口气，说道：

“孩子，别怕，还有韩伯伯给你做主呢！”

在座的武林中人纷纷围拢过来，居然在这里碰到神乎其神的丐帮帮主韩丐天和逆贼向天鹏的女儿向子薇。

有人叫道：

“韩帮主，你怀里可是大魔头的女儿，快抓起来交给盟主。”

韩丐天牛眼一翻，身子像小山一样站了起来，吼道：

“谁是大魔头，有我韩丐天在此，看谁还敢动她。”

韩丐天威风凛凛地一站，手在桌子上一拍，桌子露出了巴掌大的一个洞，酒楼的群豪倒给震住了。

韩丐天一抓酒坛，“咕咕”一仰脖子，喝了底朝天，嘴一抹说道：“走！”

有几个不识相的，抡着兵器“哇哇”乱叫向向子薇掩杀过来。

韩丐天一手牵着向子薇，头也不回，另一只手向后一挥，只听得“噼哩啪啦”桌子、椅子、酒坛、碗筷一阵乱响，五六个人向后摔去，痛的“哎哟”大叫。

其他的人吓得退在一边，韩丐天昂首阔步，牵着向子薇的手走出了酒楼。

韩丐天放慢脚步，回头看了上官红一眼，说道：

“红儿，看起来你和子薇的倒真的相像，难怪‘千毒怪’和‘千毒不毒怪’抓错了人。”

上官红欲言又止，走过去拉着子薇的手说：

“我哪有子薇妹子漂亮。哦，妹子，怎么你一个人被两怪抓着了？”

向子薇也认出了柳天赐和上官红，眸子一亮，怯怯地说道：

“你就是在天香山庄被任命为日月神教第二任教主的柳天赐？”

三人惊道：

“你都知道！”

向子薇点了点头，将事情的经过说了出来。

原来在襄樊点将台，上官红将受了重伤而昏迷的柳天赐和韩丐天带走，阮楚才领着众魔头去追。

丐帮弟子大哗，将日月神教的堂主和舵主以及段安柯等人围在中间，眼看一场火拼就要发生。

经过一段时间的运气，袁苍海已经醒转，袁苍海挣扎着站起来，大叫道：

“别打了，别打了，我们都中计了。”说完就吐了口鲜血。

众堂主赶紧扶起袁苍海，丐帮长老胡一锤叫道：

“别听他啰嗦，这日月神教翻脸无情，甚是诡秘，我们为帮主报仇。”

袁苍海猛地分开众人，从向子薇手里夺过长剑，手一挥，竟硬生生的把自己的一只手臂给切了下来，鲜血长流。

众人“啊”地惊叫一声。

袁苍海面不改色，朗声说道：

“丐帮各长老兄弟，我袁苍海在这里向你们请罪了，特别是谢长老，我在九江追杀过他，我自残手臂，这比起我们所犯下的罪行，远不可恕，不过在这里，我必须留一口气，将我要说的话说完，然后再以死相谢！”

日月神教堂主和丐帮长老交情本来就颇为深厚，谁也没想到弄到今天这个局面，裴曾法咳了一声，大声说道：

“各位弟兄先别动，我们听袁兄弟把话说完。”

袁苍海突然放声大哭，身子一欺，手一探，从棺材里抓出了“向天鹏”的尸体，摔在地上，众堂主大惊。

向天鹏在日月神教有至高无上的权威，各堂主对他敬若神明，谁敢如此大胆无礼。

莫广华气不过，走上前去“啪啪”打了袁苍海两个耳光吼道：

“袁老弟，你疯了！”

袁苍海不闪不避，突然凄苍的大笑了起来，说道：

“莫大哥，打得好，骂得好，我是疯子，我们都是疯子，我们整个日月神教的堂主全是被人利用的疯子，我们愧对冤死的向大哥，愧对天下英雄啊，天啊！”

袁苍海只手揪起头发，跪在了地上。

全场鸦雀无声，静得只有听众人的心跳声。

袁苍海目眦尽裂，叫道：

“莫大哥，你们看，这是我们的向大哥吗？向大哥和四大护法早在今年七月就被人害死了，被埋在荒岛上，呜……呜……”袁苍海说完，老泪横流，放声大哭。

众堂主大惊，袁苍海的神经正常，悲愤过度，显然不是疯了。

向子薇扑上前去，扒开尸体的胸口一看，大叫道：

“莫叔叔，这不是我爹爹，这真的不是我爹爹！”向子薇清楚地记得爹爹的胸口有铜钱大的黑痣。

这几个月来，所有百思不得其解的事情一下子涌上众堂主的心头，众堂主一下子蒙了，脑袋“嗡”的一下大了，莫广华摇着袁苍海叫道：

“袁兄弟，快说，这一切到底是怎么回事！”

由于情绪激动，一用力，竟把袁苍海摇昏过去，众堂主连忙向袁苍海身上灌注内力，一会儿袁苍海悠悠的醒转，将柳天赐告诉他的一切全都讲了出来。

在场的人听得目瞪口呆，向子薇大叫一声“爹爹”，就昏了过去。

“大脚仙”鲍云威虎吼一声，抡起两柄板斧将地上的尸体剁个稀烂，吼道：

“你是谁，你是谁，你为什么要害死我向大哥。”

绿鹦见众人在大声争论，把她晾在一边，就“呜呜”叫了起来。

袁苍海急叫道：

“莫大哥，快解开绿鹦的穴道，也许她讲得比我更有说服力。”

见大家愣愣地瞧着他，袁苍海补充说道：

“就是你们面前的姑娘，她是‘无影怪’前辈的女儿。”

众人眼光“刷”地向绿鹦一望，绿鹦气得直翻白眼。

莫广华马上会意，知道这书生打扮的就是女扮男装的绿鹦，伸手一拍，解了她的穴道。

绿鹦穴道已被点了一天，又不能动，又不能说话，早就憋得慌，穴道一解，如获大赦，转了转脖子，活动活动筋骨。

走到了莫广华前，手一晃，出人意料地一把抓住莫广华的脖子，俏眼一瞪说道：

“臭堂主，是你伤了虎哥，快还我黑虎哥。”

因为出手太快，莫广华的胡须给逮个正着。

袁苍海急叫道：

“绿鹦不得无礼，莫叔叔可是你黑虎哥手下的大堂主，黑虎哥知道了会不理你的！快放手！”

绿鹦一听，果然松开了手。

众人听得莫名其妙，怎么又冒出一个“黑虎哥”出来了，心想这“无影怪”的女儿倒真是没教养。

莫广华问道：

“绿鹦姑娘，把你知道的快告诉我们。”

绿鹦嘴一撇说道：

“你们这群瞎眼猫，就是知道窝里斗，连自己教主都打，想那叫吴浩的堂主比你们懂事多了，见到黑虎哥胸口的印子，马上跪下来口称教主。”

莫广华惊道：

“你看到了吴浩兄弟，你说他在哪里？”

绿鹦漫不经心地说道：

“老娘当然看到她，他就关在叫什么九龙堂的地牢里。”

莫广华大窘，哪有这么没大没小的女孩，又不好发作，怕她不讲，接着问道：

“绿鹗姑娘，你还知道什么？”

绿鹗叫道：

“要说的话袁苍海都说了，当时我和黑虎哥在竹园里就听到那么多，听黑虎哥讲，他们的阴谋就是使日月神教四处树敌……快，你们还不去救黑虎，尽在这里找一些无聊的东西，啰里啰嗦。”

丐帮九袋长老裴曾法实在听不过耳，冷冷地说道：

“小姑娘，你开口一个‘黑虎哥’闭口一个‘黑虎哥’，我们还要商量正事。”

绿鹗怒道：“老娘说的就不是正事！”说完身子一掠，伸手向裴曾法脸上掴去，裴曾法大惊，举手去格，谁知灰影一闪点了裴曾法的穴道，“啪啪”裴曾法脸上已挨了两耳光。

一个怪怪的声音说：“怎么，还不让我女儿打你耳光？”

话还没说完，绿鹗大惊，连忙往一旁逃开，可哪赶得上灰影的速度，一下子逮住她。

绿鹗又蹬又踢，叫道：

“死老怪，我不跟你回去，放下我！”说这话时，两人人影已消失在众人的视线之外。

众人面面相觑，“无影怪”这身“登天幻影”轻功真是来无影，去无踪，父女两人真称得上天下两怪，父亲疼女儿不讲情理，女儿出口骂父亲更没道理。

莫广华清了清嗓子，朗声说道：

“袁老弟，这么说这个无头尸体就是杀害向大哥的真凶？”众堂主和丐帮长老听了绿鹗的话彻底相信了。

袁苍海说道：

“是的，就是他杀害了向大哥!”

台上众堂主沉浸在一片悲痛之中，莫广华泣声问道：

“你知不知他是谁?”

袁苍海哭着说：

“杀害向大哥，移花接木的人我们都不知道是谁，柳教主一直在追查这个人，没想到遭天报应，韩丐天帮主为我们报了大仇。”

众堂主异口同声地说道：

“什么，柳教主?”

“霸王鞭”田仕雄叫道：

“柳天赐是我们的大仇人任命的，我们怎能认他做我们日月神教的教主呢?”

袁苍海说道：

“向大哥一生光明磊落，胸怀坦荡，在江湖上和韩帮主一起被称为‘南韩北向’，谁不景仰，还是有口皆碑。人死不能复生，国不能一日无君，教不能一日无主，也许是天意注定柳教主被大仇人用借刀杀人之计，安排了教主之位，本意是看到柳教主武功盖世，想除掉他，通过一个多月的接触，想我日月神教的重担也只有他能挑得起，向大哥也会在九泉之下感到欣慰，何况柳教主胸口还有我们日月神教教主的‘玄铁蝴蝶印’，不知他是否遭了阮楚才奸贼的毒手!”

莫广华说道：

“袁老弟，教主一位是关系到我日月神教的大事，我们得从长计议，如果真如你所说，也是我们武林一大喜事，我们肯定会认柳教主的！目前我们当务之急，是戳穿阮楚才的阴谋，救出韩帮主和柳天赐。”

袁苍海说道：

“我的命是韩帮主救回的，我所要说的都说完了，丐帮兄弟，我袁苍海向你们谢罪了。”说完鞠了一躬，突然举起左手，一掌拍向自己的天灵盖，叫道：“向大哥，我来陪你了。”

竟当场气绝。

众堂主知道袁苍海身受重伤，怕连累了大家，就举手自尽。

丐帮长老没想到一生工于心计的袁苍海如此硬气，暗叹不已。

莫广华抱着袁苍海的尸体痛哭起来，叫道："袁老弟，你这又是何必呢？"

日月神教与丐帮本就友好，听了袁苍海的解释，前怒冰释，更加拧成一股，觉得被别人愚弄，虽说杀死向天鹏的真凶不清楚是谁，但那阮楚才活生生的刚离去不久，于是同仇敌忾的去找阮楚才，要把他碎尸万段。

次日，一帮一教众人安葬好已死的兄弟，重聚点将台，刚要决定如何去找元凶，谁知，阮楚才不找自来！

阮楚才带着众魔头，气势汹汹地长驱直入，还带着"沉鱼魔"和"羞花魔"两具血肉模糊的尸体。

一看，丐帮弟子和日月神教众堂主个个都咬牙切齿，目露凶光，群情振奋，知道果然不出自己所料。

阮楚才在"断魂崖"下，突然见"沉鱼魔"和"羞花魔"两具尸体凌空飞出，头盖骨被人用内力抓破，真是吃惊不小，想那柳天赐居然没死，反而还有这等神功。

众魔头惊疑不定，不敢再上去，阮楚才猛然想起自己领着众魔头仓促追赶，日月神教的堂主及两丐帮长老没跟来，还留在点将台那里，特别是袁苍海和绿鹦也在那里，只要他两人一醒，不就全部败露。

想到这里，阮楚才冷汗一流，也就顾不得韩丐天他们三人，拨转马头，领着众魔头往回赶，心想：万一不行，还有第二步可走。

阮楚才手里举起玄铁蝴蝶令叫道：

"本教主，我命令你们将丐帮长老一网打尽。"

那玄铁蝴蝶令是日月神教的圣物，日月神教教规极严，见令如见教主。

众堂主迟疑了一下。

阮楚才手一挥，众魔头就掩杀过来，抢了个先机。

莫广华等堂主没想到阮楚才狗急跳墙跳得这样急，田仕雄大怒道：

“阮楚才，我操你妈，你还在这里装腔作势，老子先毙了你。”

说着钢鞭向阮楚才兜头卷去，阮楚才身体一偏，二指一并，一招“魔剑藏针”向田仕雄胸前点去。

这是田仕雄意想不到的方位，“天突穴”被点，田仕雄应声而倒。

阮楚才冷冷地说道：

“你们居然敢犯上作乱，统统给我抓起来。”

众魔头与丐帮长老和三个堂主混战在一起。

众魔头一个个出招凌厉，心黑手辣，长老与堂主奋力抵抗，叫骂连声，尽管魔头人多，但堂主及丐帮长老拧成了一股绳，浴血奋战，倒有愈斗愈狠之势，众魔头感到骇异，心想：这伙人全疯了，比我们魔道中人还不要命。

台下的丐帮弟子见阮楚才没带着帮主回来，心知帮主逃脱，于是“笃笃笃”击着打狗棒，排成方阵，向众魔头逼了过来。

如此阵势，令没见过大场面的阮楚才脸色大变，心中大惊，从怀里掏出几颗“霹雷神弹”向丐帮弟子摔去。

只听见几声巨响，硝烟四起，冲在前面的丐帮子弟倒下了一片。

丐帮子弟在北方和元军作战时，识得这“霹雷神弹”，知道威力极强，住在南方的丐帮子弟不识得，以为阮楚才使的什么妖法，向四处散开，阵脚大乱。

众魔头迅速撤退，阮楚才又向台上扔了几颗“霹雷神弹”，将丐帮长老炸伤了两个，莫广化也被炸伤。

众魔头擒住了三个堂主和几个八袋长老，“闭月魔”飞身赶过来擒向子薇，段安柯赶快摧动随形剑气刺向“闭月魔”，哪知道，情急之下，一下子点中了向子薇。

眼看向子薇就要落入魔爪，突然飞进了两个身上布满口袋的一模一样的怪老头，一把抓起向子薇，飞身而去……

没想到“千毒怪”和“千毒不毒怪”误抓向子薇反而救了她。

向子薇说完哭得像一个泪人儿，上官红挽着她说道：

“子薇姐姐，那段公子也被抓去了吗?”

向子薇点点头，又摇摇头低着说：

“以后的事我就不知道了!”

柳天赐怒道：

“阮楚才那王八羔子肯定将他们一起抓到‘蝴蝶崖’去了，看情况，阮楚才已打算将日月神教的主要力量一网打尽，然后改头换面让几大魔头做日月神教的堂主了。”

向子薇“呜呜”地哭道：

“我母亲还在‘蝴蝶崖’上。”

三人听了心急如焚，柳天赐身为日月神教的教主和丐帮的帮主，心情更是大不一样，恨不得插翅飞上“蝴蝶崖”。

柳天赐毅然道：

“子薇，别急，我们一定会救出你母亲的。”

三人带着向子薇向秦岭的方向疾驰而去，三人内功皆深不可测，内功一提，只听到耳边风声呼呼，沿路的树木向后倒去。

第二天天黑就到了秦岭山下。

秦岭山脉延绵八百余里，像一条卧龙，横亘中原，群山巍峨，沟谷纵横，大雪封山如一片雪海。

三人望山浩叹，这真是鬼斧神工，上官红吟道：“真是雪拥兰关马不前。”

“蝴蝶崖”如刀砍斧削，悬崖绝壁不着积雪，一条人工凿成的栈道直通崖顶，日月神教的总坛就设在那里。

柳天赐感慨不已，心想：向大哥怎么选了这关中要塞作了总坛，一般的武林中人都上不上去，怪不得日月神教被称作江湖上最具势力的一大教，教中兄弟皆藏龙卧虎，委实不简单。

“蝴蝶崖”下人声鼎沸，四周火把，照亮了一边，已聚集了不少的武林好手，这些人都是被上官雄盟主召聚过来的。

韩丐天说道：

“那上官雄还真个了不起，居然把少林武当，还有青城等天下七十二大门派差不多都叫齐了。”

向子薇眉头一蹙道：

“韩伯伯，上官雄可是我舅舅，原来爹爹在时，从不提到他，有一次还把舅舅赶下了‘蝴蝶崖’，我想爹爹真是错怪了他，舅舅在元军里忍辱负重，这次是来为爹爹报仇的。”

韩丐天满脸忧虑地说：

“要是真的是这么回事就好了，那上官雄真可称是一个伟丈夫，可……”

柳天赐问道：

“难道师父对此事有什么看法？”

韩丐天忧色说道：

“我总觉得此事一直不大对劲，想我那向老弟武功和我不差上下，甚至比我还刚猛，试问天下还有谁能对他下了毒手，这个人要么武功深不可测，要么趁他不备。”

柳天赐兴趣大增，问道：

“难道不可以两者都具备吗？”

韩丐天缓缓地点头道：

“嗯，也有这种可能，但武林中还找不出有这样武功的人，何况，向老弟是在去蒙古军营的时候遇害的。”

柳天赐说道：

“这也不能说明什么，也可以解释是在去蒙古军营的途中或者在返回的途中遇害的。”

韩丐天依然是缓缓地点了点头，神情罔然地说道：

“上官雄本是岳元帅身下的大将，后来岳元帅被秦桧迫害在风波亭，上官雄就倒戈成吉思汗，如果在元军里忍辱负重，以图大谋，应该是先去抗击元军啊，怎么不惜重金，招募武林人士前来围攻日月神教，这与常理不符。”

柳天赐说道：

“攻打日月神教的阮楚才，就是打击元军的阴谋。”

韩丐天反问道：

“那上官雄不就是一个知情人！”

柳天赐一时语塞，其实他心里早有这种想法，韩丐天见多识广，想法与他不谋而合，这使柳天赐有点兴奋。

上官红在一边听到两人的谈话，神情恍惚，她感到她头脑中的轮廓越来越清晰，清晰得可以伸手触摸到，她为自己的这种想法感到一阵窒息。

韩丐天摇摇头道：

“不过，我总觉得上官雄和这件事总有点蹊跷！”

柳天赐断然说道：

“先不管那么多，我们必须先揭露阮楚才的阴谋，救出各堂主及日月神教的弟子，还有丐帮长老。”

韩丐天笑了笑道：

“你现在是教主，又是帮主，我们都听你的，我们先在一边静观其变吧！”

一弯瘦削冷清的月亮嵌挂在天上，发出幽光，几百武林中人都神情亢奋地围站在“蝴蝶崖”下的一块巨石上。

四人站在最外围，站在前面听说话的称呼是青城派和萧山派的。

“听说日月神教里的堂主和舵主武功极高，山路这么陡峭，我怕今晚凶多吉少。”说话的是一个萧山派的高手。

“怎么？葛老弟要打退堂鼓了？”青城派的那人仍讥笑道。

姓葛的约摸三十多岁，胸脯一拍，抬高声音道：

“什么话，你也太小看我萧山派，上官雄盟主明肝示胆，一声招呼，我们萧山派也是武林的一分子，从萧山不远万里来到秦岭，怎么会打退堂鼓呢？只要盟主一声令下，我姓葛的就打头阵。”

青城派的那人仍讥笑道：

“打头阵也轮不到你，还有少林、武当、华山……这些大门派在。”

姓葛的叫了起来道：

“你说这话什么意思，我萧山派就是小门派，小门派就不能打头阵，有少林、武当等大门派也轮不到你来说我。”

火光的照耀下，姓葛的汉子涨红了脖子，由于说话的声音猛的抬高，惹得前面的人纷纷扭头向后看。

青城派的自知理亏，笑道：

“跟葛老弟闹着玩的，葛老弟却当真，发这么大脾气，武林中谁不知萧山派的大名，既然被盟主邀请，至少说明盟主还看你萧山派一份。”

姓葛的汉了鼻子“哼”了一下转过身去。

第十九章　除魔联盟

青城派的汉子见姓葛的生气了，换了一个话题道：

“那日月神教的教主向天鹏以前大仁大义，我们掌门人对他推崇备至，没想到人面兽心，想当武林盟主而戮杀武林中人，而上官雄盟主一直在元军里忍辱负重，极力阻止向天鹏的阴谋，为少林寺解围，在安徽还为华山派解了围，说起来真是人心难测啊！”

姓葛的汉子听他这样说，马上转过身子兴高采烈地接着说：

“这就叫真君子和伪小人，日月神教浙江分舵那次围攻我们萧山派，要不是上官雄盟主及时赶到，我萧山派就要遭灭门之灾了。”

青城派的汉子满脸羡慕地说道：

“你见过上官雄盟主？”

姓葛的汉子把胸脯一挺说道：

“当然见过，上官雄盟主真是神功盖世，只几掌就把日月神教的分舵主给震死，他手下还有四个随从，那武功也是不得了，冲入日月神教里如入无人之境，稀里哗啦，将日月神教浙江分舵挑得一个不剩。”

青城派的汉子望着他伸了伸舌头。

姓葛的汉子马上热情四溢，满面红光地说道：

“这还不算什么，我听师父说在天香山庄选武林盟主的时候，当时有好几个候选人，全都是江湖德高望重的前辈，但武功都比不过上官雄盟主，大家后来一致推选他为武林盟主，他一当上武林盟主就发出了武林帖，邀请武林名门各派剿灭这危害武林的大魔头，并且还出资沿途安排食宿，这真是一件大快人心的喜事。”

青城派的汉子说道：

“听江湖上传闻，说向天鹏这大魔头已经死了，还说是被丐帮韩帮主的‘隔山裂岳掌’给震死的，这真是报应。”

姓葛的汉子竟然拍着青城派的汉子的肩膀大声说道：

“对，对，这就叫报应，可这韩丐天和向天鹏在江湖上，以前被称作‘南韩北向’，两人有过命的交情，韩帮主认清了向天鹏的嘴脸，就为武林除了这一大魔头。”

青城派的汉子一脸不解道：

“我还听说韩丐天还偷了大理段氏的《随形剑气》，还用隔山裂岳掌伤了人家，不知是不是真的？”

姓葛的汉子期期艾艾地说：

“这我倒不知道，但我相信韩帮主不会的，可惜的是，听说韩帮主后来被日月神教的第二任教主柳天赐所杀死，连尸体都找不到，奇怪的是丐帮的长老也不站出来为帮主报仇。”

突然，前面的一个人转过身来说：

“谁说韩丐天死了，我昨天在大洪山下的一个小镇里还看到他！”

两人大惊，对前面转过身的人说道：

“什么？你昨天看到韩丐天！”

那人说道：

“这有什么稀奇，就在昨天，我们崆峒派的在大洪山下喝酒，突然进来三个人，衣服穿的都挺破，除了一个外，两人的头发、胡须又乱又长，当时我们还以为是什么野人，后来‘千毒怪’和‘千毒不毒怪’抓了向天鹏的女儿冲了进来。”

崆峒派的汉子见两人听得兴奋，就干脆转过身子来。

柳天赐一瞧，印象中在酒楼里似乎有这个人，就听那人说下去。

“‘千毒怪’和‘千毒不毒怪’两人在叽哩呱啦说什么‘化骨散’和《夺魂心经》，那女孩却什么也不知道，后来‘千毒怪’大惊失色，因为他们身上的东西全部被‘妙手怪’偷去了。”

姓葛的汉子惊道：

“‘妙手怪’偷去了《夺魂心经》。”

崆峒派的汉子道：

“哪里是什么‘妙手怪’偷去的，纯粹是中了韩丐天的调虎离山计，兄弟两怪认出了韩丐天仿佛挺害怕的样子，撇下向天鹏的女儿飞也似的逃了。”

青城派的汉子一脸好奇地说道：

“那韩丐天干脆一不做二不休杀了向天鹏的女儿?”

崆峒派的汉子说道：

“我们当时也是这么想的，谁知韩丐天伸手为她解了穴道，向天鹏大魔头的女儿伏在他怀里大哭起来，我们见韩丐天要带走大魔头的女儿，就奋不顾身地阻挡，韩丐天对我们痛下杀手，经过浴血奋战，虽说韩丐天被我们刺了一剑，但还是带走了她。”说完，神情甚是惋惜。

柳天赐听得甚是好笑，看不出那崆峒派的人年纪老大不小，还挺能吹牛皮的。

三个人兴高采烈的谈论，马上吸引了旁边的武林人士过来，有人说道：

“我听好多丐帮子弟说，日月神教现任教主不是柳天赐而是‘九龙帮’帮主阮星霸的儿子阮楚才。”

“是的，我也听丐帮弟子讲，说日月神教的堂主都被抓了起来，现在日月神教的堂主都是江湖上的一些大魔头。”

……

大家都七嘴八舌地争论起来，一个比一个玄，其他各处的群豪也大声议论，顿时一片喧哗。

突然有人跃上巨石，大家马上静了下来，跟着就有两个人举着火把一左一右地站着。

柳天赐从没见过上官雄，吃了一惊，以为上官雄要和大家见面。

凝视一看，倒使柳天赐大吃一惊，站在巨石上的汉子，就是围攻天香山庄的“巴蜀四杰”的老大吴龙。

吴龙站在巨石上，抱拳四揖，清了清嗓子朗声说道：

“各位前辈为除日月神教这一大魔头，从五湖四海云集秦岭，在这里，我代表上官雄盟主向大家表示敬意和谢意。”

围着巨石的群豪举着兵器叫道：

“这是我们应该做的。”

“誓杀日月神教的魔头。”

“为惨死的武林同道报仇。”

喊声此起彼伏，震得树枝上的雪“嗽嗽”往下掉。

柳天赐心里一凛，心想：这吴龙在武林中是什么身份，能代替上官雄盟主。

等群雄静了静，吴龙继续说道：

“上官雄盟主今天不能到这里来亲临督战，就由我和少林寺的晦能禅师及武当的玄清道友还有华山派的冯老大，率先攻上！现在有请晦能禅师、玄清道友、冯老大上来。”

巨石下的人群掠起三条人影，稳稳地站在台上，晦能禅师面色冷峻，手里倒担着一根禅杖，玄清道长瘦削，背负着长剑，站在巨石上，长须飘飘，头上绾着一帕方巾，看不出实际年龄，腰间挂着一柄长剑，模样甚是儒雅。

晦能禅师将禅杖在巨石上一顿，金石交鸣，禅杖竟有一半没入巨石里，说话带着虎吼般的声音道：

“阿弥陀佛，日月神教倒行逆施，危害武林，武林中人应以除魔扶正为己任，所以方丈命我带了少林寺达摩院十三棍僧，响应上官雄盟主的号令，为剿灭魔教尽绵薄之力，由于地势险要，敌人易守，我们难攻，我们少林僧人已抱有视死如归的意志。”

话如铜钟，在山谷里“嗡嗡”不绝，巨石下的十三棍僧也都振臂高呼：

“誓杀魔教！报仇雪耻！”

这此声音喊得震天价的响，群雄们也都亢奋，热血沸腾。

突然，天空出现了三支火焰，像三颗明珠在群雄的头顶炸开。

吴龙叫道：

“大家做好准备，魔教开始行动了。”

晦能禅师手一召，叫道：

“十三棍僧出队，上。”

只见十三个拿着铁棍的少林和尚一马当先，像十三只巨雕向蝴蝶崖的栈道跃去，跟在后面的是武当派的道士和华山派的弟子。

众人各施绝技向上疾驰，宛如一条长蛇在栈道上飞快地游动，柳天赐四人不紧不慢地跟在后面。

突然从山上“轰隆隆”如雨点般的滚下许多大石，十三棍僧冲在前面，大叫道：

“大家注意，敌人放巨石了。”

喊着已挥着手上的铁棍左挑右拨，只见棍影翻飞，巨石都被挑向两边，滚落崖底，发出轰天巨响，声势甚是骇人。

柳天赐也不竟暗暗喝彩，少林武功甲天下，倒也不是虚传，这巨石从山上放下来，带着满天的雪花，山上的积雪成片成片的往下落，这个劲力能用铁棍挑开，没有一身神力那是想都不敢想。

也有几个武功稍差一点的，被巨石撞到山下，惨叫声响彻山谷，听得人毛骨悚然。

因为栈道只能容下一人通过，一个人倒下，就危及后面的人，跟着就有两个人向后跌落，刚好巨石又迎着砸来，群豪惊叫起来，心想这两个人又会完了，叫声中充满恐惧。

巨石不停地从栈道上，像箭矢密密麻麻的滚落下来。

如果冲在前面的十三棍僧不支的话，或者稍有闪失，那后果不堪设想。

形势十分危急。

韩丐天回头一携向子薇的手，两人冲天而起，抛下一句话：

“天赐，上。”

柳天赐和上官红跟着也身形暴起，两人脚在两边的崖壁一蹬，身子向上急冲，抓起两个正在下落的武林中人，奋力向上一抛，两人身子像纸鸢一样，飞落在十三棍僧的后面。

柳天赐真气一提，双掌一摆，两块巨石撞向一边，正好与下落的巨石相撞，“轰轰”两声巨响，雪末暴飞，震得群豪耳朵“嗡嗡”作响。

群豪看得咋舌不已，浑然忘了身处生死境地，有的还喝起彩来，心想：这是哪个门派的人，是神还是人，如果不是亲眼所见，还真不相信世上有这般人物。

韩丐天带着向子薇、柳天赐和上官红踩着滚落的巨石，从一块巨石上蹿到另一块巨石上，跃上的时候，脚一蹬，把巨石蹬向一边。

几个起落，四人已将冲到十三棍僧前面。

柳天赐抬头一看，离自己头顶不远，有一个平台，想必就是日月神教的总坛——天顶，隐约还能听到上面人声喧哗，搬石头的人来来往往。

石头就在头顶向下砸来。

柳天赐长啸一声，举掌向上击去，只听见“哄”的一声，巨石跟着倒飞上去，上面传来两声惨叫，显然两个正在往下放石的魔徒被巨石砸着。

接着柳天赐抓住上官红的手向上一甩，上官红如凌空仙子，向上飞了过去，人已落到平台上，跟着韩丐天和柳天赐也疾行而上，登上平台的入口。

守着栈道的都是原日月神教的亲兵，突然见人从天而降，骇然四散，跟着上来的十三棍僧一声虎吼，提棍追了上去。

向子薇大急叫道：

“别杀他们，他们是被逼的。”

可还是迟了，跪在后面的几个喽罗发出几声惨叫，倒在地上气绝而亡。

柳天赐心里气急，身为名门正派，对一个喽罗如此心狠，正要出手制止，头顶上飞下几枚暗器，挟着劲风射来，十三棍僧赶快用棍挑开。

柳天赐三人内功极高，听到暗器带着“滋滋”的声响，还冒着轻烟，大惊，叫道：

“大家快卧倒，敌人使的是‘霹雷神弹’。”

说时迟，那时快，只听见“呼呼”几声巨响，接着传来一片惨叫声，分不清是日月神教喽罗，还是十三棍僧的胳膊和大腿，在空中炸开。

跟在后面的群雄赶紧伏在地上，几枚“霹雷神弹”落在前面爆炸，石砾四溅，倒没伤着人。

四周一片寂静，一片恐怖的寂静。

群雄怕还有“霹雷神弹”飞来，趴在地上瞪着眼珠，一动也不敢动！

“嘿嘿”一声冷笑从前面传来，跟着响起了一阵铜锣声。

突然平台上的四周升起了无数的火把，将整个平台照得如同白昼。

这强光使柳天赐感到有点刺眼，乖乖，群豪全被包围了，火把后面密密麻麻地站的都是人，阮楚才有备而战。

柳天赐游目四顾，平台好大，方圆有几里，铺着厚厚的一层积雪，由于众喽罗来来往往搬石头，积雪被踩出了许多小道，将平台分割开来，火把的光亮映在雪上，泛出耀眼的白光。

平台的两边矗立着两杆大旗，一面上面绣着一个斗大的“日”字，一面绣着“月”字，迎风猎猎。

在柳天赐的前面是一幢飞檐走角的大厅，气势宏伟，大厅的正门上挂着一块大匾，铁划银钩的写着“日月神教”四个墨金大字，门口蹲着两头大石狮，威风凛凛。

“轰”的一声正门打开，柳天赐极目一望，里面走出两排人，为首的就是阮楚才。

阮楚才意气风发。

白净的脸上泛起潮红，看上去只有二十岁出头，穿着干净墨色对襟长褂，头发高梳，串起墨绿的碧玉环，头发自然倒洒下来，后面跟着的是南海六魔、西天五杀、天都门、寒冰门的大魔头。

阮楚才刚一出来，四周响起异口同声的喊声：

“万死不辞，振我神教，一统武林，四海归心。”声音响彻云霄，在黑夜极顶上随风远送。

群雄大吃一惊，这个年轻人就是将江湖搅得腥风血雨的柳天赐。

吴虎和晦能禅师、玄清道长及冯老大站在前面。

晦能禅师向前迈了一步，双手合十说道：

“柳施主你杀孽太重，苦海无边，回头是岸，善哉，善哉！”

声音不高，但平台方圆几里的人都听得清清楚楚。

“海棠刀魔”刘中旭往前一站吼道：

“秃驴，别在这里慈悲救世，我们教主为了结束武林百年纷争，消灭武林败类，这等大仁大义的胸襟，是你这个老秃驴敢想的！如果识相的话，现在叩头认罪还来的及，不然叫你这老秃驴喂‘蝴蝶崖’的秃鹰。”

声音带着破锣的响声，特别刺耳。

吴龙在一旁看了半天，心想：这可不是天香山庄他所见的柳天赐，长剑一挽，喝道：

“柳天赐，你在搞什么鬼，你是不是柳天赐!”

阮楚才一凛，眼光向吴龙身上一扫，冷冷道：

“你是谁?”

吴龙大叫道：

“你是谁，在这里装神弄鬼，快说，柳天赐在哪里?”

柳天赐是吴龙血海深仇的大仇人，他完全肯定这个穿着日月神教教主衣服的绝不是柳天赐。

阮楚才还是冷冷地说：

“你怎么知道我不是柳天赐?”

吴龙气得暴吼道：

“柳天赐与我有不共戴天的之仇，烧成灰老子也认得。”

吴龙气极，脏话粗话脱口而出。

突然，阮楚才一仰脖子哈哈大笑，笑声不歇，众人被笑得莫名其妙。

阮楚才笑声一顿，大声说道：

“有眼力，有眼力！你们要找的柳天赐早到阴间去陪他的前教主向天鹏，现在的日月神教是我阮楚才的日月神教，也就是成吉思汗的日月神教!”

群雄大哗，江湖传言果然不假，原来日月神教果真被人偷梁换柱。

阮楚才冷冷地说道：

“向天鹏的确是中原武林大英雄，但他还称不上一世枭雄，狼子野心想成为武林盟主，没想到落得个尸首异地的下场，这说明顺天者昌，逆天者亡，任何跟大汗作对的人，都无异于以卵击石!”

“不错，杀丐帮，围武当，攻少林都是我阮楚才的杰作，不过现在你们知道得太迟了，因为你们从踏上‘蝴蝶崖’就表明你们已经自掘坟墓，将自己埋葬，你们上得来，就没有一个能活着下去!”

柳天赐心想：这阮楚才如此直言不讳，原来是有恃无恐，难道日月神教的喽罗也被他笼络了吗?

果然四周火把闪动，有人叫道：

“真到现在还没有人能活着离开‘蝴蝶崖’，什么少林武当都是武林一些臭门乱派，我们教主早就想下山剿灭，没想到自投罗网。”

“上官雄沽名钓誉，居然能骗得这么多人上来送死，真是一世奸雄。”

“连丐帮帮主都被我们教主三招杀死，你们这些不识相的干脆自刎而死，免得我们教主费手费脚，亲自送你们到西天……”

向子薇小声说：

“韩叔叔，听他们说话的语气不似我们日月神教的喽罗。”

柳天赐说道：

“向叔叔统领的日月神教是何等神威，阮楚才不换人如何能够统领。”

韩丐天没理会两人的说话，身形一起，如小山样的身子已然站到平台上中央，喝道：

“阮楚才，你这个狗娘养的，睁开你的狗眼看看，我是谁!”

这声如霹雳，在场所有的眼光一齐集向韩丐天身上，群雄马上认出了韩丐天，在栈道上人们都见识韩丐天的武功，心想：这几人是谁，怎如此了得，上得天顶才注意到站在一侧的四人，可一直没机会相认，韩丐天在江湖谁个不知，哪个不晓。

晦能禅师、吴龙和玄清道长及冯老大都上前去参见。

晦能禅师双掌合十，唱诺道：

“韩帮主，老衲听武林传来噩耗，心中大恸，没想到苍天有眼，让韩帮主劫后复生。”

韩丐天“哈哈”一笑道：

“晦能大师，谢谢你的好意，我老叫化子可没那么容易死。”

顿了顿，韩丐天拉出柳天赐、上官红和向子薇朗声向众人说道：

“在这里，我老叫化子向大家引见两位武林后辈，这位是日月神教教主柳天赐，也是我老叫化的徒弟，已被我老叫化子传位第十代丐帮帮主柳天赐，这位是‘美姬剑’的唯一传人上官红，这位是已故的日月神教的首领向天鹏的女儿向子薇。”

群豪一片默然，柳天赐被向天鹏在天香山庄命为第二任教主，已轰动江湖，据传武功已是天下无敌，有许多人没见识，以为江湖中人以讹传讹，夸大其辞，可刚才他和上官红在栈道上露的一手绝顶神功，群豪心里有数，江湖传言不虚啊。

可柳天赐在天香山庄杀戳群雄，又传他追杀丐帮，围攻武当，在人们心中已是十恶不赦的大魔。

这神功盖世的大魔头居然被韩丐天收做关门弟子，还任命为丐帮第十代帮主，群雄万分惊诧，这纯粹是水火不相容的两个人，谁不知道韩丐天一生嫉恶如仇，为维护武林正义不遗余力。

群雄呆在那里一筹莫展，不知如何是好。

“蜀中四杰”为了报仇，纠集八百人攻打天香山庄，没想到一败涂地，还将吴孔、吴虎的命也搭上，吴凤失散，后吴龙回去，苦练武功，武功自是精进不少，将杀死柳天赐视作一生最大的目标，听说上官雄盟主要联结武林名门各派攻打日月神教，兴奋得几夜没合眼。

可又想到上官红是上官雄的女儿，所有的起因皆是她，心里惴惴不安，接到上官雄的武林盟主帖，巨大的复仇欲望还是让他到了汴京，一到大都才知道上官雄的女儿早就死了，现在才知是被人骗了。

新仇旧恨涌上心头，吴龙请命为去攻打日月神教，生擒柳天赐，吃他的肉，喝他的血，上官雄因为要探虚实，不想亲自前往，正找不到合适人选，就让吴龙拿着盟主令去“蝴蝶崖”。

上得天顶，吴龙一眼认出日月神教的教主不是他所要找的柳天赐，大感失望，正在这当儿，韩丐天把仇人拉到他的面前。

吴龙没听见韩丐天在讲什么，两眼喷出火，瞪着柳天赐，这个千真万确的仇人，额头上有一颗红痣，就是这个人将他们无孔四象门弄得家破人亡。

吴龙身子一摆，长剑破空而出，直刺柳天赐咽喉，双眼血红叫道：

“柳天赐，纳命来！”

柳天赐正在寻思怎么戳穿阮楚才的阴谋，人一愣，吴龙的长剑已快捷无比地刺到眼皮底下。

柳天赐自从服了“玉霞真人”的“导气丸”，加上上官红真气引导，将体内的两股真气合二为一，并揉合日月精华，学了韩丐天无坚不摧的“隔山裂岳掌”，武功自不可同日而语，现在身上的内力武功已高出了龙尊，吴龙和他相比，有如天壤之别。

所以尽管吴龙这一招是竭尽全力而为，剑尖已抵柳天赐的咽喉，柳天赐激起身上无穷“九海龙劲”，不避不闪，一任吴龙的长剑刺到咽喉。

咽喉是人内力所难运至的软处，就是练过金钟罩的人，咽喉也是他的死门，所以武林中人谁也不会将咽喉暴露给对手，群雄惊呼一声。

吴龙心怀深仇大恨，志在必得，这一剑是全力而施，只见长剑弯成弓状，剑尖抵着柳天赐的咽喉，就是刺不进半寸。

柳天赐内力聚到颈部，劲如金刚，吴龙的长剑焉能刺得进？心想：必须先震住吴龙，免得节外生枝。

心念所动，内力加强，蓦地吴龙长剑弹直，两声爆响，长剑已断为三截散落地上，吴龙只感到一股排山倒海的内力向剑身传来，人已向后跌坐在地。

吴龙一招受挫，从地上爬起，竟似疯了一样，双手箕张，如蛮汉打架，不成章法，向柳天赐扑去，想掐住柳天赐脖子，张嘴去咬柳天赐的脸。

柳天赐负手站立，一动也没动，吴龙再次被一股强大的内力反弹在地，尽管吴龙摔倒两次，但下落的身子跌得并不重，像是被人轻轻放在地下，在场的都是武林高手，知道柳天赐不想伤他，用了内功最高的绵功托着他，要不然吴龙就心胸俱裂，还能爬得起来？

吴龙并不领情，又再次爬起，疯似的扑向柳天赐，没近身又被内力弹倒在地，反复五六次，吴龙气衰而竭，再也爬不起来，委坐在地，脸如白纸，没有一点血色。

嘴唇哆嗦，突然放声大哭起来，捡起断剑，双手用力向胸前插去。

蓝光一闪，站在一边的上官红身子一欺，用剑一挑，吴龙手里的断剑已脱手而出，断剑带着破空的锐响射向平台一角，只听见一声惨叫，想必是射杀了一名站在平台角边的喽罗。

群雄无不骇然失色，怔怔的望着英气逼人的柳天赐和花容月貌的上官红。

若非亲眼所见，谁也不相信柳天赐和上官红看上去年纪只有二十左右的年轻人，有如此盖世神功，好半天才喝出彩来，但一想到柳天赐是江湖上的大魔头，刚一出口就赶快收口，听喝彩声甚是短促，像被人突然扼住了脖子。

上官红想到由于自己一时之念，导致吴孔四象门遭灭门这件事，所有的一切皆是由自己引起的，心里甚是内疚，见吴龙绝望而自杀，就出手制止，收回“美姬剑”说道：

“吴大哥，由于我上官红当年一念之差，骗取了《夺魂心经》，导致吴孔四象门不幸，人说冤有头，债有主，你有什么恨就冲着我来吧！”

上官红自从与柳天赐结为夫妻，母性渐浓，加上和柳天赐内体灵魂相交，真气互为引导，内功日益精纯，心地也日趋大彻大悟，爱惜柳天赐的声誉如同自己的生命，更为主要的是上官红渐渐地明了父亲上官雄是制造这一切的凶手，通过几日的思索，上官红已完全可以肯定父亲才是最大的罪祸魁首，所以她想以自己的生命来换回丈夫的清白。

一边是自己深爱的丈夫，一边是生她养她的父亲，忠孝难能两全，上官红怀着这个无人知道的秘密，痛苦不已，她痛恨父亲将所有的弥天大祸转移到丈夫身上，所以她想为丈夫做点什么，死而无悔。

上官红转向群豪，神情冷峻地说：

“上官雄是我父亲，柳天赐是我丈夫！”

此言一出，平台上所有人闻言大惊，从柳天赐和上官红的神态，众人自不是瞎子，已看出两人关系自非一般，可她自称是上官雄盟主的女儿，这倒令人将信将疑，因为上官雄确有一女，何况上官红也复姓上官，可上官雄的女儿在少年时已落井淹死，这群雄是知道的。

连韩丐天和柳天赐也莫名惊诧，柳天赐和上官红相交相识以来，从没听到上官红谈到自己的身世，上官红曾说自己是个孤儿，可今天怎么自称是上官雄的女儿，这玩笑也开得太大了，柳天赐以为上官红为自己开脱才这样说。

群豪中有人叫道：

“上官雄盟主的女儿早就死了，你别玷污盟主的名声。”声音虽含怯意，但人们都听的一清二楚。

上官红也不答话，解开胸前的扣子，露出了“天山鸟衣”说道：

“想必各位前辈认得这件武林唯一的天山鸟衣吧!”

“天山鸟衣”是集天山千年鸟丝所织，柔软如丝，但刀枪不入，是天山派的镇山之宝，也是武林至宝之一，后被上官雄夺得，群豪自然认得。

有人说道：

“凭这件衣服也不能说你就是上官雄盟主的女儿呀!”

上官红拉过向子薇说道：

“大家看，我和子薇妹妹长得像不像?”

众人抬眼一看，真是两个璧人，长得惊人的相像，只是向子薇脸上略带稚气，而上官红更加容光照人，略显成熟罢了。

上官红接着说：

“子薇的母亲上官英就是我的亲姑姑，子薇就是我的亲表妹，由于这血缘关系，我们才会如此相像。”

群豪“哦”了一声，竟有一大半人相信向天鹏的妻子确是上官雄的妹妹，而向子薇是向天鹏的女儿是无可置疑的。

向子薇凝望着上官红，陡然升起一股亲情，热声叫道：

“姐姐。”已流下了两行清泪。

柳天赐恍在梦中，自己一直深深眷恋的仙女姐姐，现在已是自己的爱妻，突然说出自己的身世，使他一下子难以接受。

群豪屏气敛声，冯老大朗声说道：

“上官姑娘，既然你是盟主的爱女，应该深明大义，怎么跟这武林所不齿的大魔头在一起！”

冯老大是华山掌门的大师兄，为人稳重厚道，武功尽得华山剑真传，自从华山派掌门被南海六魔围攻，“寒梅剑魔”肖飞用鱼骨刺将其杀死，华山派大小事务就由冯老大做主，俨然是一派掌门，在江湖上也算是德高望重。

这句话说出了群豪的心里话，群豪都望着上官红，盼她快给出答案，一解人们心中的迷惑。

上官红环视了众人一眼，尽管神色忧郁，但众人还是觉得眼前一亮，光影从众人脸上一扫而过，上官红说道：

“大家既然能上得‘蝴蝶崖’，想必在江湖上都有一些声望，恩怨分明的大丈夫，武功上也都有很深的造诣！”

群豪默不作声，心里在掂量这句话的分量。

上官红接着说道：

“即使我丈夫是为武林所不齿的大魔头，可我想做为一个深明大义的大丈夫，应该明了国仇事大，家仇事小，我父亲在元军里辱负负重，还不是为了反抗元军，拯救大宋子民于水深火热之中，尽一个武林中人应作的义举。现在元军的走狗、大宋的叛贼阮楚才就在面前，各位前辈舍本求末，不去杀阮楚才和臭名昭著的魔头，反而来对付一个被人设圈套所陷害的英雄，我想这不是我爹所愿，也违背了武林侠义精神吧！”

这番话说得入情入理，更何况是一个少女之口说出来，如一记重锤敲在群豪心头，这些都是武林名门正派有头有脸的前辈，一听不由觉得汗颜。

晦能禅师说道：

“阿弥陀佛，女施主难有这份侠义深机，我辈感到惭愧。”

吴龙见大家都认同了上官红的话，又见报仇无望，气极大骂道：

“妖女，你伪称上官雄盟主的名讳，蒙骗武林同道，舌吐莲花，想为你那奸夫开脱罪名。”

群豪一听甚是别扭，心想：再怎么气急，也要说出个理儿来，怎么能开口骂出人家是妖女、奸夫的话来。

阮楚才站在台阶上，见吴龙和柳天赐厮杀，心中窃喜，没想到冒出一个上官雄的女儿，三言两语把人心说动了，心凉半截！

更为主要的是柳天赐和韩丐天的突然出现，是他始料不及，斜眼一瞧，柳天赐腰间里果然斜插一根晶莹碧绿的打狗棒，心想：这两个不好对付的人已连成一气了。

既然脸皮已经撕破，阮楚才心一横，哈哈大笑道：

“说得好，说得好！各位武林前辈在江湖上打滚，刀尖上舔血，还不是图个名利，大宋气数已尽，何必为一世虚名，为那不知政事、沉溺于女色的狗皇帝卖命，不如识时务，助大汗完成霸业，将来也落得个封官荫子安享富贵，现在我们已经统领了中原水陆两个最有实力的帮派，众望所归，凭各位的身手，在大汗帐下扬名立万实属易事。”

韩丐天牛眼一翻，白须上翻，“呸”了一声，吼道：

“阮楚才你这王八羔子比你父亲脸皮可要厚得多，阮星霸勾结元狗卖国求荣，还做的鬼鬼祟祟，没想他的龟儿子居然能大言不惭，毫不知耻。”

阮楚才冷冷一笑道：

“韩老叫化子，你身为丐帮帮主，将好端端的武林高手弄得人不像人、鬼不像鬼，还过着衣不遮体、食不果腹的日子，沿街乞讨，还想鼓动众人跟你一样生活，你居心何在？”

群雄心想：丐帮中上到丐帮帮主和长老下到一般的丐帮子弟都是这样子，如果个个都吃肉喝酒，身着华服，那叫什么丐帮！怎么说是韩帮主弄的？

阮楚才见众人没反应，接着说：

“俗语说，人不为己，天诛地灭，各位前辈都有家小，不说为自己考虑，也得为家人考虑，我立在天顶布下天罗地网，还是请大家三思，别听这老叫化子的胡吹。”

韩丐天年已过百，在江湖辈分极高，也不能失面子，对阮楚才贸然出手，吼道：

“国家兴旺，匹夫有责，你这王八羔子不以国耻为己任，反说人不为己、天诛地灭这等混话。”

阮楚才冷冷道：

“老叫化子，这话可轮不到你说，人不为己天诛地灭，人人都是自私的，你韩老前辈可做得淋漓尽致，重范武林，为了谋求自身荣誉，你用‘隔山裂岳掌’打死了你称兄道弟的向天鹏，然后又想独吞武林至宝‘随形剑气’，竟起偷念，伤了人家，我阮楚才佩服之至！佩服之至啊！”

柳天赐心想：这阮楚才胡言乱语，说的话可跟黑魔师父教给自己的一模一样。

第二十章　决战魔教

柳天赐自从将体内的真气汇成一股纯正内力，再没有以前正邪思想困扰，回想师父黑魔的话，认为这些都是正义侠士所不齿的，今天听阮楚才一说，更觉得其面目可憎，心想：师父侠义一生，却被人嫁祸，背了这一身不白不冤，心中大为不平，朗声说道：

“这纯粹是阮家父子俩嫁祸我师父，为达到你们卖国求荣目的所设的陷阱，我师父为抗击元军，激战几天几夜，杀元军无数，血染长袍，你小子还在哪里。试问各位武林前辈，谁能在半月的时间从江西的九江跑到湖北的大洪山，然后再跑到云南的大理！”

柳天赐自有一身至纯至刚的内力，表露在外的就是一股凛然正气，不怒自威。

韩丐天打死向天鹏和盗取大理段氏的“随形剑气”，这早在江湖上传得沸沸扬扬，但也是众说纷纷，猜测颇多，疑点不少，没有哪个能真正肯定是韩丐天所为，但群豪还想听到一个准确的答案。

有人议论道：

“这不可能啊，就是天下轻功最高的‘无影怪’也不能做到，在江西、湖北、云南兜一个大圈子，少说也有一万里，怎能在半个月跑来跑去呢？”

阮楚才叫道：

“柳大魔头，你可不比我阮楚才好到哪里去，我俩是拴在一根绳上的蚂蚱，为了一个丐帮帮主的诱惑，竟违心的说话呢？你是怎么知道，老叫化子是在半个月内做的案呢？”

柳天赐一直被武林黑白两道视为魔头，到处追杀，明知中了别人的圈套，一时半刻说不清楚，傲气一生说道：

“成吉思汗派护国大师与你父亲阮星霸暗授天机，我和我师父就在‘九龙寨’的后竹园，我想这你怕还不知道吧？”

群豪齐叫道：

“护国大师与阮星霸密谋什么！快讲了来！”

阮楚才大惊，心想这小子还偷听到我父亲与“太乙真人”的谈话。

柳天赐清了清嗓子，正色说道：

“各位前辈，在这里我还有必要将阮星霸向大家介绍一下。”

吴龙躺在地上突然又向柳天赐扑去，叫道：

“柳天赐我不管什么国仇家恨，我跟你拼了。”

站在他旁边的一个崆峒派长老伸手点了吴龙的穴道，吴龙经过几次折腾已气衰力竭，强弩之末，“扑通”一声又掉在雪地里动弹不得。

崆峒派的长老甩了他一嘴巴吼道：

“不知轻重的东西。”

群豪对这话题大感兴趣，因为自向天鹏在天香山庄屠杀武林中人，江湖怪事纷呈，弄得各门各派诡秘莫测，人们很想知道谁在制造这些阴谋，所以对吴龙的搅乱大为恼火，有人叫道：

“接着讲下去，快接着讲下去！”

柳天赐说道：

“阮星霸本是成吉思汗手下的一个大将，被成吉思汗派到中原，成为‘鹰爪门’的掌门人，后来在成吉思汗的帮助下，倾覆了九龙帮将九龙帮主囚禁在九龙寨的地牢里，这位黄朝霸老前辈，我在地牢里见过，而阮星霸后来就取而代之，做了中原水上第一大帮的帮主。”

群豪“哦”了一声，阮星霸当九龙帮的帮主，在江湖上本就有颇多猜测，后九龙帮在阮星霸手里势力大张，武林中就不了了之，没想到这其间还有这等阴谋。

柳天赐接着说道：

“各位前辈，阮星霸当了帮主，这可不是成吉思汗的主要目的，成吉思汗主要是进攻大宋，经常骚扰他后方、牵制他军力的是日月神教和丐帮，所以成吉思汗想借机挑起中原武林火拼，然后坐收渔翁之利。阮楚才，以后的事你敢给天下英雄交代?”

群雄如梦初醒，如迷路很久的找到了正确的方向，转为悲愤，怒视着阮楚才。

谁知阮楚才发出“嘿嘿”冷笑道：

“柳天赐你小子知道的还真不少哇，既然你们都很想知道是怎样遭神明大汗所愚弄，我就慢慢讲给你们听，好让你们作一个明白鬼，不然，死得稀里糊涂，也甚是遗憾!”

上官红附在柳天赐的耳朵上说：

“天赐，阮楚才不急不慌，似乎在争取时间，这么成竹在胸，有恃无恐，是不是有诈?”

柳天赐也有此想，凝视向四周看去。

阮楚才缓缓地说道：

“柳天赐这小子说得很对，大汗的主要目的就是要消灭中原武林，扫除元军铁骑南下顽固不化的绊脚石，正苦于无谋时，恰恰逢日月神教教主向天鹏狼子野心，想一统中原武林，使日月神教总坛天顶成为号令江湖的宝座，也许是老脸难撕，就将一切假手于柳天赐，柳天赐傻小子如获至宝地捡了一个日月神教的便宜。”

阮楚才满脸沉笑，阴恻恻地说道：

“可人算不如天算，柳天赐沉溺女色，不务正业，眠花卧柳，一路美女陪伴寻乐到九江，被‘太乙真人’偷得了日月神教的圣物‘玄铁蝴蝶令’和‘碧玉环’。大家都知道日月神教那些迂腐不堪的堂主，虽说武功高强，可个个都无原则地讲些忠信之道，见了圣物如见了他爹，如是就出现了追杀丐帮、围攻武当和少林等所谓名门正派的好戏，你们可还有什么不甚明了的地方，我阮大爷有的是时间，给你们一一解答。”

柳天赐只见四周平台的喽罗忙前忙后地跑来跑去，平台的四击矗立着许多黑树干似的粗筒子，那粗筒子似乎是空的，喽罗正在往里面装什么东西。

柳天赐不知他们在搞什么鬼，但知道必是什么不利的事，俯身把所见到的事告诉上官红。

上官红听了花容失色，大叫道：

“大家注意，阮楚才要放火炮了。”

韩丐天听了也吃惊不小，因为他抗击元军才知道，在对元军作战时，人们继霹雷神弹之后，研制出了一种更具威力的火炮，就是将硝石、硫磺等烈性炸药装入铁筒的后面，在铁筒前面装些碎石、瓦砾，在炸药的推动下，轰射而去，威力奇高。

但由于每一次要装许多的瓦砾石子，作战时用于远距离进攻才用到，不知道阮楚才是怎么弄到这么多火炮的。

阮楚才手一挥说道：

“点炮！”

只见平台四周滋滋地冒出火光，韩丐天知道敌人在点炮引，从点炮引到爆炸要一段时间，韩丐天身子一纵，喊道：

“快跟我来！”

群豪有的知道这火炮的厉害，有的不知道，还傻乎乎地站在那里，不知发生了什么事情。

兔起鹘落，韩丐天、柳天赐和晦能禅师、冯老大等人以迅雷不及掩耳之势冲入敌阵。

韩丐天用神功将大炮筒转向山下，一会儿，只听见一排震耳欲聋的巨响，硝烟迷漫，火光冲天。

惨叫连声，没有跑、愣在那里的群雄还有两三百人，顿时血肉横飞，手、头、足四散，真是令人毛骨悚然。

幸好被柳天赐和韩丐天等推转了许多炮口，对着万仞高山轰射，火光映红了半边天，炮声巨响在山谷交相轰鸣，经久不息。

柳天赐和上官红再无犹豫，知道今日唯一的解决办法就是杀。两人同时出剑，剑气若潮水般向四面扩散。喽罗大片扑倒，火把照耀下鲜血如雨点四溅。

那据守平台四周的喽罗，哪见如此猛杀，骇然四散。

阮楚才大叫道：

“放箭！”

“嗖嗖嗖”竹箭飞蝗般射来。

柳天赐一看，密箭是从屋顶上射来的，拉上官红的手，舞着宝剑，迎着箭雨，向屋顶劲掠而去。

群豪没料到屋顶上埋伏着弓箭手，顿时又有十几个人中箭而亡。

上官红身穿“天山鸟衣”，刀枪不入，竹箭的箭头虽然喂有剧毒，但一射到上官红胸前，就纷纷折落，上官红舞了一片剑圈掩护柳天赐。

两人跃上屋顶如切瓜剁菜，弓箭手纷纷从屋顶上滚落下来，没被砍着的，也自动从屋顶上吓得滚下来。

剩下的群豪大怒，心想：这阮楚才果真歹毒，叱喝连声。

“冲啊！”“杀啊！”

阮楚才急忙领着群魔向大门退去，群豪紧追其后，叫道：“阮楚才走狗，哪里逃！”

柳天赐和上官红在屋顶上，柳天赐心电一闪，不对呀，这阮楚才和众魔头武功都是一等一的高手，怎么不打就跑，叫道：

“小心！”

话刚一喊出来，日月神教的正门地面“轰”的一声下陷，露出一个巨大的洞穴，冲在前面的十来人掉了进去，十几声惨叫从地洞里传出，这撕心裂肺的惨叫甚是恐怖。

柳天赐一看洞里徐徐冒着热气，原来里面是一口巨大无比的铁皮包着的大锅，机关一按，盖在地上的盖子向两边分开，里面烧着沸水。

群豪一愣，柳天赐大叫一声：

“不好！”

身子飞掠，可还是迟了，“轰轰”两声，众人只觉一片漆黑，两个大铁匣从天而降，刚好将群豪关在正门到大厅入口的这段长廊里，剩下的四五百群豪只有十几个冲在后面没关进，其余的全部被关住了。

柳天赐运劲一推，“砰”地一声闷响，震得众人耳朵“嗡嗡”作响，原来这四周都是铁制的大铁闸，少说也有三尺来厚，柳天赐身子上蹿，举掌一击，上面也是用铁板封合，纹丝不动。

群豪大恐，黑暗中柳天赐视物如昼，见上官红在四周摸着找他，走到上官红跟前抓起了她的手，轻声说道：“红儿，把‘美姬剑’拿出来。”

上官红“嗯”了一声，霎时，铁房子闪耀一片红蓝亮光。

群豪身上血迹斑斑，个个面目狰狞，柳天赐和上官红身上血最多，简直成了一个血人。

人们这才感到铁房子弥漫着浓浓的血腥味，亮光一现，叫骂声立停，铁房子里只听得群豪“呼呼”的心跳声。

柳天赐说道：

“我们不能光在这里叫骂，得想个办法出去。”

晦能禅师点头道：

“柳少侠，我们听你的。”

经过激战，群豪听到了阮楚才的话，了解了事情的前因后果，加上柳天赐神功一现，拼死救群豪，这些人都亲眼所见柳天赐侠义神勇，敌意一除，都知怪了柳天赐，晦能禅师一向言出不二，所以一时难以改口，称为柳少侠。

群豪对柳天赐的盖世神功折服得五体投地，叫道：

“柳教主，你拿主意吧，我们大家听你的。”

“柳帮主，我们大家可都错怪你了。”

柳天赐心中一热，竟流下泪来，想自己忽然得到这么多前辈的认同，不由心潮澎湃，豪情顿生，把龙尊剑一挥，将龙尊的盖世内力全部运在剑上。

只见红光大盛，龙尊剑带着龙吟锐响刺向铁板，“卟”的一声，没于剑柄，铁板子只剩下一片蓝光。

慢慢地，群豪感到里面一片燥热，铁房子变得暖烘烘的，一阵困意袭上心头，有人竟侧头睡着了。

“卟卟”声不绝，柳天赐已刺出了一条长口子，群豪知道柳天赐想在铁板上割一个洞。

铁房子越来越暖，变得有点炙热，群豪大汗淋漓，往中间挤拢，一股烟从口子里冒进来。

柳天赐叫道：

“不好，阮楚才在外面放火!”

群豪一阵骚动，感到铁房子烫人，像一个铁蒸笼，心想阮楚才那厮有恃无恐，原来早就布下这重重机关，要不是柳天赐神功盖世，这七十二门派的人哪有命在。

红光急闪，柳天赐已戳穿了一圈剑洞，将剑交给上官红，双手在胸前划了一个圈，“嗨”地一声虎吼，双掌对着剑洞圈平推出去。

“呼”的一声，一块圆形的铁板激射而出，好久才听到“咔嚓呛啷”，想是铁板砸碎大厅的桌椅掉在地上。

群豪烤得汗流颊背，在地上不停地跳动，有几个还烤昏过去，见柳天赐内力如此刚猛，也顾不得烫，大声喝彩起来。

铁板露出一个洞，一股烈焰往里一窜，热气扑面而来，本来铁房子里热气蒸腾，如火上加油，又晕倒几个。

柳天赐急急之中，心念一动想到，要是自己身子能缩小就好了，意念之中，体内真气流转，要知柳天赐体内聚了龙尊的至高无上的内功和日月精华，几乎包罗了天下所有的内功要诀，在襄樊丐帮大会点将台上，柳天赐对武当的百变神功和大理的随形剑气和师父的隔山裂岳掌已有所悟，他们这武林泰斗所施武功独树一帜，但万变不离其宗，都是由浑厚博大的内功为根基，然后加以演化，只是施功的部位及方式不一样，才命名出异彩纷呈的功力。

在这一基础上，柳天赐体内的真气随意所动，真气所经之处，只听见他骨骼噼啪作响，慢慢地，柳天赐身体缩作一小团。

群豪骇异，连韩丐天也惊讶不已，柳天赐会失传的“缩骨大法”？

没等众人反应过来，柳天赐持剑穿洞而出。

红光暴闪，几声惨叫，正在铁房子边搬柴烧火的喽罗已身首异处，余下的四散而逃。

柳天赐身形暴起，已抓住了一个，喝问道：“机关在哪里？”

没有回答，翻身一看，情急之中将喽罗的脖子捏碎气绝，只好放下，飞身一掠，这次用力恰到好处，轻带了一个。

那喽罗吓得魂飞魄散，伸手向地上的太极图一指，竟昏死过去。

柳天赐在太极图上一气乱踩，双脚踏到太极图的两个孔上，“轰”的一声，两块铁闸向上升起。

群豪蜂拥而出，外面天已大亮，群豪竟在铁房子关了一夜，个个烤得像熟透的柿子，带着一头的水汽，像从水里捞起来的，长长地出了一口气，可外面太冷，滴水成冰，一会儿群豪的衣服上结了一层薄冰，胡须、眉毛皆结了一层霜。

上官红和向子薇两人长发笔直悬垂，像无数棍细细的冰条。

众人对望，阳光有点刺眼，恍若从阴曹地府中出来一般，身上的血涂了一层薄冰，更加鲜红夺目，上官红看到自己穿着一袭血衫，血腥味扑鼻，吓得尖叫一声。

群豪轰然大笑。

跟着有人大叫道“柳帮主!”“柳教主!”他们已把柳天赐看作一个大英雄，如果不在这险地，早就把柳天赐抬起来抛两抛，他又是日月神教的教主，又是丐帮的帮主，一时激动，不知该如何称呼他，所以“柳教主!”“柳帮主!”的乱叫。

柳天赐意气风发，微微一笑：

“各位前辈太抬举我柳天赐了，子薇，天顶你熟悉，麻烦你前面带路，我们去抓住阮楚才那元狗。”

向子薇往前一跃，正要引群豪进去。

突然，从大厅四周侧门涌出了八路人将群豪围在中间。

柳天赐一望，至少有两千多人，而群豪死伤过半，满打满算，大概只有四、五百人，幸好活下来的都是顶尖高手。

一个翁声翁气、不太标准的汉语的声音，阴恻恻的传了过来：

“柳教主，真是英雄出少年，这般年纪就练就神功，可惜不辨是非，弃明投暗，可惜啊，可惜!”

这声音好熟悉，柳天赐一时想不起在哪里听过，抬头一望，脸色大变。

站在大厅中央的人，秃顶，像鹰一样的眼神，蓝眼珠，眼窝深陷，鹰钩鼻，脸色苍白，两颊无肉，颧骨高耸，身体瘦长，比一般人要高出一头，如一根竿，手里担着一根金光灿灿的禅杖，蓝眼射出阴光，令人不寒而栗。

韩丐天朗声说道：

“太乙真人，你倒真是越老越糊涂，就算不认得我老叫化子，可连你师父的龙尊剑也不认，这等欺师灭祖，还不赶快跪下叩几个头，然后我叫帮主清理门户，给你个好死!”

柳天赐这才想起这人就是他在九龙寨后竹园所见的“太乙真人”，即成吉思汗的护国大师，怪不得声音这么熟悉。

太乙真人凝视注视着柳天赐手上的“龙尊剑”，脸色大变，他早知道柳天赐会使“龙尊剑法”就颇为震惊，心想肯定是白佛和黑魔弟子，可这“龙尊剑”是龙尊的至宝，怎么会到这小子的手里，难道是师父的关门弟子，真是师父派来清理门户的，一下子拿不定主意，神色颇是踌躇，果真跪下叩了三个头。

群豪无不称奇，大家都知道太乙真人是西域圣火教教主，武功甚是诡谲，后来无意中救了龙尊，龙尊就教了他“天魔剑法”武功陡增，从西域到东土历练印证武学，从未逢到敌手，最后碰到疾恶如仇的韩丐天，两人激斗了三天三夜，到最后比拼内力时，被韩丐天的“隔山裂岳掌”震伤，才知天外有天，逃回西域，若练内功，再战中原。

经过二十年的苦练，想再到中土，正碰上成吉思汗大军南下，凭他的惊世武学和诡计多端，被成吉思汗聘为护国大师。

叩完头，太乙真人站直身子，翁声翁气地说道：

“柳天赐可是龙尊师父的关门弟子？”

韩丐天哈哈大笑道：

“什么关门弟子？说你老糊涂你不相信，龙尊为什么不给你‘龙尊剑’而给了他？”

太乙真人浑然不解道：

“你说是为什么？”

韩丐天煞有介事地说道：

“‘龙尊剑’是龙尊的至爱宝物，给柳帮主，就是叫柳帮主从此代他行令。”

太乙真人恍然大悟，“哦”了一声道：

“我师父叫柳教主代他行什么令？”

韩丐天提高声音叫道：

“你怎么还叫他柳教主！”

太乙真人茫然道：

“那我叫他什么？”

韩丐天随口说道：

“你应该叫他‘龙尊后伯’。”

太乙真人略一迟疑，但还是恭敬叫道：

“龙尊后伯。”

韩丐天又说道：

“这就对了，现在‘龙尊后伯’代你师父行令，命令太乙真人自刎而死。”

太乙真人僵立当场，脸上肌肉抽搐，眼光盯着柳天赐，甚是可怜地问道：

“‘龙尊后伯’，我师父龙尊真是这么说的吗？”

包括柳天赐在内，大厅里所有的人无不匪夷所思，想这太乙真人武功空前绝后，诡计多端，怎么凭韩丐天几句话弄得痴痴呆呆，神魂颠倒，看他样子，似乎真要自刎而死。

在常人心里，韩丐天的话纯粹是开玩笑的谎话胡言，这太乙真人则深信不疑，人们以为他肯定有些神志不清，要么就是走火入魔，才这个样子。

可韩丐天心知肚明，像西域异邦人不仅和中土人长相不一样，思想方式更是大异，西域人从不说谎，所说的话是铁板上钉钉，说一不二，并且做事是就事论事，条理分明很清楚，原则性极强，比如敬重师父，一旦心中有了这一原则，那有师父在和没有师父在是一样的敬若神明，宁愿死，也不打破这一原则的。

阮楚才在一旁大急，叫道：

“护国法师，这老叫化子是中原武林第一大骗子，你别听他胡言乱语，他说的全是谎话。”

上官红想到自己在鄱阳湖边，见到柳天赐怀抱绿鹦的时候，也似他这般神情惘然的样子，难道他这么一大把年纪也为情所困！

太乙真人深陷的眼窝洞开，从里面射出一道精光，“嗯”了一声。

阮楚才在旁观言察色，接着说道：

“护国大师，大汗是怎么吩咐我们的，这些都是中原冥顽不化刚腹自用的武林正派，今天我们要将他们尽数剿灭。”

太乙真人苍白脸上肌肉牵动，心中一凛，心想：对啊，差点为了小原则坏了大事，脸色一怔，发出桀桀怪笑，翁声翁气厉声说道：

“将大门放下来，除了‘龙尊后伯’其他的人都得死！”

“轰”的一声，铁闸又拓下，明亮的大厅阴暗了不少，四角的魔头如鬼影幽灵，群豪操起兵器，全身戒备。

阮楚才狞笑喝道：

“弟兄们，为大汗立功的机会到了，杀！”

四周的魔头向中间掩杀过来，顿时，兵器交鸣，喊声大震。

柳天赐牵着上官红手，游目四顾，一看大惊，这些魔头居然像训练有数攻城掠寨的军队，都穿着六大堂主的衣服，后面跟着的魔众，也有少部分是日月神教投降的亲兵，也都服色统一。

“南海六魔”带领的魔众穿的是“青蛇堂”的衣服，和阮楚才带领的穿着“白象堂”衣服的魔众，从正面杀来。

“西天五杀”带领着“玉马堂”教服的魔众，“寒冰门”带领着穿着“赤龙堂”教服的魔众，“玄幽门”带领穿着“绿麟堂”教服的魔众从西边侧门杀来。

后面是“四大淫魔”的幸存者“闭月魔”所带领的杂牌军，穿着黄色的衣服，从后面杀来。

他们交错穿插，想把群豪分割成一小块一小块的，然后各个击破，而且后面的魔众往前推压，将包围圈缩小，这样群豪难以施展手脚，形势危急。

柳天赐暗叹道：这太乙真人在短时间内能将这批杀人成性有魔头训练的攻防有序，倒真是一个奇迹。

上官红自小在元帅府长大，经常看到上官雄操练军队，知道这叫分而击之的作战进攻策略，一般用在敌寡我众之时，围攻分歼。

群豪也都是久历江湖的前辈，不知经过多少生死相搏，也认识到众魔头的用意，吆喝起来，背靠背作战，尽量不让敌人折散。

但众魔头个个魔性十足，以带头人作头阵，拼命往里面追杀，包围圈已打开六处缺口，后面的魔众往前推进，眼看就要冲得稀烂，群豪奋力抵抗，惨叫声不绝入耳，热血四溅。

上官红略一思索，对柳天赐说道：

“天赐，快，号召晦能禅师、冯老大等顶尖高手，从敌人尾部下手。”

柳天赐心里一亮，面露喜色，一声长啸，形势险恶，也顾不得那么多，大叫道：

“晦能禅师、玄清道长、冯老大，你们快跟我杀出去。”

群豪混战，就缺少一个带头人，所以没有统一指挥，各自为阵，柳天赐这一喊，群豪似乎一下子找到了主心骨。

晦能禅师等顶尖人物赶快向柳天赐这边拢来。

柳天赐正色道：

“师父你留着坐镇中间，其余的跟我突围出去，然后以一当十，分杀敌人尾部。”

群豪见柳天赐铿锵有力，指挥若定，顿时群豪振奋，轰然答应：

“好！”

柳天赐和上官红一马当先，眼看五六个前辈拔地而起。

排在后面的都是一些武功较弱的魔众，像晦能禅师是少林寺达摩院的禅师，玄清道长是武当派除“玉霞真人”之外的第二位人物，冯老大是华山派的大师兄，剑法尽得华山剑的精妙……真如虎入羊群，秋风扫落叶。

剑光闪动，一片血雨，一片惨叫。

魔众骇异，有的就抱头鼠窜，大厅四周，众魔的外围一阵骚动。

围在中间的群豪奋力往外杀，韩丐天在中间的包围圈中周边游，掌影翻飞，“隔山裂岳掌”飞沙走石之力，每击一处就攻开一道缺口，群豪就跟着向前攻一步。

魔头见外围已乱，一分心被群豪将包围圈扩大了一倍。

太乙真人站在大厅的中堂前，旁边两个元军将帅模样的人陪在左右，“太乙真人”脸上阴晴不定，凝神观战。

大厅里形势逆转，以韩丐天为首的群豪在大厅中央左冲右突，以柳天赐为首的几大顶尖高手横冲直闯，一起一落就横扫一片，在外围发动攻势，以两人为中心的群豪凝结成两股极强的势力，遥相呼应。

太乙真人心中凛然，中原武林真是人才辈出，见柳天赐舞着龙尊宝剑，如虎啸平川，龙游大海，身影上下龙腾虎跃，红光组成一束光链，带着龙吟，在大厅上上下出没，气势大开大合，如疾风入林，上官红身姿翩翩，美妙至极，如凤舞九天，孔雀开屏，红蓝两个光圈交相辉映。

天下竟有配合得如此默契的剑法，在太乙真人远观的眼里如同一个人同时使两把剑一样。

太乙真人惊诧莫明，这“龙尊后伯”的武学功力似乎在自己之上。

对场上的局势，太乙真人暗惊：延续下去十分不利，必须先制住韩丐天从那面突围，心念一动，竹竿的身子一晃，步伐怪异至极，两根瘦长瘦长的脚管一并，身子一起如蜻蜓掠水，从众魔头顶上一个起落就到了包围圈中间。

韩丐天双掌催动，挟带着轰隆隆的雷声，如小山似的身子甚是轻灵，在中间的圈子满场游斗，雷霆万钧之力向众魔头撞去，掌影所到之处将众魔头逼退几步。

韩丐天转到南海六魔面前，双掌一分，化出六道掌，分击六魔，忽然见一只枯枝似的手一粘一带，一根金光灿烂的禅杖随风而至。

六道劲力如击在一团棉花上，仿佛泥牛大海，韩丐天大惊道：

“太乙竹竿，我是你龙尊后伯的师父，你叫我龙尊师伯，怎么敢跟我过招!”嘴上叫手上一点也不含糊，身子一侧，卸掉禅杖下击之力，一招“蛮牛耕田”身子一躬，左手成爪向“太乙真人”腰部抓去，右手一掌向他面门击去。

太乙真人翁声翁气道：

“我先将你制住再说。”禅杖上的一串金环急响，一招“魔海扬波”禅杖作剑式斜点韩丐天周身十二处重穴。

这两人曾在三十年前激斗过三天三夜，后韩丐天内功精纯，稍逊一筹，用“隔山裂岳掌”震伤了太乙真人，后太乙真人回到西域，闭关修炼了二十年，将西域怪异之功揉进到“天魔剑法”，悟出了一套怪异的“天魔杖法”，武功精进，与以前的太乙真人不可同日而语，韩丐天毕生穷研隔山裂岳掌，已练到摧枯拉朽出神入化的境界，在中原武林龙尊归隐后就由他添补了武林泰斗之称。

两大武林高手相斗，劲风呼呼不绝，扫到众人的身上，在场的都是武林一等一的高手，都感到一阵窒闷，太乙真人的禅杖一扫，韩丐天避开，旁边的两个峨嵋派的女弟子就遭殃了，身子拦腰扭断，横飞出去。

当世两大高手对决，确实不同凡响，劲风所过之处，众武林人物和日月教徒若劲敌风中的疾草般东倒西歪。哪还有心思恋战，到后来双方干脆都停下战斗，让出一片巨大的空地，看两大高手对决如痴如醉。

柳天赐巡视大厅，大厅上尸体横陈，血流成河，外面寒风吹来，带着粘糊糊的血腥味扑鼻而来，上官红“哇”的一声竟呕吐起来，柳天赐连忙扶起她，面露惶恐之色，以为上官红受了内伤。

向子薇拉过柳天赐附耳说道：

“柳大哥，恭喜你，我表姐有了!”

话音虽细，却钻入上官红的耳朵，上官红俊面大窘，斜睨向子薇，见向子薇肚子微微地鼓起，腰身变粗，心想：我以后也会像表妹那般，不由得有点害怕，嘴里却说道：

“表妹，要不要我将你对段公子说的话学一遍。”

向子薇一愣，马上省悟，钻到上官红怀里，撒娇道：

“表姐，你坏，你坏，你偷听……”

上官红笑道：

“我偷听什么？”

向子薇不答，猛地站直身子说道：

“表姐，堂主和丐帮的长老、还有我妈他们不知怎么样了？”

听到向子薇的话，柳天赐脑海闪出一个主意，低声问向子薇：

“日月神教可有地牢，你估计阮楚才会把他们关在哪里？”

向子薇急切地说道：

“肯定是关在‘蝴蝶崖’后山的石窟里！那里是我爹爹用来关押蒙古鞑子和江湖魔头的。”

经过一番激斗，躺在大厅的尸体压着尸体，至少有两千具，柳天赐游目一看，阮楚才身后只有一百多个魔头，自己这边只有四五十个人。

第二十一章　高手对决

太乙真人像竹竿一样瘦长，在众人眼里比韩丐天还高出一头，手脚更细更长，就像装上的四根长棍，韩丐天看到这一点，尽量贴身而斗。

韩丐天身材高大雄伟，跟“南海六魔”等魔头相斗，体内真气耗了不少，头上热气蒸腾，脸上淌下汗水，把溅在脸上的血迹冲出一道道血痕。

柳天赐低声对上官红和向子薇说道：

“我上场去斗太乙真人，你俩赶快到后山石窟救人！”

上官红抓住柳天赐的手说道：

“天赐，你可小心！”

柳天赐心头一热，豪气一生说道：

“红儿，我不要紧，你自己可要当心！”

两人互相担心，把一旁的向子薇羡慕得要死，嘴一撇说道：

“表姐，看你急成那样，凭天赐哥的盖世神功，你就不要担心了，我们快去救人吧！”

上官红松开手和柳天赐相视一笑，随着向子薇从侧门溜了出去。

向子薇急切地想见到母亲和段安柯，一拉上官红的手向山梁疾飞而去。

上官红回首一看，蝴蝶崖在黑夜中端的是险峻异常，而偌大的忠义厅和其他大大小小的房舍依山而建，的确是巧夺天工，直不知耗用了多少人的心血。

山梁的小道崎岖蜿蜒，在淡淡的月光下，如盘旋的长蛇，雪花飘舞，北风朔吹，两人都不约而同地打了一个寒颤。

上官红全身戒备，生怕中了阮楚才的埋伏，可奇怪的是，整个后山，一片死寂，没有一个人影，上官红见月光下的子薇，神情焦虑，挺着微微凸起的肚子，不由升起一丝怜悯，这表妹孤苦一人也委实太可怜了，小声问道："表妹，那石窟在哪里？"

向子薇小声道："我想先去见我娘！"

上官红轻声念道："姑姑！"从很小的时候，上官红就听父亲提到他有一个姐姐叫上官英，她小的时候，父母就双双死于战乱，姐弟两人相依为命，在那段患难艰辛的岁月，上官英姑姑努力地呵护着年幼的弟弟，每每提起这段往事，父亲都会泪流满面。

后来随着金兵南下，姐弟两人终于在一次战乱中，被金兵冲散了，就这样父亲从戎入伍。由于父亲机谋过人，能征善战，很快就被岳元帅重用和吴孔叔叔成为岳元帅手下的两名大将。可是好景不长，岳元帅被秦桧等人谋害，惨死在风波亭，父亲就倒戈成吉思汗，经过几年的奋战，成为显赫的南下带刀统领。

从此以后，父亲从没有开心过，每天心事重重，他从未放弃寻找姐姐上官英，上官红知道父亲每次派人寻找都是无果而终。

可事实上，父亲在十年前就找到了失散了的姐姐上官英，并且瞒着所有的人每年逢年过节的都要到蝴蝶崖上看看姐姐，虽是自己的亲姑姑，但上官红却从未与她谋面，蝴蝶崖也是第一次来。

父亲为什么不向她吐露这层关系呢？上官红觉得这其间甚有蹊跷，不仅仅是在这一件事上，现在随着自己江湖阅历的增加以及对父亲了解的增多，越发发现父亲是一个谜，她很难把握父亲的思想，甚至觉得这些对她而言并不是一件好事，内心中恐惧整件事情的真相，有时她真想浑浑噩噩地过日子，可事实上她又无时不在思索整件事情，这一切使她很痛苦！

正在上官红胡思乱想之际，向子薇停下了脚步叫道："娘，我是子薇，我回来了。"

上官红打量周身的环境，她一下子被眼前的景象怔住了，宛如置身仙境一般，白雪皑皑的亭台楼阁建在悬崖峭壁的栈道上，几乎是依着千仞高山悬空而建，并别具匠心地设计了一条三曲走廊，用木制的栏杆护着，还有一片小小的水榭，水池的旁边种有几颗苍翠的雪松，雪松的中间点缀着几株耐寒的梅花吐着淡淡的花香。

此时她和向子薇站在水榭边的一座楼阁，这楼阁建得甚是雅致，整座楼阁是木制结构，雕刻着各种美丽的花纹，在楼阁的飞檐处挂着两盏宫灯，发出粉红色的光亮，给人以美好温馨的遐想……

楼阁上的门楣写着"蝶恋花"三个大字，"蝶恋花"，上官红看着这三个字，蓦地产生一种强烈的震撼，心里升起一种无比的温情，这楼阁显然是姑父向天鹏为姑姑上官英而筑的爱巢。

在上官红的心中，姑父应该是一个顶天立地、睥睨天下的大英雄，可谁知竟然是如此心细如发，侠骨柔情！

一个伟丈夫懂得去呵护自己的妻子，这会使天下每一个红尘女子都景仰和感动的！

可现在却是伊人已去，人去楼空，向子薇推开门，房间里没有一丝乱的痕迹，上官红一抹桌子，桌面上积了一层淡淡的灰尘，叹了一口气说道："表妹，姑姑已有些时日不在这里住了。"

向子薇不由呜呜地哭了，说道："肯定是那阮楚才害了我娘的，娘……"

上官红说道："阮楚才会不会将姑姑抓到石窟里去了？走，我们快去看看。"

两人几个飞掠就上了崖顶，游目一望，并没有什么石窟，正自好奇，向子薇说道："姐姐，石窟在蝴蝶崖地面半山腰的石洞里。"

上官红奇道："那我们怎么下去？"

向子薇伸手一指说道："喏，我们就是用那辆吊车将人吊下去的。"

上官红顺着她手指的方向一看，果然有一辆可容纳四五人的木制车厢，旁边放着一大堆铁索，想必就是这铁索把人缒下去的！

向子薇又道："姐姐，你在上面转动辘轳，我坐在车厢里下去。"

上官红心想：下面的石窟里肯定有看守的，你下去危险要大些，于是就说道："还是我下去吧。"

向子薇心里也明白，无论是在武功还是心智方面自己和这位表姐相比，还是相差太远了，于是也不推辞，说道："好吧！"

上官红进木制的车厢，向子薇摇动着辘轳，车厢徐徐向下降落。

刚将车厢放下十来米的时候，向子薇的身后突然传来了一声冷笑。

向子薇一惊，回头一看，淡淡的月光下，身穿对襟黑色大褂的阮楚才不知什么时候站在崖前，白净的脸上露出一丝阴险的笑容。

原来，上官红和向子薇乘太乙真人和韩丐天打斗的时候溜出去，这一切都没逃脱阮楚才的眼睛，当时他只是装作不知而已，也跟着尾随而出，他知道上官红武功太高，所以不敢跟得太近。

果然不出所料，她便是来后山的石窟救人的，阮楚才哈哈一笑道："向大小姐，你也太顽皮了，深更半夜，一个人跑到这崖顶上干什么？"

向子薇方寸大乱，真不知是继续将上官红往下放，还是吊上来，放下去和吊起来，都不是一时半刻的事，阮楚才阴阴地说道："向大教主将大小姐送到武当学艺，不知大小姐学得如何，先让我来印证印证。"

话一说完，长剑一闪，一招"魔海扬波"，朝向子薇的胸前刺去。

向子薇的双手在辘轳的把柄上，见阮楚才的长剑刺来，又羞又急，因为阮楚才这一剑来的又快又疾，向子薇腾不出手来，只好眼睁睁地看着阮楚才的长剑刺来，这一剑势必会将她穿胸而过。

其实向子薇就是腾出手来挡这一剑也是挡不住的，阮楚才使的这一招"魔海扬波"是天魔剑法第三式，辛辣无比，在点将台上丐帮的九袋长老裴曾法就是被阮楚才这一招所点倒的。

向子薇心中万念俱灰，自己死了倒也罢，还连累了表姐，百忙之中，只得将铁索往辘轳的把柄上一套，心一横，闭目待毙。

心想：爹爹一生经历那么多危难从没含糊过，没想到她的女儿却这般孬种……

谁知阮楚才的长剑眼看就离胸前不过半寸，突然，长剑斜削，只听见“咔嚓”一声，胳膊粗的辘轳柄把被阮楚才一剑削断，顿时“哗啦啦”一阵急响，铁索失控，急卷直下，一泻千里，岩石上火星四溅。

向子薇一声惊呼，阮楚才数声冷笑，身形暴起，长剑用力往上一劈，“当!”的一声，那铁链竟被长剑斩断，“砰!”的一声响，崩断的铁链被吊车下坠的千钧之力刷了起来，接着笔直下坠……

向子薇大急，念头一闪，这恶贼将表姐害死了，心想：这万仞绝壁，纵使神仙掉下去也是死路一条，挥剑向阮楚才背后刺去。

阮楚才反手一撩，“当!”的一声，将向子薇手中的长剑削断，阮楚才手里的长剑是太乙真人送给他的，是西域一异人花了整整三年铸成的一把重剑利器，足可断金削玉，太乙真人本是处在正邪之间，原没有收徒的念头，后来成了成吉思汗帐下的护国法师，为了替成吉思汗完成统一大业，分解中原武林，将阮楚才作为一枚棋子，这才破例收了一个徒弟，阮楚才虽然从外表长得如一介书生，生得细皮嫩肉，但心智计谋的确有过人之处，唯一弱点是武功无法与中原武林巨擘相抗衡，所以将这柄利器送给他，以弥补他武功上的不足。

向子薇手拿着半截断剑，怔了一怔，就在这一怔之间，阮楚才身子一欺，扣住了肩上的三处大穴，向子薇一下子动弹不得，骂道：“元狗，你想怎样?”

阮楚才嘿嘿一笑，说道：“向大小姐，你别误会，我只想利用你来试试柳天赐那小子是否对你父亲忠心。”

向子薇这才明白阮楚才想利用她作人质，去要挟柳天赐，怒道：

“你妄想，就是死，我也……”

说到这，向子薇蓦的感到一阵凄然，在点将台的时候，听袁苍海叔叔讲父亲被谋杀，就心念俱灰。

父亲向天鹏一生坦荡伟岸，虽然很少和自己交流，但向子薇知道他是外冷内热，对她疼爱有加，而现在自己死了倒不打紧，父亲大仇未报，而母亲和安柯都下落不明，还有肚子里未出世的孩子，这一切都令她心寒。

阮楚才阴阴一笑，说道：“向大小姐，现在这情形，已是由不得你了，你想死，我还不让你死呢！”说着劈手夺下向子薇手中的半截断剑。

向子薇只觉得浑身乏力，肚子里一阵阵痛，脸上渗出细密的汗珠，向子薇心里不由“格登”一下，心想：难道我要生了？凭女人的一些常识，她知道肚子里的孩子应该是在一个月之后临盆的。

但回想起来，她明白自得知假父亲死后一直没休息好，加上刚才又气又急，急怒攻心，所以动了胎气，这是早产，可眼下自己受制在阮楚才手里，偏偏在这时候，向子薇真是欲哭无泪。

但人一旦处在绝境，反而会朝最坏的方向作打算，向子薇的心里自然地生起一种母性的力量，为了孩子，自己必须活下去。

阮楚才从未经历男女之事，加上形势危急，也没注意到这么多，冷冷道：“向大小姐，你已没有第三条路好走了，你得忍着……”

向子薇“嗯”了一声，没作回答，阮楚才劫持着向子薇向忠义厅走去。

……

再说柳天赐见上官红和向子薇的身影消失在门后，阮楚才等魔头都个个睁大眼睛，看场上的龙争虎斗，似是没有注意到，心里一阵轻松，也将目光移到场上。

太乙真人挥舞着禅杖，隐隐带着沉雷之声，而师父韩丐天呼呼的掌声中，却带有喘息之声。

柳天赐朗声道："师父，这样斗下去不公平，刚才你和众魔头激斗两三个时辰，真气耗了不少，再说你又没兵器，太乙真人捡了这么实在的便宜，让我来斗斗他。"

韩丐天果然有点气力不支，说话气呼呼地叫道："不打紧，就凭我这双肉掌，我也要将他大卸八块。"

柳天赐知道师父不想示弱，太乙真人气的哇哇直叫，三十年前，他和韩丐天比斗，输了一招，从此便退出中原，三十年来再没踏入中原一步，这次到中原来，除了以"护国大师"的身份，帮助徒儿阮楚才登上日月教主之位，另外他想再找韩丐天激斗，为三十年前的相斗雪耻。

经过三十年的潜心苦练，太乙真人自认可以傲视中原武林，因为师父龙尊的黑魔白佛都已隐迹江湖，中原武林只剩下"三圣"可以与他抗衡，"不老童圣"成天疯疯癫癫，嘻嘻哈哈，不知跑到哪里去了，"皇圣"段永庭独自在大理享受皇爷之福，只剩下"丐圣"韩丐天还在江湖奔走，被尊称"三圣"之首，"太乙真人"此番到中原，踌躇满志，一心想打败韩丐天，完成他多年的心愿。

没想到一入中原，在"九龙帮"的密室里就碰到一个棘手的人，在自己的追捕下居然逃脱，那时就在他的心里留下了一个阴影，现在和老叫化子恶斗，老叫化子仅凭一双肉掌和自己恶斗，虽然自己占上风，但心里总有一点胜之不武的感觉。

眼看老叫化子虽然处在劣势，但所使的"隔山打牛掌"却不见力衰，仍然浑厚悠长，心中也是暗自钦佩，暗想：三十年不见，老叫化子的武功，更见精纯，奇怪的是自己三十年来从不间断练习"天魔剑法"，将"天魔剑法"融入禅杖之中，已是达到融会贯通的地步，可是近几年来，一直困惑的事是他隐隐地感觉到他的武学境界似乎进入一个死胡同，达到现在的阶段，再也不能有丝毫的进展。

而另一件更使他吃惊的事是，他今天发现了师父龙尊的传人柳天赐不仅学会"天魔地罡剑法"，而且内功修为似乎不在他和老叫化子之下，心想：看来今天已是凶多吉少，转而又想这老叫化子是故意在激我，我怎么能这般生气，现在老叫化子已处下风，我得凝神应战，将他打败，挫挫他的锐气，然后再收拾柳天赐。想到这里，太乙真人不由定了定神，两条长眉垂了下来，哈哈道：“老叫化子，你别逞嘴之利，你要胜得过我手里的禅杖，那时候你再狂妄也不迟。”

虽然在说话，但手上却毫不迟缓，一招“天魔出击”，禅杖直刺韩丐天的丹田要穴，出手凌厉猛悍，“天魔剑法”虽只有七式，但七式之中没有哪一招不是龙尊从众多武学中悟出来的绝命杀招，只守不攻。

韩丐天一惊，连忙滑步相避，突然太乙真人的黄金禅杖疾闪，“呼”的一声，直击韩丐天的咽喉。

韩丐天哪敢怠慢，心知太乙真人是想以一记抢攻来快速制住自己，只得脚尖一撑，身子斜飞而去，太乙真人那形同鬼魅的身子又飘身而上，半空中举剑上挑，不等他落地，杖影已封住了他周身数丈之地。

韩丐天百忙之中，双掌平推，一股排山倒海的内劲激荡而出，庞大的身躯借势倒纵几丈开外。

“砰！”的一声，碎石飞扬，太乙真人的黄金禅杖已在地上砸了一个大坑。

忠义厅的地面都是由一块一块黑色的大石铺成，太乙真人这一杖将巨石击得粉碎，人群里惊呼一声。

韩丐天人一落地，竟然一下子蹬蹬蹬退了三步，大声叫道：“竹竿真人，我不跟你玩了，让你的‘龙尊后伯’来清理门户。”

太乙真人仰天大笑道：“老叫化子，这下你该输了吧！”声音尖锐刺耳，极为难听。

韩丐天怪眼一翻，说道：“笑话，我老叫化子何曾输给你，我徒儿技艺刚成，看你的武功还算得上斤上两的，让我徒儿陪你历练历练！”

柳天赐笑道：“我师父的打狗棒我还没学到六成，今天让我在你身上印证。”

太乙真人见柳天赐垂着碧绿打狗棒不徐不急地走到他面前，脸色大变，退了一步，大厅的人顺着他眼光看去，只见柳天赐踏过的地方都尽数裂成粉末，无不惊讶咋舌。

突然，太乙真人退后一步躬身道：

“‘龙尊后伯’，我‘太乙真人’可要得罪了！”

群魔大哗，没想到太乙真人武功登峰造极，却这么轻信，竟把韩丐天的一句玩笑话当真了，看他满脸虔诚，似乎是发自内心的真诚。

柳天赐淡淡一笑，说道：“不必多礼，你尽管放马过来，我让你见识见识打狗棒法的精要。”

站在另一边的群豪凝视柳天赐，心里不由隐隐担心，他们大都是第一次见到柳天赐，心里为他的盖世神功所折服。但太乙真人那霸道的武功，大家都是有目共睹，更何况太乙真人手中的禅杖少说也逾七八十斤，而柳天赐手中的打狗棒尽管是丐帮的传帮之宝，但说穿了只是一根竹竿，以轻抗重，难度就大了。

其实柳天赐心里肯定清楚，他若使出新悟出的“龙尊剑法”和太乙真人相斗，获胜的把握肯定大得多。

但自习了“聚龙心经”后，柳天赐感到“聚龙心经”几乎包罗了天下所有武学精要，所谓一通百通，对三十六路打狗棒法，有了一个全新的认识，最主要的是，他想为师父韩丐天挽回一个面子，所以他准备用打狗棒出战。

当柳天花反射板赐缓步行入空地，太乙真人立刻感到一股浩瀚至极的压力紧逼而来。

太乙真人知道柳天赐已经出手了。

柳天赐手中的打狗棒微扬，大殿下之中竟漫起一层森冷的剑气。

大乙真人心头大惊，明白再让柳天赐蓄足气势函数，只怕今天唯有一败，所以他必须立刻出手，在他的眼里，柳天赐将是他在中原所遇到的最强的敌人！

天魔七式……，太乙真人一出手便是他自龙尊剑法中悟出的杖法。杖出，状如疯魔，势吞河岳，即便是柳天赐也不敢直迎其锋芒所向。

天魔杖抖起一片虚影，柳天赐淡然一笑，轻巧的打狗棒若拨云龙观日般洒脱地引开攻势，却并不反击，而只是在大殿之中增长，迅如疾风游走。

二人一守一攻，越打越快，大殿之中布满了虚影，劲风呼啸中，每人都不由得屏住呼吸……如痴如醉。

也不知道过了多久，仿佛几个世纪那般漫长。

太乙真人感受到柳天赐浑厚的气劲笼罩在周身如潮如海，知道遇到了平生最大的劲敌，特别是对方身上所散发出来的有质无形的浩瀚内力，使他感到压抑，慢慢地，太乙真人头顶冒出丝丝热气。

柳天赐也暗暗惊诧太乙真人的武功，太乙真人不愧为一个武学大家，一身内力发出显然不同于中原正家内力，但更见诡异，但每一招每一式，无不已臻武学中的极高境界。

太乙真人一记抢攻，但却连柳天赐一片衣角都没碰到，心里大是烦躁，猛地一声怪啸，杖法忽变，那“叮当”作响的粗重禅杖突然变成一个软柔曲折、飘忽不定的活物。

韩丐天暗道：这老怪物还留一手，如果这样待我，还真的有些难以对付。

要知道，太乙真人所使的禅杖乃是黄金打铸而成，而他居然能将怪异内力贯注于禅杖之中，使粗重的禅杖有如一条布带，三十年不见，这老怪的武功已臻化境了。

柳天赐凝神应战，身形游走，也展开轻功，舞起一团碧绿的棒影，三十六路打狗棒法连环使出，如长河落日，绵绵不绝，以快打快，直把大厅上的人看得眼花缭乱，心惊不已。

突然间太乙真人身形一定，一道金光破空而出，直击柳天赐的胸膛。

柳天赐识得这是天魔剑法的第七式“天魔血剑”，意即出剑见血，当年黑魔传他这七式天魔剑法，当时只觉得这七式剑法的确是天下最精妙的攻势，随着自己逐渐对武功的了悟，觉得天魔剑法的精要还是有赖“剑”这柄轻盈灵动的兵器，助长它的威力，可今天见太乙真人将粗重的禅杖使得犹如活物一般，丝毫不见滞重，心中颇生敬佩，武功一路实乃学无止境。

眼看禅杖当胸击来，突然杖头的方铲竟然弯了过去，斜削他的右肩。

柳天赐忙沉肩相避，不料金光又闪，那方铲反弹过来，直插入他的右手上臂。

相隔太近，加上对方出手太快，太乙真人用内力逼弯禅杖，使前端的方铲能声东击西，无奈之下，柳天赐只得潜运内力到左臂，霎时左臂鲜血如泉涌出，群豪一阵惊呼。

柳天赐右手在方铲上一拍，突然间太乙真人竟然手里挺着禅杖，连连退了十几步，“残杀”侯海平连忙上前扶住太乙真人，突然“啊”的一声惨叫，侯海平粗壮的身子翻倒在地，大刀脱手斜飞，“哇”地吐出一口鲜血，竟已是气绝而死。

这一下来得太突然了，大家都清楚地看到柳天赐右手在方铲上一拍，可令人匪夷所思的是太乙真人像被人推着往后直退，而侯海平似是被人用浑厚的掌力震死的。

太乙真人停住身形，双眼放射蓝光，满脸惊讶之色，说道：“隔山打牛掌?!”

韩丐天哈哈大笑道：“竹竿真人，这次你真是命大，要不是你身后有个替死鬼，倒下去的恐怕是你。”

太乙真人知道韩丐天所言非虚，不由出了身冷汗，但使他想不通的是，柳天赐使用“隔山打牛掌”隔物传功，这本不足怪，可柳天赐明明是一掌向下拍的，可他却感到有一掌的内力通过禅杖径直向自己胸口撞来。

太乙真人又惊又恐，冷哼一声，突然两根细如竹竿的长腿一并，身子像陀螺一样，急速旋转起来，越转越快，最后人们只看到围着柳天赐的是一条金黄色的光带。

在场的都是激战剩下的顶尖高手，不知经过多少江湖大风大浪，见过多少诡秘怪事，但太乙真人这般怪异的身法倒是第一次见到，大家凝神观看，不知太乙真人在搞什么鬼！

柳天赐也措手不及，金黄色的光带像一阵旋风将他圈在中间，光带幻出千万条杖影，如千万条灵蛇，冷不防出击咬他一口，柳天赐赶忙用天地罡气罩住全身，但此时被光带牵引着，甚是被动，险象环生。

韩丐天旁观者清，大叫道："以静制动，以不变应万变。"

柳天赐一听师父这话，如醍醐灌顶，心想：我真傻，怎么让他牵着鼻子跑，心神一定，脑海中马上浮现出段安柯的随形剑气，一下子仿佛找到了制胜的法宝，心想剑气可以随形，任你怎么声东击西，看你转得快，还是剑气快。

心念之间，只感到十个指头真气涌动如海如潮，感觉到体内的内力争先恐后跑到手指的尖端，柳天赐心中大喜，催动体内真气逼入打狗棒。

柳天赐谨慎地拿着打狗棒的一端，另一端指着缠绕着他的光带，这时众人看到一种奇怪的现象，只听见从柳天赐手里的打狗棒端发出不绝于耳的剑气之声。

在场的当然有像华山掌门冯老大、少林的晦能禅师以及武当的玄清道长、南海六魔、西天五杀等等高手，他们都不约而同想到随形剑气，但大理的随形剑气，是用内劲催动内力从十根手指发出的，更何况随形剑气是大理段氏秘而不外传的神功绝技，大家相视一眼，心中惊疑不定，只想到眼前这少年武学颇为高深、怪异驳杂。

只有韩丐天颔首不已，暗道：这龙尊武学当真是包揽了天下所有武学的精华，只是施功的方式不同而已，但天下武功在达到一定的境界，最终还是曲路归宗，以龙尊武学为根基，其他武功就一通百通了，当然，这不是一蹴而就的，需要超出常人的悟性，韩丐天心想那段永庭悟了几十年才能使出六指发气，而柳天赐意念就会，这其间的确要过人的悟性和超人的心智。

人们忽然看到太乙真人转动的光带中突然飘出衣服的碎片，一片，两片……慢慢地越来越多，像秋风中的落叶，在两大绝世高手的内力激荡下漫天飞舞。

柳天赐只感到自己体内真气澎湃，越来越强大，心念一摧，体内真气狂泻，“嗤嗤嗤”响声带有裂帛破空之声，人们看到打狗棒上有九道有形的剑气射向光带。

韩丐天心惊不已，这小子体内真气恐怕已高于他天下独夫的龙尊师父，段永庭更是望尘莫及，段永庭看到天下居然有人能同时发出九道剑气，不哑然失色才怪。

太乙真人翁声翁气发出两声怪叫，众人听出那是痛心彻骨的叫声，甚是凄厉恐怖，慢慢地，光带渐渐慢了下来，随形剑气也随着由九道到七道、五道、三道，一道，随着太乙真人显出原形，剑气消失。

峨嵋派的师太发出一声尖叫，随后蒙住眼睛。

原来停下来的太乙真人傻呆呆地站在大厅上，赤身裸体，一丝不挂，“当”的一声，黄金禅杖掉在地上，以手捂住瘦如竹竿的下半身，身上有十几个血洞，汩汩地向外冒出血水，人们惊骇不已。

太乙真人面如死灰，突然发出撕心裂肺的惨叫，夹着两腿，冲天而起，洞穿屋顶，像鬼魅一样消失在天幕之外。

大家都怔怔地，心里有说不出的诡异，因为大家谁也没看到太乙真人有半分逃走的迹象，就这样拔地而起，脱空而出，当真是前无古人，后无来者。

被太乙真人洞穿的屋顶，碎瓦夹着雪花落下，一阵寒风破洞而入，大厅里的人都机伶伶地打了一个寒颤。

柳天赐与太乙真人这样的武学泰斗比拼，完全激发了身上的潜能，凭借着浑天而成的龙尊神功内力和日月精华的灵气，才击败太乙真人。

本来他当时完全有能力将太乙真人击杀，但想到一个人几十年的修为毁在一旦，又于心不忍，所以就让太乙真人逃走，太乙真人一走，反而失去了对象，柳天赐只感到全身汗如雨下，浑身无力，人竟是虚脱，但还是傲然而立，神威凛凛，望如天神，他目光一扫众魔头，众魔头不由全都后退了一步，突然他目光所及不见阮楚才，心里马上想到上官红和向子薇已去很久，为何还不见人回转，心里蓦地涌出一种不祥的预兆。

这时只听见两声冷笑从魔头后面的侧门传了过来，众人一望，见阮楚才挟着向子薇走了进来。

阮楚才左手扣在向子薇的“玉枕穴”上，大家都知道，“玉枕穴”是人身上的三十六大死穴之一，只要阮楚才劲力一吐，向子薇就会没命的，向子薇脸色苍白，布满痛苦的神情。

阮楚才眼光一扫，就明白师父太乙真人已被柳天赐打败，心感大势已去，心里暗暗庆幸自己已将向子薇抓到手中。

韩丐天被柳天赐换下场，运功调息，已恢复了八九成功力，见阮楚才却挟了向子薇，不由怪眼一翻，向前跃出，大喝道：“小畜牲，你把子薇怎么样了？”关切之情溢于言表。

阮楚才白皙的脸上满是愤恨，退后一步，冷冷地说道：“臭叫化子，你再往前一步，你的侄女儿就会香消玉殒的！”

韩丐天听他一说，连忙停了下来，口气一缓，说道：“小畜牲，你敢动薇儿，我老叫化子定会将你大卸八块。”韩丐天小山样的身体，胸部剧烈起伏，显见气极。

阮楚才“嘿嘿”一笑道：“臭叫化子，我阮楚才不是吓大的。”

韩丐天柔声道：“薇儿，你没事吧？”

向子薇眼泪夺眶而出，哽咽道："表姐她……她坠下了蝴蝶崖……呜呜……"

自己担心的事终于发生了，柳天赐只觉得眼前一黑，身子晃了几下，差点跌倒，说道："你说红儿她……"

向子薇点点头，柳天赐立稳身形，双目精光暴射，凝视阮楚才，一字一顿地说道："是——你——害——死——红儿的？"

阮楚才身子颤了一下，说道："柳天赐，是又怎么样，不是又怎么样，你不要虚张声势来吓我！"

柳天赐大喝一声，道："元狗，我要你死！"说着一掌向阮楚才拍去。

韩丐天大喝一声叫道："天赐，你疯了！""咚"地一声，柳天赐的身子突然向后翻倒，"哇"地吐出一口鲜血。

柳天赐一听上官红身遭不幸，当时急昏了头，只想一掌将阮楚才打死，所以没顾忌到向子薇还在阮楚才的手里，听师父韩丐天的霹雷暴喝，心神收摄，马上意识到这一点，可是掌力已发出，只得硬生生的将掌力收回，掌力反击自己，没想到将自己打伤。

阮楚才大惊，没想到自己手里的砝码不起作用，正准备杀了向子薇，突然发现柳天赐翻倒在地，真有点不明所以。

韩丐天扶起柳天赐，柳天赐说道："阮楚才，你想怎地？"

阮楚才心里盘算，现在大局已定，不可求得鱼死网破，但需求得青山在，唯一的资本就是手中的向子薇，于是冷冷地说道："很简单，只要我们能全身而退，我敢保证向大小姐毫发无损！"

韩丐天说道："像你这样卖国求荣、不知廉耻的无义无信的小人，我们怎信得过你！"

阮楚才不怒反笑道："臭叫化子，现在可不是你逞口舌之厉的时候，信不信已是由不得你了。"

柳天赐说道："你想怎样全身而退？"

阮楚才狡黠地望了柳天赐一眼，略一思忖，道："直到我们感到安全为止。"

柳天赐双目微闭说道："好吧，阮楚才，我就信你一次，你走吧！"

阮楚才迟疑了一下，扣着向子薇转身对身后的魔头说道："我们走！"

突然一声大喝从群豪这边传来，一个身形矮壮的老头从人群中走出来，说道："柳少侠，不管你现在是丐帮的帮主还是日月神教的教主，但你不能为了私利就放这个元狗，就算你答应，我们青城派可不答应。"

阮楚才停住脚步，冷冷说道："柳天赐，原来你并不能做主，那真是可惜。"

柳天赐不识得那矮壮老头，从他的话中知他是青城派的，缓缓说道："这位前辈，你说得不错，我只是一个小角色，没有什么权力来对在场的每一人发号施令，但我柳天赐必须声明一句的是，这件事决不是为我的私利。向大小姐是向教主唯一的爱女，向教主一生义薄云天，为江湖的安危奔走，后被一个有野心的人所陷害，差点侮了他一辈子的英名，在场的都是深明大久的一方豪杰，我想大家不会对一个忠义之后见死不救的。"

众人一阵静默，矮壮老者说道："柳大侠，你也不要太自谦了，你和韩帮主的盖世神功，大家都见识了，但任你武功再高，也要抬出一个理字来，现在江湖形势危急，风云骤变，日月神教乱杀无辜，天人共愤，血洗我青城派，现在只剩下我这个糟老头子，虽说是被人利用，但武林中那引起死难的同道也该有个交待。"

形势逆转，事出突然，没想到刚才和自己并肩作战的正义人物突然出来诘难，矮壮老者话虽然说得委婉，但大有咄咄逼人之势。

韩丐天怪眼一翻，识得矮壮老者是青城派的有"矮剑虎"之称的贾宝泉，淡淡说道："贾宝泉，日月神教血洗了你们青城派，你的仇人阮楚才就在你的面前，你要杀他报仇我们管不了，但我老叫化子丑话说在前面，薇儿是无辜的，谁要伤害了薇儿，我第一个跟谁过不去！"

"矮剑虎"贾宝泉五十多岁，紫黑色的脸膛满是沧桑，在江湖上也是有头有脸的成名人物，论资排辈，以韩丐天在江湖上叱咤风云的地位，丐圣大侠的身份，叫他贾宝泉也是自然不过的事情。

晦能禅师双手合十说道："阿弥陀佛，贾施主、韩帮主大家都稍安勿躁，现在处于非常时期，我们应该同仇敌忾，营救向大小姐得从长计议。"

突然，向子薇哭喊道："韩伯伯，你们别理会我，杀了这元狗，为表姐……"

阮楚才左手一紧，向子薇只觉得一阵钻心的疼痛，下面的话再也说不下去了，突然向子薇张嘴向阮楚才手上咬去，阮楚才痛得大叫一声，差点松开手，一看手上鲜血长流，不由目露凶光，右手一掌打在向子薇的粉脸上，"啪!"的一声，向子薇的半边脸立时红肿起来，向子薇"嗯"的一声，竟然昏倒在阮楚才的怀里。

韩丐天大急，一声虎吼，又要跃上去，阮楚才将向子薇往后一带，"南海六魔"护在前面，这时幸存的群豪都向前跨了一步，双方形成一种对峙的局面。

阮楚才扣住向子薇，双眼血红，说道："你们再往前一步，我立即杀了她!"神情极是恐怖。

韩丐天停了下来叫道："薇儿，你没事吧?"见向子薇没有回答，怒道："小畜牲，你不要乱来。"

阮楚才额头上已渗出汗水，说道："老叫化子，你放心，只要我们离得蝴蝶崖，向大小姐我会放在蝴蝶崖的山下。"

玄清道长朗声道："大家听我贫道一言，虽然时下江湖许多情况不明，武林处在非常时期，但向大教主一个顶天立地的大丈夫，这在江湖上已被大家认同，现在向大教主英魂早逝，但向大小姐却在元狗手中，我们为救她，就暂时放元狗一马，我相信天理昭彰，天网恢恢，疏而不漏，元狗逃得一时，但逃不了一世，希望大家给贫道一个薄面。"

当年向天鹏忙于教务，没时间管教向子薇，就把向子薇托付到武当好友玉霞真人的门下，向天鹏嫉恶如仇，一生树敌太多，所以向子薇虽然在武当山住了五年，但武当派很少人知道向子薇的真实身份，只有几个道长级的人物知道。

向子薇在武当山习武其间，生性活泼，深得玄清道长的喜爱，但传闻向子薇和大理段王爷的公子段安柯关系不一般，倒使武当向大道长手足无措，后来几大道长一商量，觉得事情棘手，因为两人身份不同，一个是中原最大的教派日月神教的千金，一位是大理的小皇爷，更何况段永庭对向天鹏倒是佩服得紧，可向天鹏对段永庭一向是不冷不热，在他眼里，作为一国之君，成天风流成性，说话文里文皱的，颇使他不屑。

大家一致认为，即使两位棘手人物各将子女托付给武当，作为武当应保证他们不出事，难说的一方应是向天鹏这一边，于是几大道长商量，派人送信到蝴蝶崖，委婉说明此事，可是谁知日月神教突然血劫了武当山，武当派蒙上了血光之灾，观中的几百名弟子无一幸免，几大长老浴血奋战，只逃出来玉霞真人、玄清、玄裴、玄通道长。

第二十二章 意外之变

几位道长劫后余生，感慨不已，对这件事简直是百思不得其解，心想：日月神教和武当派一向交好，难道向天鹏像江湖传闻那样，想一统武林，所以先灭武当，再灭少林，然后完成霸业。令四大道长费解的是向子薇和段安柯在武当出事的前一个月就双双请示玉霞道长回家去了，难道事情这般凑巧，玄清、玄裴、玄通三大道长义愤填膺，没想到向天鹏如此大奸大恶，都想凭一条老命杀到蝴蝶崖，问向天鹏一个究竟，玉霞真人十分伤心，但他认为这件事情来的蹊跷，决不是这么简单，现在就算杀到蝴蝶崖，凭四人之力，也是飞蛾扑火，无济于事。

接着又听到江湖上关于日月神教追杀丐帮，血洗青城，华山和崆峒等名门正派，一时之间江湖愁云惨雾，就在江湖上群龙无首、人人自危之时，后来又突然传来消息，二十年前倒戈成吉思汗的大将上官雄，原来是个忍辱负重的大英雄，现在带着兵马返回大宋，登高振臂一呼，响应者云集，就这样上官雄顺理成章地成了武林盟主。

上官盟主似乎有花不完的财富，而且出手阔绰，江湖上只要出力与日月神教为敌的人，都可以得到他的资助。

玄清、玄裴、玄通三位道长对日月神教恨之入骨，三人没听玉霞真人的劝阻，就和各门派一起聚集在上官盟主的旗下。

少林、武当乃中原武林的泰山北斗，威望极高，有两大门派的加入，上官雄当然欣喜，对三位道长待若上宾。

等各大门派人物齐集汴京时，上官盟主设坛祭天，歃血为盟，分排座次，就这样，中原武林完成了大统局面，上官雄被推选为武林公认的武林盟主，采西天陨铁，炼成“武林盟主令”，见令如见盟主，并定下门规和戒律。

第二天，上官雄就命令九大门派选派高手讨伐日月神教，九大门派几乎都受到了日月神教的攻打或血洗，无不咬牙切齿，群情振奋，几百人奋不顾身，猛攻日月神教。要不是柳天赐神功盖世，当机立断，几乎就全军覆没，家主明白事情的真相，虽然幸存下来的都是各大门派数一数二的好手，都有自己的主见，虽然人们都没讲出来，但每个人的内心里都认为这段时间江湖发生的事是颇为蹊跷的。

玄清道长见向子薇被制，心中甚为关切。玄清道长对向子薇一向喜欢和疼爱，但又不好取舍，因为救向子薇的唯一权宜之计就是放了阮楚才，经过思虑后，才做出决定，说出这番话来。

众人见玄清道长和晦能禅师这样说，也颇为踌躇。

其实阮楚才心中最害怕、最恐惧的还是一直站着没动，脸上也没表情的柳天赐，柳天赐那摧枯拉朽的盖世神功和无比的强悍，他见识过，只要他一人发难，就足以使他小命不保，所以他一直留心柳天赐的举止，见柳天赐神情漠然，似没有什么表示，心想此时不走，更待何时，于是就低喝道：“我们走！”

“西天五杀”抱起侯海平的尸体，身形一起向大厅外掠去，阮楚才扣着向子薇的穴随后，其他的魔头殿后，一行人向蝴蝶崖下飞奔而去。

柳天赐和韩丐天带着群豪尾随其后，这时外面的天色微明，蝴蝶崖顶的积雪上，尸体遍野，血流成河，寒风吹来浓浓的血腥味，这情形让人感到一阵恶心。

多么惨烈的战斗。

众豪杰恍若隔世，上得蝴蝶崖上拼命的各派高手，无一不是和日月神教有天地深仇的，放得罪祸魁首阮楚才下山，任何人都于心不甘，但他们心里都知道今天他们所有人的性命都是柳天赐所救的，要不是柳天赐他们恐怕早就陈尸蝴蝶崖，所以就会达成一个默契，按照柳天赐的意愿去做。

快到半山腰的时候，突然柳天赐听到一阵箫音，这箫音是从蝴蝶崖的后山传来的，在寂静的黎明特别悠扬悦耳。

柳天赐差点昏倒，低呼道："红儿！"柳天赐声音发颤，说道："师父，红儿还活着，还在蝴蝶崖上。"

韩丐天旋即明白这箫音是上官红发出的，当时他听见向子薇说上官红被阮楚才害死，简直不敢相信自己的耳朵，他知道上官红的武功仅仅在柳天赐之下，就算是十个阮楚才也不能害她，但向子薇的神情的确表明上官红遇害，要不是上官红遇害，向子薇也不会受制的，但其中的诸多细节不好明问。现在听柳天赐一说，心中也是大喜，说道："你去看看，救子薇的事交给我！"

柳天赐一点头，一声长啸，身形拔起，如一只巨鸟，单掌在崖壁上一拍，向山上急掠而去，只一眨眼功夫，啸声已在几十丈之外，身形之快，简直令人不可思议。

群豪只觉得风声飒起，人影一晃，柳天赐就如一溜青烟上了崖顶。在身受重伤、内力大耗的情况下，居然有这等身手，群豪无不咋舌，但不知柳天赐上崖顶去干什么！

群豪的心思都放在阮楚才身上，心想：只要阮楚才一放了向子薇，就将他截杀在路上，这样既给了柳天赐和韩丐天面子，也了却了心愿，所以大家都没在意柳天赐为何突然飞身而上，紧咬着阮楚才一行向山下走去。

柳天赐一声长啸，那箫音答和一声，箫音中充满喜悦，柳天赐精神大振，一路向后崖扑去。

柳天赐站在万仞绝壁的崖前，茫然四顾，除了几串凌乱的足迹，哪里还有上官红的影子？

柳天赐心里不由发虚，仰天长啸，箫声又起，不错，千真万确，是红儿发出的箫音，可声音是从绝壁之下传上来的。

天色已经大亮，远处的苍山云海尽收眼底，凛冽的北风穿山过谷，带着低低的怒吼。

回身一看，只见雪地上脚步凌乱，显然是打斗留下的痕迹，辘轳的把柄和木屑散乱一地，柳天赐扯起铁索一看，上面有被利器砍断的新痕，脑海中马上浮现向子薇的话“表姐坠下蝴蝶崖”，柳天赐马上明白，推测是上官红和阮楚才相斗，失足掉下万丈深渊的，可上官红的武功和自己不差上下，对付阮楚才应是绰绰有余，再说这砍断的铁索又说明什么，柳天赐想不出其中细节。

往下望，白云袅袅，风起云涌，深不可测，箫音还在时断时续地传上来，柳天赐明白这是上官红用上乘的功力吹出来的箫音，这声音极有穿透力，虽然听起来清晰，实则相隔很远，不过他已得到一个准确无误的信息，上官红没有死，她还活着，这对他已足够了，其他的对于他来说无所谓。

柳天赐长啸婉转，意即告诉上官红，我在你身边，箫声激扬一和，声音满是惊喜。

柳天赐飞快地转动辘轳，将铁索放下去，不一会儿，一大捆铁索全部放下去了，等了一会儿用力一扯，并没加重，心想：真蠢，这铁索被人砍断，长度肯定不够。

柳天赐心里急切一时半刻又想不到什么好主意，就顺着垂下的铁索往下攀去，经过一阵子，柳天赐只感觉得自己被风吹得左右晃动，人宛若置身于半空之中，上不见天下不见地。

柳天赐抓着冰冷铁索的末端，向下大喊道：“红儿，你在哪里？”

虽然柳天赐此时身受内伤和外伤，精疲力竭，但他没在乎这些，仍潜运内力，大声喊出，声音传得很远很远。

停了一会儿，他侧耳倾听，风中，他听到了上官红隐隐约约的声音传上来，道："天赐，我在……半崖的石窟里。"

这声音宛如漆黑夜空中的一抹亮光，柳天赐几乎欣喜若狂，从声音传来的方位，红儿所处的位置应该离自己不是很远，柳天赐高声喊道："红儿，我怎样下来？"

上官红的声音传过来，道："跳……下……来……"

柳天赐高声喊道："我下来了！"说完，双手一松，人如一颗流星往下坠落，刚落下十来米的时候，"呼"的一声，一根铁索向自己腰间缠来，身子被铁索带着向崖壁飞去。

光线一暗，柳天赐被铁索带落进崖洞，飘然落在洞口，上官红俏生生地站在自己的面前，上官红一把抱紧柳天赐，将脸贴在柳天赐的脸上，激动地叫道："天赐，我以为再也见不到你了！"话还没说完，晶莹的泪水就夺眶而出。

柳天赐吁了一口气，笑了笑说道："看你，我这不是好好地站在你的面前吗！"一边笑说，一边轻轻抹去上官红脸上的泪珠。

上官红仰起脸，任凭泪水一倾而注，柳天赐双手有力地扶住上官红的双肩，咧嘴一笑，说道："傻瓜，现在一切都过去了，来来，我俩先找个地方坐坐。"

经过一天两夜的恶斗，柳天赐觉得全身像散了架一般，真想找个地方大睡一觉，要不是听到上官红的箫音，凭一口催力强自支撑，只怕早就倒下了，现在看到心爱的人好好的站在自己的面前，心头一松，人就几乎摇摇欲倒了。

天色大亮，旭日东升，照在崖边厚厚的白雪上，给人一种刺眼的感觉，上官红这才看到柳天赐笑的面容现出苍白，左臂上肌肉外翻，结痂的血块特别醒目，不由心疼得一声惊呼。

两人依着石壁相偎而坐，柳天赐简单地将上面发生的事说了一遍。

上官红心想：要不是自己和子薇急着救人，天赐也不会受伤，阮楚才那小子也不会全身而退的，柳天赐看到上官红脸上的歉意，笑道：

“不要紧的，只是一点点小伤，休息一会儿就好了。”

上官红满是爱怜地说道：“人家是担心你吗！”柳天赐心里涌起一阵感动，伸手抚摸上官红的秀发，一时间，两人都感到幸福无限。

柳天赐突然像想起什么似地说道：“你是怎样落到这半崖的石窟里的？阮楚才是怎么害了你的？”

上官红秀眉一扬说道：“阮楚才是什么东西，他怎么害得了我？不过那小子也鬼得很，我估计我和表妹出来救人的时候，他就跟了出来，只怪我太大意，没有注意到。当时表妹将我往下放的时候，我突然感到吊车停了下来，并左右摇摆，我的第一个念头就是上面有情况，表妹肯定遭到意外，可我已被放下二十多米，不明白到底发生了什么事，正准备顺着铁索爬上去，突然我乘坐的吊车急剧往下掉！”

柳天赐马上想到崖上那被利器砍断的铁索，说道：“肯定是阮楚才将那铁索砍断了。”

上官红似乎还未从惊险中回过神来，说道：“我也知道是铁索断了，连忙潜运内力，将车厢震得粉碎，借木块的反弹之力，我弹身向这洞口飞扑过来，庆幸的是，我的双足刚好踏在洞口的边沿。表妹肯定认为我已遇害了，所以被阮楚才所制……”

柳天赐说道：“当时一听到子薇说你遇害，我差点失了理智，干出蠢事来，听到你的箫音，我真的很高兴。”说完，孩子气地傻笑起来。

上官红瞥了他一眼，说道：“刚才我叫你跳下来，你不怕？”

柳天赐说道：“我倒没想过，你叫我跳，我就跳，你总不会害我吧！”

上官红心里温情一片，说道：“你就这么相信我?！说不定哪一天害你的人就是我！”

两人相视一笑，劫后余生，只觉得柔情万千，上官红柔声说道：“我随着吊车急速下坠时，你知道我最怕的是什么？”

柳天赐幸福地摇了摇头，然后舒服地靠在石壁上，上官红附在他的耳边说道：“我最害怕你一个人孤独地生活在这个世界上。”

柳天赐笑道："其实我也作出了一个决定，等我查出了那个隐藏在幕后的真正的凶手，将这场江湖浩劫平息后，我就会到蝴蝶崖上跳下来。"

经过这番生与死的表白，两人都感到彼此在对方心目中是多么重要，两人柔情蜜意谈了一会儿，觉得内力恢复了不少。

上官红说道："听表妹讲，这是日月神教关押敌人的石牢，我进去看了一下，可并没发现莫堂主和裴长老他们关在这里。"

柳天赐急道："那阮楚才把他们关到哪里去了?!"

上官红不无忧虑地说道："阮楚才心黑手辣，加上莫堂主和裴长老他们都刚烈不屈，特别是在明白事情的真相之后，会更加激化，阮楚才会不会害了他们?"

柳天赐恨恨道："可惜没杀了那元狗，还让子薇表妹落在他的手里!"

上官红笑道："我的大英雄，眼下只怕我俩上都上不去了。"

听了上官红这么一说，这才发现问题的严重性。的确，这石窟处在天与地之间，上不挨天，下不着地，除非像鸟儿生了两个翅膀。

柳天赐望了望光秃秃的崖壁，淡然一笑，说道："没想到向教主花了这么大的功夫凿的石窟，却成了我夫妻俩终生厮守的地方。"

上官红头一低，小声说道："现在不是我们夫妻俩了。"

柳天赐一拍上官红的肩头，问道："还有谁?"

上官红用手指了指自己的肚子，没做回答，柳天赐欣喜地拉着上官红的手站起来，高兴地说道："走，我们到里面去看看，我们一定要出去，不能让儿子一辈子住在这个地方。"

上官红背转身去，说道："看你，你就知道是儿子，要是女儿你就不疼了!"

柳天赐用手搔了搔后脑，说道："你不会给我生十个八个!"

突然石窟里面传来一声冷笑，两人大惊，连忙各自拔剑在手。

冷笑声有点尖锐，似是一个女子的声音，在空旷的石壁里显得特别刺耳。

柳天赐和上官红都身负绝世武功，并不惧怕什么人躲在暗处，可那冷笑的声音却给人一种说不出的诡异，冷冰凄绝，像是一个女鬼发出的。

难道这世上真的有鬼?!柳天赐将龙尊宝剑当胸一横，拿了一个剑诀，护在上官红的前面，低喝道："谁?"

柳天赐的声音传得很远很远，显然这座石窟非常空旷，没有人的回音。

良久，良久，从石窟里面传来一声黯然悠长的叹息，声音不高，但震人魂魄，亦如从千年古墓里发出来的，就像一缕强劲的寒风侵入两人的心房。

上官红小声道："天赐，你好点吗?"

柳天赐明白她的意思，点点头，事实上此时的他，身体还很虚弱，问道："你不是进去看过了吗?"

上官红不解道："嗯，可我在里面并没有发现一个活着的东西，也许里面太大了，我没留意到。"

柳天赐一拉上官红的手，说道："走，我俩再进去看看。"

突然，"轰!"的一声响，接着就是一片漆黑，两人同时向洞口方向一跃，本来不算宽的洞口给巨石封住了，黑暗中，柳天赐伸手一推，巨石纹丝不动，心想：天啊，看来我和红儿真的要葬身在石窟之中了!

两人只感到彼此的手心渗出汗水来，石窟的洞口给封死，说明他俩出洞的唯一希望就因此破灭了。

现在两人可以肯定石窟中除了他两人之外，绝对还有一个人在里面，因为洞口的巨石是被一个机关控制的，那人是开启机关而封住洞口的。

柳天赐回头望了上官红一眼，轻声道："红儿，怕不怕?"

上官红只感到一股力量从柳天赐的手掌上传过来，精神一振，说道："不怕！"说着和柳天赐并肩站在一起。

两人刚刚迈出一步，突然看到两条银白色的细线向自己疾射而来。

虽然石窟里一片漆黑，但由于两人的内功太强，眼里能看到方圆十几步的物体，"叮当"两响，两人同时出手，将暗器打落在地。

暗器是银白色的，不知是用什么做成，在长剑上撞得火花一现，一挡之下，两人都感到有一种震手的感觉，显然发暗器的人内力不弱，借着各自手里宝剑发出的红蓝光一看，赫然发现地上居然是两锭碎银，不知江湖上哪个门派是用碎银作暗器的！

石窟里传来"咦"的一声，语气满是惊诧，上官红身形暴起，追声逐影，向那发音的方向一招"无拘无束"，疾刺过去。

一个白色婀娜的身影急侧，双手上撩，但怎躲得过"美姬剑法"的电闪一击，只听"扑通"一声，少女的足三里穴道被点，跪倒在地，上官红回转长剑点在少女的胸口，只要一动，就一剑杀了她。

白衣少女跪着没动，上官红喝问道："你是谁？为何鬼鬼祟祟地躲在这里暗算我们？"

这时柳天赐也跟了上来，从怀里掏出火折一划，环视一眼，见崖壁上有巨大的油灯，虽然弃之很久未被人启用，所剩的油也不多，但毕竟能照明，刹时石窟里被灯火照亮，虽然灯火有点昏黄，但是只要是亮光就会给人以温暖，特别是在漆黑的石窟之中。

柳天赐目力所及，不由一怔，这石窟真的很大，面积似乎比"断魂崖"溶洞的面积还大，四周是用坚硬的花岗石砌成，自己所处的位置是大厅，四壁都隔成一个个小口的石头房子，房子上各有一个小孔，这样的建筑显然是日月神教用来关押敌人的地方，心中感叹日月神教的每一处建筑无不工程浩大。

柳天赐和上官红同时与地上的白衣少女目光相接触，然后两人相望一眼。毋庸置疑，地上的少女有一张惊世骇俗的美丽面孔，年龄约在十八九岁，一袭白衣，该一个漂亮少女所拥有的美丽特征都可以在她身上相应找到，但最为特别的是她那略具蒙古血统的双眼，略带点褐色，黄褐色的头发，高耸挺拔的鼻梁。

少女抬头一看上官红，也是一惊，因为上官红的美貌与她相比毫不逊色，而且别有一番风韵。

特别是刚才上官红的一剑向她刺来，翩若惊鸿，那美妙的身姿像一个凌波仙子，此时上官红正轻锁双眉望着她。

少女一声冷哼说道："你所问的问题，我没必要回答，因为我们三人的命运差不多，终究是要困死在这个石窟里。"

上官红凝视白衣少女，见她神情倦怠，似乎在这石窟中住了一些时日，听向子薇讲，这日月神教的石洞已很长时间弃之没用了，一个如此美貌的少女为何独自一人关在这石窟之中？

柳天赐上前一步，说道："我们和姑娘无怨无仇，姑娘怎地这般歹毒？"

白衣少女望了柳天赐一眼，突然仰头哈哈大笑道："歹毒?！好一个歹毒，比起向天鹏来说，我这点伎俩是小巫见大巫了。"

两人大惊，从白衣少女的口气可以知道，她是被向天鹏关在这里的，可这其间存在极大的误会，上官红问道："姑娘是蒙古人？"

白衣少女一愣，狐疑地望着上官红，没作回答，但脸上满是惊异，因为上官红是用蒙古语和她说话。

上官红微微一笑，收回长剑，一拉柳天赐的手，席地坐在白衣少女的面前，见白衣少女点点头，接着又摇摇头，明白自己的推测没错，最起码这少女听得懂自己的话，并且少女的眼神流露出一丝友善的眼光，上官红笑道："我叫上官红，自小在蒙古军营长大，请姑娘放心，我们绝没有加害姑娘的意思！"

白衣少女脸色柔和了不少，上官红接着又道："反正我们现在都不能出去，终究是要困死在这石窟之中，不如我们说说话解解闷吧。"

柳天赐本来心情烦躁，恨不得一掌劈死那少女，听上官红一说，心中也感到释然，心想：反正总是一死，就算是气极，也是于事无补，不由坦然多了。

白衣少女一点头迟疑道："你们不怪我?"

上官红叹了口气，摇摇头说道："傻妹妹，事已至此，怪你又有什么用呢?"

白衣少女悠悠地叹了一口气，神情惘然，似乎在思索着什么。

上官红自顾自又道："是向教主将妹妹关在这里的?"

白衣少女一声冷哼，说道："向天鹏，好一个欺世盗名的向大教主，使我妈妈对他如此推崇!"

柳天赐脱口而出道："姑娘说话恁般偏激!"

白衣少女瞥了他一眼，讥道："我说了又怎样?"

上官红微微一笑，说道："妹妹，看来你也累了，你先歇歇吧，我俩就不打扰你了。"说完伸手解开白衣少女的穴道，站起身将灯蕊拨亮了一些，把柳天赐叫到另一边坐下。

两人相偎而坐，空旷的石窟里一片寂静，只听见灯火的毕剥之声，在灯火的映照下，上官红如花的面容更见娇艳，柳天赐深情地凝视着爱妻，回想起两人由相识到相知的过程，不由感慨万千，怔怔的痴了。

上官红不用回首，就能感受到自己已被丈夫那深情的目光所笼罩着，不由一阵羞涩，脸上微微泛起红晕。

上官红自从怀上了她和柳天赐的骨肉，心中母性渐浓，神情之间的成熟女性的气韵日益加深，将无限的爱意倾注在柳天赐的身上，只恐自己爱得不够，现在和柳天赐身隐绝境，心里反倒平静得很，就算死，和心爱的人死在一起，人生还有何憾？只是可怜还未出世的无辜的孩子……

白衣少女依壁而坐，侧过头去，灯光将她姣好的身影拉得长长的，她定定地注视着前方，似乎在思索什么。

上官红柔声道："天赐，没想到我俩空负绝世武功，却困在这石窟之中。”

柳天赐笑道：“这也许叫天意吧！”

上官红又道：“以前我一直没告诉你我的身份，你不怪我？”

柳天赐打量着妻子，见她面色恬淡，那神情似乎是坐在一处世外桃源和他闲话家常，心里蓦地升起一片温暖，说道：“你不告诉我，想必自有你的苦衷！”

在柳天赐的心目中，一直将上官红作为神仙姐姐看待，虽然两人已肌肤相亲，但柳天赐对她还是情深意笃，可上官红在蝴蝶崖上突然当着群豪的面说出自己是上官盟主的亲生女儿，这的确让他有些突然。

经历了这么多风险之后，柳天赐的心中已逐渐勾勒出那人的轮廓，但心灵深处又隐隐害怕这个人物的出现。

上官红黯然说道：“其实也没什么苦衷，我之所以隐瞒我的身世，只是怕你看不起我，现在我想把这一切都告诉你。”

上官红换了一个舒服的姿势，长长地吁了一口气，将往事一一说出来。柳天赐默默听着，心里感到他从未见面的岳父大人行为甚为诡谲，一个声名显赫的带刀南下统领，居然挖了一个那么大的密道收罗天下武功秘笈，培养药人，这一切简直叫人有点不可思议。

突然，他的脑海中猛的闪现出东嬴山上的一幕，那个假的向天鹏不是被人称为“上官大人”的吗？这世上哪有如此巧合？

上官红一口气将那些伤心的往事说出，仿佛已经历完一段人生，浑身感到轻松多了。

此刻，她只感到心无牵挂，一切的一切都变得那么遥远，什么仇恨名利都不存在了，她只想和心爱的人拥有现时的每一刻。

柳天赐温柔地用手臂围拢她的肩头，轻声道：“红儿，你还在想什么呢？”

她瞿然惊醒，忽然觉得自己浑身浸在浓浓的爱意之中，没有思想，没有知觉，这实在不对，于是，她像逃避什么似的，将头靠在他的肩膀上，悄声说道：“我……我没想什么！”

柳天赐心里一片安详，似乎一下获得了心灵上的满足。

突然，听到一声冷哼，白衣少女微微侧过头，上官红倏的抬起头，羞红了脸，情之所至，差点忘了还有第三者的存在。

白衣少女倒没在乎上官红的羞涩，语气惊异地说道：“上官统领是你爹？”

上官雄被成吉思汗封为带刀南下统领，汉人都称他为狗统领，只有元军和蒙古人才称他为上官统领。

上官红惊道：“你认识我爹？”

白衣少女语气颇为轻蔑地说道：“没见过，不过，听我妈讲，上官统领虽然谋略过人，但气节不足，且野心极大，只怕难以善终。”

上官红又惊又怒，父亲上官雄变节这件事一直是她心中的伤疤，她甚至感到父亲是一个权欲极重的人，为达目的而不择手段，心头一直蒙上了一层阴影。但上官雄毕竟是自己的父亲，对自己爱如掌上明珠，从小到大，没有不迁就她的，就是在最后一件事上，才致父女决裂。其实她也搞不懂，为何一向疼爱她的父亲，发那么大的脾气，潜意识里她还是不喜欢听到别人对父亲说三道四，上官红怒道：“你妈是谁？她有什么资格对我父亲评头论足的！”

白衣少女冷冷一笑说道：“聂双琪就是我妈，我妈从不乱讲别人的。”

上官红大惊道：“你就是聂宋琴？”神色之间大为意外。

柳天赐道：“你们认识？”

白衣少女傲然一笑说道：“早听人说上官统领有个容貌绝美惊天下的女儿，今日一见，果真不虚。”

上官红早见白衣少女傲然而笑，但这美丽的姑娘实在装得不像骄傲的样子，尤其在这个时候，而使她想不通的是，以少女公主的身份，怎么会在这石窟里，难道真的是向天鹏将她抓到这里的？

上官红记得每年蒙古草原上都要举办叼羊大会，这叼羊大会可是蒙古族最隆重的节日，少男少女们毫无顾忌地在碧绿千里的草原上纵情嬉笑追逐。

而这期间最盛况空前的一件大事就是蒙古郡主聂宋琴要为叼羊大赛获胜的男女挂带授奖。

每到这个时候，人们都欢呼雀跃，都大声喊道：“拖巴罗，拖巴罗！”意即草原圣女。

聂宋琴穿着锦绣的蒙古服，头上戴着缀满珍珠的公主帽，容光逼人，美艳绝伦。

那时候，上官红羡慕得不得了，回到将军府，缠着父亲非要一顶缀满珍珠的公主帽，上官雄被缠得没法，只得给她做了一顶，但只允许在闺房里戴，因为公主帽只有公主格格才能拥有，如果让别人看见，报到大汗那里，就会招致杀身之祸。

至于公主格格聂宋琴的身世，大家都很忌讳谈到这件事，后来还是父亲告诉她的，聂宋琴是个混血儿，母亲是汉人，父亲却是草原霸主成吉思汗。

成吉思汗铁木真雄才大略，逐鹿草原，经过十年血战，才建立了霸主地位，挥戈南宋，把人分为四个等级，蒙古人是第一个等级，汉人是最没地位的一个等级，严禁蒙汉通婚。但后来不知怎么回事，成吉思汗率先破例，爱上了一个汉族的女子，并生下了一个女儿，但成吉思汗能做的别人就不能说，因为他是九五之尊，号令天下的霸主。

成吉思汗对这个美貌的女儿疼爱有加，封为草原圣女，聂宋琴集恩爱宠幸于一身，这在整个蒙古都是妇幼皆知的事情。

而现在一个贵为郡主格格的聂宋琴居然和自己同关在一个石窟，叫她如何不惊讶？

当然现在的聂宋琴没有草原人那份尊贵，上官红理了理自己的思绪，平静地道“格格过奖了！”

聂宋琴妙目瞧她，歇了片刻，说道："从你的声音，我相信你的话是真心的——你看来年纪和我差不多，但为什么我会觉得你好像比我懂得事多？就像位大姐姐似的。"

上官红从小一直生活在蒙古，心里知道蒙古女孩子的性格特别直率，想什么说什么，微笑着道："这些都是'幸与不幸'的缘故吧！"

聂宋琴点点头，轻轻道："我想我懂你的意思，其实，我妈说我也是一个不幸的孩子，一直到现在！"

这话如果在一年前的上官红听来，觉得不可理喻，而现在的感受却又不一样了，一年，就是一年的时光，就能将一个人彻底地改变。

上官红微微摇头，说道："我所谓的'不幸'不是单指生活的贫困和孤独，你是不了解的。"

聂宋琴申辩道："不，我知道，你说的一定指一种突然的祸事变故，是么？"

上官红"嗯"了一声，说道："当然包括在祸变范围之内，不过'祸变'的范畴太广泛了！"

聂宋琴突然面色一红，笑道："你现在不是很幸福吗！"

上官红侧头看了一眼身边的柳天赐，点了点头，说道："嗯，现在我已经摆脱了不幸的阴影，但这始终是我心头一个伤心的烙印，并且我始终有一种不祥的感觉。"

聂宋琴若有所思喃喃地说道："我那可怜的母亲……"说着怔怔地流下泪来。

上官红瞥了她一眼，暗道："以前我和天赐所说的话，她难道真的都听见了，那真的是羞死人了。唉，是不是人世间每个人都有自己的烦恼呢？"

上官红说道："你母亲？……"

聂宋琴芳心忽然一阵难过，怅然摇摇头，没有做声。

一阵静默，聂宋琴突然伤感地说道："以前我是那么的无忧无虑，觉得自己是世界上最快乐、最幸福的人，可就在一个月前，一切都变了……都变了……”

柳天赐和上官红陡然觉得自己太累了，也的确太累了，不管是体力还是精神上，都有一种疲劳沧桑的感觉，聂宋琴的话仿佛从天际传来，似梦幻般的呓语，那么遥远……

也许她有很长时间没有说话，也许她觉得要打开那早已尘封的心扉，内心里，她渴望一个倾诉的对象，不管对像是谁，只要他愿意听。

聂宋琴理了理自己的思绪，自顾自地说道：“我母亲，是个汉人，她长得很美，父亲也很疼爱她，可从小我就没看到母亲真正地开心快乐过，她总是那么多的心事，那么多的忧郁。

“当然，我还天真的以为是母亲没住进蒙古扎金尔宫的缘故!”

上官红明白扎金尔宫是皇妃所住的地方，这些皇妃都是草原各部落挑选过来的。

“背地里，我还和父皇吵过，父皇说满汉不能通婚这规矩是我定的，但只要你娘要到扎金尔宫住，那我也可以冒天下之大不韪，废了这条规定，可你娘自己不愿住进来。

“其实我心里也明白，父皇脾气暴躁，但对娘却出奇地迁就，甚至我还看到娘常对他发脾气，可父皇从没对娘发过一次脾气，总是赔着笑脸，等父皇走后，娘又独自叹气，我知道娘也是很爱父皇的。”

上官红听聂宋琴娓娓道来，心里不禁波澜起伏，要知道，她所说的父皇，就是主宰整个中原命运的风云人物成吉思汗。成吉思汗一生强霸无比，他所指挥的蒙古铁骑横扫蒙古草原，所向披靡，纵横捭阖，气吞万里如虎的人居然有这么柔情的一面，听起来不免有些惊世骇俗，只听说聂双琪有倾国倾城之容貌，但很少有人见到她，因为她一直住在大都处的一个秘处，且从来不抛头露面的。

第二十三章　蒙古公主

关于聂双琪的传说挺多，当然大家都是在私底下谈这个神秘的女人，但从没人知道得详尽，上官红知道自己将要听到一个非常隐秘的故事，心情大为激荡，一下子忘了自己身在何处，全神倾听聂宋琴的话。

“我不明白的是，娘为什么有那么多愁苦，她也很少和我说话，有时候一个人呆呆地坐着，要坐到天明，我也忍不住问她，她就莫名其妙地对我发火，为此，我甚至有点恨她……”

“娘住的地方叫‘忘情轩’，无论是从布局和整体设计都是按照江南别墅的式样构筑的，清新典雅，那是一处很美的地方……”

聂宋琴美丽的眸子闪出神往心动的光芒，蒙古世代都住在蒙古包里，为了一个汉人的女子特筑一处“忘情轩”，是一种取悦，还是一种心仪?！上官红想到了向天鹏为上官英所筑的“蝶恋花”，那美丽的楼阁，上官红的脑海里浮现出许多古代那些令人荡气回肠的爱恋的故事，她仿佛看到一个美丽的少妇坐在构筑别致的“忘情轩”的窗前那忧郁的身影，她为何忧郁……

“父皇的帐下除了护国大师太乙真人外，还有六大高手，他们分别是‘大力神’端巴颜，‘伏杖过天’哲丝克，‘血印手’红发上人，‘过江龙’肖越，‘坐山虎’关塑，‘穿山甲’彭冰剑，这六个人无一不是身负盖世神功的。

“可为了娘的安危，父皇派了哲丝克、红发上人、肖越和彭冰剑四人守在‘忘情轩’。”

上官红不由倒吸一口冷气，因为聂宋琴所提到的六个人可以说每个人都是名闻天下的，除了端巴颜和哲丝克是域外的密宗高手，中原武林只闻其名，而见其人的就少而又少。“血印手”红发上人则更是诡秘，传说他是第一个练成“赤焰掌”的人，在二十年前突然消失，没想到在成吉思汗帐下效力。

肖越、关塑和彭冰剑全是汉人，并且同属“死亡门”，在二十年前，江湖上只要提到“死亡门”，无不骇然变色，没有谁清楚“死亡门”在哪里，是谁组织的，只是不论是谁，只要接到“死亡门”里的“死亡令”牌，谁就选择了死亡。

“死亡门”太过诡秘，死在“死亡令牌”的人，不是正派武林大豪，就是黑道巨枭，绝不是一个平庸的人，多多少少在江湖上名头叫得响的角色，为此不管是正道还是魔道，都想歼灭“死亡门”，可“死亡门”给人的感觉就像是空穴来风，因为“死亡门”中的三个“死亡使者”谁也没见过，见过的人也不是活人。

可更令人奇怪的是，三个“死亡特使”在二十年前突然消失了。

这些人突然奇迹般地出现在成吉思汗的帐下，简直叫人匪夷所思。

成吉思汗安排其中的四人守卫“忘情轩”，这怎叫上官红不震惊？

柳天赐对江湖的阅历知道得不多，白素娟以前与他讲了一些，但没有提到这六位销声匿迹的江湖异人，所以他不知道这六人的来头，见上官红神色凝重，又不好相问，只得好奇听下去。

“不知为什么，‘忘情轩’里经常有人隔三差五的刺杀母亲，这些人个个都是好手，但在四大护卫的夹攻下，他们没一次得逞，有一次还抓住一个人，那人认得娘，对娘破口大骂，说娘是一个可耻的奸细，娘泪流满面，叫放了他，那人受了很重的内伤，走的时候还骂骂咧咧，后来我在半路上将他杀了，谁叫他对我娘这般无礼。

“娘的脾气越来越坏，我就和父皇一起到大都里住，突然，娘叫

‘红发上人’传讯来找我。

“我一个人急急赶到‘忘情轩’，使我大吃一惊，娘睡在罗帐里，满身血痕，似乎是和别人经过了一番生死相斗。

“我一声惊叫，娘赶紧捂住我的嘴巴，示意不要声张，我很紧张，知道一定发生了什么大事。

“要知道，‘忘情轩’虽说不上铜墙铁壁，但任何人想进来却没那么容易，门外有大批的护卫和四大侍卫高手，是谁伤了母亲？

“娘似乎很高兴，面露喜色说不要紧，只可惜让那贼跑了，我说谁啊，娘说是她追寻了二十年的人。

“我简直不敢相信，因为十八年来，我从未听母亲谈到她的过去，一直以为她是一个手无缚鸡之力的人，没想到她却是天山派的掌门人，人称‘雪花仙子’！”

上官红又是一惊，天山地处我国新疆边陲，天山派很少在江湖上走动，所以江湖上只闻其声，而未见其人，据说整个天山派全都是十七八岁的少女，掌门人“雪花仙子”更是传得神乎其神，是个美艳无比的少女，且是天山“雪花掌”的唯一传人，没想到就是聂双琪，是成吉思汗的爱妾！

聂宋琴深深地叹了一口气说道：“这件事还得从二十年前说起，父皇铁木真灭西夏、辽和金，取得了蒙古草原霸主的地位，那一天河姆滩上阳光煦丽，突然天生异相，从万里晴空的碧天下掉下一颗珍珠，这颗珍珠硕大无比，呈血红色，在阳光的照耀下，可以清晰地看到九条游龙，那真是惟妙惟肖，栩栩如生如九条活龙。

“蒙古是一个最崇拜英雄的民族，崇拜图腾，顿时十几万人一起跪倒，对天膜拜，加上古书上有记载，说是华夏神州，同称九州，即九龙之州的意思！天生异相，降下九龙珍宝，预示要由父皇来统一中原，于是父皇就顺乎天意，准备进攻中原！

“这个消息传到中原，中原九大门派联络丐帮、天山派和天龙派在蝴蝶崖上召开秘密会议，这十三个门派全都是中原武林最具实力的门派，十三大门派各自推出武功最高的人，组成‘十三死神’，潜到蒙古去抢了‘九龙之珠’，目的是阻止父皇挥兵南下。

“我娘说，当时那场面真是壮烈，十三人都抱着视死如归的豪情壮志，大有风萧萧兮易水寒，壮士兮一去不复返的气概。

“这十三人中就有我娘，娘说天下兴亡，匹夫有责，虽然她是一个红巾，但她感受到这是她人生最有意义的一次行动，比起江湖各门派间争权夺利，门派杀戳门派，是何其壮烈。”

柳天赐听到这里不由得心潮澎湃，豪情满怀，似乎感受到当时的气氛，心想：如果我早生二十年，我也会这么做。想到师父韩丐天那义薄云天的情怀，不由脱口赞道：“真是个英雄！”

聂宋琴欣然一笑道：“十三人经过周密的策划和布局，连夜就赶到大都。

“他们先探得‘九龙之珠’是放在大都里的莫旦顾明宫，十三人毫不费力地潜进了大都接近莫旦顾明宫，突然莫旦顾明宫里灯火大亮，六大护卫带着几万名弓箭手埋伏在莫旦顾明宫周围。

“这个变化太突然了，显然父皇是早有准备的。”

上官红叫道：“十三人中肯定有奸细，消息泄露出去了。”

聂宋琴一点头道：“当然，大家都知道，可事情已发生，容不得他们多想，十三人中的带头人向天鹏一声招呼：‘杀进去！’他们抱着宁死也要抢出龙珠的决心，可是在千军万马之中，任凭十三个人都有盖世神功，以一挡百，杀得血流成河，但敌人死了一批又马上迅速补上一批，前赴后继，情况十分危急。

“不一会儿，‘天龙帮’的帮主郭辰田被敌人所擒获，剩下的十二人浴血奋战，个个都杀红了眼睛，接着崆峒、青城、昆仑、峨嵋四个掌门人都先后死在敌人的乱刀之下。

“娘在几十人的围攻下也是险象环生，杀人杀得手都软了，气力不支，长剑脱手，眼看就要死在敌人的乱刀之下。

“就在这时，父皇喝令那些人不要杀了母亲，将她带到父皇面前，娘知道这次举事失败将会全军覆没，无人幸存，不由得悲痛欲绝，宁为玉碎，不为瓦全，就奋力一挣，一头向父皇撞去。

“父皇当时站得离她不远，谁也没有想到母亲这般英勇，父皇身边的卫士大惊之下，一掌拍向母亲，母亲被击昏，扑倒在地，尽管如此，父皇还是被撞倒在地，但父皇没有发怒，无力地挥了挥手，说道，看在这位聂女侠的面上，放了他们。

“顿时，几十万名大军让开一条血路，剩下的七人这才得以全身而退，那真是一场惨烈的血战啊！

“带头人向天鹏教主恶恨恨地说道：‘原来如此，原来如此，多谢你了聂大女侠！’七人含恨离去。”

柳天赐听得入迷了，想到向天鹏、师父等盖世英豪，不由长叹一声，怔怔地说道：“你母亲为何要那么做，我原以为她是个大英雄，哼！”

聂宋琴神情激动地说道：“你认为我娘是奸细？”

柳天赐不屑道：“谁都会这么认为的！”

聂宋琴大声说道：“对，他们都这么认为，每个人都这么认为，天下所有的人都这么认为，我娘是个可耻的奸细，是一个出卖大家的奸细，哈哈……”

上官红幽幽地叹了一口气，站起身来，走到聂宋琴的身边坐下，扶住她的肩膀，柔声说道：“不，我不这么认为！”

聂宋琴侧头望了一眼上官红，上官红坚定地朝她一点头。

眼泪从聂宋琴那美丽褐色的大眼睛里夺眶而出，聂宋琴情不自禁地扑倒在上官红的怀里叫了一声：“姐姐！”

有时人就是这样奇怪，在特定的环境里，两个素未见面的陌生人，因为感情上的共鸣，甚至一个极细小的认同，会溶化所有的隔膜，由陌生到相识，这大概就是：红尘万丈高朋满座，唯我寂寞，陌路相逢，与我言合，相知以沫！

上官红抚摸聂宋琴的秀发，说道："十三个人中绝对存在奸细，但这个奸细绝对不是你娘。"

柳天赐刚要诘问，上官红用眼神止住了他，接着说道："不过这只是我的感觉，男人多用理智行事，而女人多靠感觉，我很相信我的感觉，如果当时我在场，我也会毫不犹豫地怀疑聂女侠，因为当时的表现的确如此，可现在我们以一个局外人来分析这件事，发现中间一定存有许多蹊跷！"

上官红接着又说道："成吉思汗乃一代枭雄，本来他就是雄起于江湖，对江湖的行事之道可谓是轻车熟路！"

说到这里，上官红顿了一顿，因为她的语气明显的有点贬损成吉思汗，而成吉思汗是聂宋琴的父皇，从聂宋琴的说话之间，可以看出聂宋琴和成吉思汗已有不可分割的父女深情，她是很爱戴和尊敬她父皇的。

聂宋琴似乎明白了上官红的意思，坐起身子说道："你说吧，姐姐！"

上官红喜欢聂宋琴这份爽直，点头道："所以成吉思汗不但勇猛凶悍，而且智慧过人，举兵南宋早是他计划中的，就算没有天降神珠，并且他为了这件事筹划已久，在中原武林就安排了亲信，凭他的智谋，他不会安排聂女侠的，再说他也不会当着这么多人的面让自己安排的一枚棋子自露身份的！"

柳天赐说道："这十三大门派的掌门人，不但个个武功已臻化境，而且都是中原武林德高望重、震古烁今的人物，谁会是奸细呢？以前怎么没听师父说过呢？"

上官红说道："这件事是一件极其隐秘、关系到大家存亡的大事，我想除了十三大门派的掌门人，其他人是不会知道的，师父他老人家何等睿智，经过了十多年，他显然知道事情另出有因，所以他没告诉我们，这个奸细一定将自己藏得很深，但狐狸的尾巴迟早是要露出来的，你说对吗？妹妹！"

聂宋琴感激而又敬佩地看了一眼上官红，说道：“母亲受了重伤，父皇将她留在皇宫，派人悉心照料她，父皇还常常亲自来看望母亲，母亲恨死了父皇，但又无可奈何，父皇一点也不介意，仍常常到母亲的小屋陪母亲一坐就到深夜。

“有天晚上，突然从窗外杀进两个人，武功奇高，一记抢攻，就向躺在床上的母亲杀去，父皇大急，连忙和身扑上，两人武功太高，两掌合力，将父皇震得昏死过去。

“母亲一声惊呼，叫道：‘向教主，韩帮主，你俩今天可是来拿小女子的性命的？’”

柳天赐和上官红相视一眼，心不由提到嗓子眼上了，师父和向天鹏再次杀进大都，北向南韩，以他俩嫉恶如仇的性格，怎么会放过聂双琪呢？这也是情理之中的事，身入千军万马的大都禁地，这份胆识的确是大丈夫的气魄。

两人听到紧张处，不由都屏住了呼吸，喉咙发干。

“娘说进宫来刺她的人是中原有北向南韩之称的日月神教教主向天鹏和丐帮帮主韩丐天，这两个人是她最尊敬的人。”

两人不约而同地点了点头。

“可是这两人既然是来杀她，那一定是认为她就是十三人中的奸细，娘万念俱灰，向天鹏不认得父皇，恨声说道：‘聂双琪，杀了你，你不觉得便宜了你吗？你那双罪恶的双手沾满了多少人的鲜血，你知道吗？今天我和韩大哥就是拼了性命也要为中原武林讨个公道！’

“娘凄然说道：‘向教主，韩帮主，等我说几句话，你们再取我性命不迟，我聂双琪绝没一句怨言。’

“向天鹏沉吟一下，说道：‘你还有什么话说，是不是拖延时间，等人来救你这个元军的大功臣！’

“娘说事已至此，我一个小女子也是多说无益。

“向天鹏哈哈大笑，说你这么说是我和韩帮主错了，来欺你一个小女子，哈哈，真是滑天下之大稽，天下恶毒的妇人居然也说出这种话来。

“娘说我知道各位对聂双琪误会已深，但我相信，天理昭彰，我聂双琪对天发誓，我绝没有做半点对不起大宋的事，我知道我的话很难使你相信，其实我也很想见你们一面，今天终于盼到你们，我死在你俩手里，也死得其所，我也心安了。向教主，韩帮主，我聂双琪罪有应得，死不足惜，我希望你们能找出真正的奸细，不要让我死后背上冤屈，一生一世永远的背上这个冤屈。

“向天鹏说你蛇蝎心肠，什么叫死不足惜，简直叫死有余辜，真正的奸细除了你，还有谁？天底下还有谁有那么大面子，让成吉思汗那元狗放我们一条生路？天底下还有哪个汉人心安理得住在元狗的大都享受锦衣华食？好，你的废话说完了吧，你自己动手，免得弄脏了我们的双手。”

柳天赐不由暗道：这向教主的性格和我差不多，处理问题急躁得很，相对来说，师父似乎沉稳得多。

他和真正的向天鹏从未谋面，只是从这次聂宋琴的谈话中对他有了一个大致的了解，真不知这性格是好是坏。

“娘举起右掌说道，那么我就用我这双罪恶的双手先打你们最想杀的人，说着一掌向身边的父皇头顶拍去。

“向天鹏喝住母亲，喝道那人是谁，娘说他就是成吉思汗。

“向天鹏和韩丐天俱都一惊，没想到将中原闹得烽烟四起的成吉思汗铁木真就在咫尺，一时也措手不及。

“父皇醒转，一看眼前的情形，就明白发生了什么，说聂双琪，这些时日你难道不了解我铁木真的心意，我是多么喜欢你。”

柳天赐和上官红相顾骇然，想不到成吉思汗，一代天骄，却为了一个心爱的女人将自己生死置之度外，并且最难得的是敢于当着众人之面，甚至是敌人的面，说出自己的心声，这对成吉思汗来说，未免有点惊世骇俗。

“娘说既然你喜欢我，今天你就当着向教主和韩丐天的面，说出那个奸细的姓名！”

柳天赐不以为然地想道：用感情去要挟别人，这一招也的确高明。

“父皇说我铁木真一个堂堂大丈夫，做事岂无原则，你们中原有句话叫士为知己者死，我爱你是一回事，但我绝不能说出他是谁，不过，我可以告诉二位，你们所说的奸细决不是聂双琪。

“向天鹏大喝，你们一对奸……他大骂父皇和母亲，你们别再作戏了，那奸细除了你还会有谁，说着就要上前击杀母亲。

“父皇哈哈大笑说，素闻中原有两大豪杰，北向南韩，没想到今天一见，却是徒有虚名，对一个深受内伤的弱女子痛下杀手，这可不是一个大丈夫的行径。

“两人似乎被父皇的话感染了，韩丐天说向老弟大义当前，我们不能让元狗笑话我俩，今天我俩就饶了他们，下次再来取他俩的狗命，说完，向天鹏一剑向父皇削去，将父皇的胡子贴肉削下一片，像刀子刮过一般，没伤及皮肉，但父皇说这是他一生中所受的最大羞侮！”

柳天赐心想：这一剑虽没看到，但他着力和手法的确是妙到毫巅，将成吉思汗的胡子用剑刮去，向天鹏也只不过想告诫一下成吉思汗，同时也给自己一个台阶下，怎么会是一生中最大的羞侮呢？

柳天赐哪里知道，蒙古人爱惜自己的胡子如同爱惜自己的生命一样，你杀了他不要紧，但要是拔了他一根胡子，他就会与你拼命的，更何况是刮了一大片胡子！

这些事显然是聂双琪事后和女儿讲的，所以聂宋琴每说一段都要想上一会儿，聂宋琴想了一会儿又道：

“自这件事后，母亲对父皇的态度要好些，但母亲还是有好几次以死来解脱自己，父皇就派了身边的四大护卫负责母亲的安危，自母亲发现已怀了我之后就打消了死的念头！

“母亲说我的出现是她一生最大的罪恶，也预示着我以后的不幸。”

聂宋琴歇了歇，长长地叹了一口气，又道：

“除了我的出现，还有一个信念一直支撑着母亲。”

上官红接着道：“你母亲想亲自找出那个奸细？”

聂宋琴点了点头，神色黯然道：“娘说的没错，我生下来真的很不幸，娘一点都不喜欢我，我甚至感到她还恨我，讨厌我，于是自小我就住在父皇身边，所幸的是父皇还对我疼爱有加，有时我任性，父皇会千方百计地满足我，可我的心里总是有一个阴影，有一种不祥的感觉。”

上官红缄默不语，却别有一番滋味在心头，聂宋琴的感觉与自己何其相似，那份稍纵即逝、理也理不清的感受，就像蚕吞食桑叶一样，一点一点地噬食自己的心！

“就在一个月以前，我担心的事真的发生了，我急急赶到‘忘情轩’，看到母亲受伤，我忍不住惊叫，虽被母亲捂住，但四大护卫还是冲了进来，母亲平静地说道：‘没事，你们出去吧！’

“当时我忐忑不安，我从没看到母亲如此诡秘，轻声问母亲，发生了什么事，母亲这才和我讲了上面的故事。

“我在泪水中听完了母亲的故事，一瞬间，我仿佛理解了母亲，我从没有如此懂得母亲，娘说别哭，我的话还没说完。

“娘说二十年，二十年了，我终于找到了那个奸细！”

柳天赐和上官红几乎同时问道：“谁是奸细？”

聂宋琴也有些激动地说道：“那晚是父皇到‘忘情轩’来看母亲，突然有侍卫说外面有人要见父皇，父皇出去和那人谈了一阵，当时月光很亮，母亲打开窗户，想让月光洒进来，不经意的一瞥，她整个人呆住了。

“站在院子里和父皇说话的人那身影太熟悉了，但已二十年了，人的变化很大，母亲一下子也不敢确认，但还是忍不住低呼一声，那人看了一眼母亲，然后低下头，父皇交待两句，那人就匆匆地离去。

“一般的情况下，母亲很少主动和父皇交谈，但这一次还是忍不住好奇地问道，刚才是谁，父皇说是个镖头汉人！

“娘说我要困了，你就回去吧。娘估计父皇已走远了，就追了出去，说父皇将东西丢在这里，这东西很重要，就要送给他，四大护卫忙说要不我陪夫人去，娘说不用了，我去了就行。

“娘出了‘忘情轩’后，使出浑身的解数去追那人，终于在大都的郊外将那人追上，娘喊了一声郭辰田，那人微微一愣，随即又加快脚步往前走，就是这不经意的一个动作，母亲就更加确定那人就是天龙帮的帮主郭辰田。”

柳天赐说道：“那郭辰田不是在二十年前被成吉思汗抓走了吗？”

上官红说道：“那叫金蝉脱壳！”

聂宋琴接着道：“我娘也是这么说的，经过二十年，许多细节她都想通了，郭辰田是天龙帮的帮主，一身武功可以和向天鹏相提并论，他所练成的吐功大法是一门极其厉害的功夫。”

柳天赐想起上官红讲到在岳父的密室里所发现的几大武功秘笈，龙尊的《夺魂心经》，武当的“百变神功”，大理的“随形剑气”，天山的“雪花掌”，其中就有天龙派的“吐功大法”，既然“吐功大法”能和这几大绝世武学并列在一起，肯定了得。

“百变神功”和“随形剑气”他见过，并且自己也会，但不知这“雪花掌”和“吐功大法”是不是也和“龙尊武学”有关。

聂宋琴道：“郭辰田是第一个被抓住的，以他的武功，不会是这样，这只不过是一个幌子！”

“娘说父皇开始救她的时候，也是为了转移目标，不过以后是真心爱她，这些都木已成舟，她并不怪父皇，一个人从爱的角度所采取的手段并没有什么错，娘现在唯一想做的就是抓住郭辰田雪洗她二十年来的冤屈。

“娘拦住了郭辰田的出路，说道：‘郭辰田，你可还认得我？’

“郭辰田低着头，说道：‘我不叫郭辰田，也不认识你！’

“娘说我真有点可怜你，你有如此贼心却没有承认自己的贼胆，江湖人称你为‘独耳神’，不会这么巧吧，你也是一个耳朵。

“郭辰田突然跪下说道：‘贵妃娘娘，既然你现在都知道，你就放我一马吧！’

“娘说我不是什么贵妃娘娘，我只是大宋的一个臣民，我聂双琪今天要手刃了你这个奸贼。

“郭辰田说聂女侠，那你又何必呢？南宋气数已尽，皇上忠奸不分，朝纲混乱，所谓人各有志嘛！

“娘说你的‘志’是建在别人的牺牲之上吗？你还有脸跟我说这些！

“郭辰田说聂女侠，这二十年来你一直住在‘忘情轩’，中原发生的事你不知道，现在中原武林都认为我已死在蒙军手中，而将你看做最大的奸细，你现在成为贵妃娘娘，是最明智的选择，中原已无你立足之地，我们现在都这么大岁数，何必又那么死心眼呢……

“娘的眼中喷出火来，没等郭辰田说完，就刷的一剑刺过去，一个没有气节的人，绝对是一个贪生怕死之徒！

“郭辰田在利害得失面前，还是恶向胆边生，就这样两人经过一番激斗，郭辰田将母亲打伤逃走，但母亲还是割了郭辰田的另一只耳朵，郭辰田在逃生的时候，还掉了一封密信。

“娘说郭辰田那奸贼二十年不见，武功却是进了一层，尽管她当时所用的都是拼命的打法，但还是占不了半点便宜，要不是郭辰田对母亲的身份有所顾忌，加上心中或多或少有些悔意，底气不足，只怕母亲就要死在他鞭下。”

柳天赐和上官红两人听得触目惊心，深为郭辰田的逃走感到惋惜。

柳天赐忍不住问道：“那聂姑娘怎会在这石窟里？”

聂宋琴惘然道：“这是一个错误，娘讲完上面的话，就从怀里掏出一封信对我说，琴儿，娘现在要你到中原办一件事情。

“娘将信郑重地交到我手里，说这就是郭辰田二十年前向你父皇告密的信，你到蝴蝶崖，将这封信交给日月神教教主向天鹏。”

柳天赐暗想：这郭辰田应该是一个十分奸诈之人，怎么这般行事，将把柄一直带在身上，这信应该在成吉思汗手里才对。

但转而又想，这只怕就是成吉思汗所谓的治人之术，有一封密信在自己手里，就等于绝了郭辰田的后路，也就是让郭辰田一直受制于自己，郭辰田肯定深知这其中的厉害，难道他是刚从成吉思汗那里取回这封密信，来不及销毁，所以才……

只听聂宋琴又道：“出了大都，我就径直到了蝴蝶崖，使我大吃一惊的是，日月神教的教主年龄竟然和我差不多。

“向天鹏知道我的身份后，居然就不分青红皂白将我关在这里，向天鹏和韩丐天两人到‘忘情轩’刺杀母亲，母亲却一直对这两个人一向推崇备至，可没想到向天鹏一直认为母亲是个奸细，并不给我解释的机会。”

上官红说道：“妹妹，你所见到的那个不是你母亲所说的向天鹏，你母亲说的没错，向天鹏的确是一个顶天立地的大英雄，只可惜被一个更大野心的人害死，你所见到的人也是你父皇所安排的一枚棋子，叫阮楚才。”

聂宋琴一直生长在大都，哪里知道中原发生了这么多的事情，恍然大悟道：“可那阮楚才却自称自己是向天鹏的啊！”

上官红沉吟一下道：“这不奇怪，说不准你一出大都，消息就传到阮楚才这里来了。”

聂宋琴忙道：“这不可能，我是偷偷溜出来，没有别人知道的。”

上官红道：“你父皇成吉思汗是何等人物，焉有让你偷偷溜出来而不知道的道理？其实你父皇成吉思汗早就安排好了。”

聂宋琴不解道：“你是说……”

上官红沉吟道：“这只不过是我的推测罢了，不过，像你父皇这样的一世枭雄，他所做的又岂是我辈人能揣度的……”

聂宋琴沉默不语，垂下长长的睫毛，独自想着心事，和上官红相依坐在一起，那身影说不出的美妙。

柳天赐看着淡淡的光影在两人绝世美丽清纯的脸庞上流动，渐渐地，眼前的光亮变亮，变亮……接着又模糊起来，出现一个巨大的幻影，落日黄昏的天幕下，一道绚丽的晚霞，辽阔无垠的草原上坐着两位少女……

柳天赐摇了摇头，这才发觉自己的确很累，很困……

思绪回到现实之中，冥冥之中，柳天赐不由想到第一次见到上官红的情景，丽春院淡淡的月光，自己躺在小床上，上官红如月下嫦娥，站在自己的小木床前凝视着自己，晶莹的泪水滴在自己的脸上，那是多么美好的感觉，虽然后来自己奇缘巧合，融于诡秘莫测的江湖中，再也不是单纯的以前，但心底对上官红那份纯真的感情，似乎永远那么真实，永远不会改变，不经意地发觉嘴角咸咸的，用手一摸，竟然满脸是泪。

没想到和心爱的人在一起，在这石窟之中，走向自己生命的尽头，奇怪的是，自己居然没有那份生与死的强烈震撼，心里却异常平静，仿佛这是一件很自然的事，只是以前许多没来得及想的东西，现在反而变得真实，一种涌起的感动夹杂着一份淡淡的惆怅。

石窟里一片静谧，偶尔还听到灯火毕剥的声音，上官红侧过脸看了一眼柳天赐，微微一笑，柳天赐仿佛看到童年时候经过的草地，路边一株不知名的小花悄悄地、静静地开放。柳天赐感觉到自己醉了，很自然地笑了……

聂宋琴也笑了，露出好看的贝齿，轻轻地说道：“你们很幸福！”

上官红微笑道：“你是这样感觉到的吗？”

聂宋琴眨了眨褐色的大眼睛，说道：“是的，我很受感染。”

上官红拍了拍她的肩头，说道：“你这个傻妹妹，你真傻！”

聂宋琴自言自语道：“是的，我是真的很傻，为什么板动机关，只有像我这样不幸的人才该……永远在这里，可你们……”

聂宋琴忌讳说出“死”字，其实柳天赐和上官红的心情何尝不是一样，三人都觉得避免谈到那个字。

上官红问道：“机关，什么机关？”

聂宋琴道：“我在这石窟里住了近一个月，以前向天鹏……不，阮楚才叫人送东西给我吃，总是用吊车吊到洞口，这次你们俩进来，我以为是他派来杀我的，所以我就扳动了机关，说完伸手一指。”

顺着方向看去，在一块微微凹进的洞壁上，果然装有一个机关，旁边写着“禁用！否则此处将成为死地！”

上官红环顾这个与崖石浑为一体的石窟，的确是成了死地，笑道：“这是天意！”

聂宋琴不解地道：“姐姐，你说那阮楚才将我关在这里，是为什么？”

上官红道：“阮楚才明白你的身份，岂敢对你无礼？我想他是为了你的安全，才将你关在这石窟里，然后再将你送到你父皇那里。”

聂宋琴道：“那他怎么不早将我送到父皇那里？”

上官红心里一愣，想起成吉思汗将阮星霸一家老小留在大都，从而要挟阮星霸，现在成吉思汗最疼爱的女儿落在他手里，他难道不会……

聂宋琴见上官红双眉轻皱，又道：“我感觉到阮楚才对我另有企图！”

上官红笑道：“女人的感觉一般是很准的！嗯，你说你父皇知道你不见了后，会不会着急的？”

聂宋琴自豪地说道：“怎么不着急？记得我小时候，在草原上追一只火狐，那是一只非常漂亮红色的火狐，追着追着，到了草原深处，我就迷路了，有五天没回到大都，父皇急得不得了，下令到处找我，他说就是将天下翻过来也要找到我，后来我自己回到大都，父皇高兴得下令全族同庆，宰了一千只羊，整个草原就像过节一样……”

聂宋琴的眼里有神往的光芒，上官红不觉一阵感动。

上官红看到聂宋琴那父女情深的目光，突然想到，如果父亲能像成吉思汗疼聂宋琴那样疼自己，就算他是个十恶不赦的大坏人，就算遭到所有人的唾弃和不齿，只要能感受他那博大的父爱，自己也会幸福感动的……

一个父爱深沉的人，再坏也不能坏到哪儿去。

上官红想到自己的父亲，蓦的有一种伤感！父亲仅仅因为自己无意间看到他的秘密，就要杀了自己唯一的女儿！

她心里承认，在这以前父亲是疼爱她的，可为什么会变的呢？就是因为一个秘密，显然这秘密对父亲很重要，甚至可以毁了他，这只能是一个，不可告人的秘密，是这个秘密的分量让父亲作出牺牲自己的女儿以达到灭口的目的！

这会是什么呢?！上官红每每想到这里，思路就中断了，头脑一片空白，不知是情感上让她不能想下去，还是理智上自己什么都已知道！

其实，上官红眼里看到的父亲和心里感受的父亲，是一个没有笑容的父亲，现在她明白，这是一种痛苦，他总是那么深思熟虑，谨小慎微，将自己藏得很深很深……经常看到他像一个木头人坐在书房里，一坐就是好几个时辰，那阴郁的目光使她感到害怕，经年已久，回想起来，父亲那目光中饱满着一种追逐的欲望！

父亲一直在追逐什么？

想到自己从将军府里死里逃生，漫无目的地一个人孤单地行走在川道上，没想到今天还是难逃此劫，难道自己这样由死到生，再由生到死，就仅仅是为了认识柳天赐，与其说是一种缘分，倒不如说是上苍将柳天赐赐给自己。

可为什么这么短暂呢？也许你感觉美好的东西，正是因为它的短暂，不在乎天长地久，只求曾经拥有，这只是自我安慰的一种说法，内心里自己又多么渴望和柳天赐一起双宿双栖，永偕白头，可这一切现在都不可能了!

生命因为柳天赐的出现而美丽，而精彩，同样，天赐又因为自己的出现而改变，由一个正邪矛盾的人变成一个至纯至刚的大丈夫，上官红心里明白，江湖需要柳天赐，只有柳天赐才能力挽狂澜，可……是自己毁了他!

上官红的思绪像潮水般地涌动，一点睡意也没有，身边的聂宋琴已睡着了，憔悴的脸上还挂着未干的泪痕，柳天赐也睡着了，嘴角带着微微的笑意，不知他是想着什么入睡的。

上官红将聂宋琴放在自己身上的手轻轻放下，踮着脚尖走到柳天赐身边坐下，用手轻轻地抚摸着他那坚毅而又略现苍白的脸庞，这些时日的确辛苦他了，细细地看着他的眉毛、眼睛、略带嘲弄的嘴角……

上官红看得那么仔细、入神，细数他的根根头发，蓦的泪水充满眼眶，滑落脸颊，一滴滴地落在柳天赐的脸上……

灯火变得暗淡发黄跳跃，将自己的影子模糊地印在石壁上。

上官红听到柳天赐发出均匀的呼吸声，收回自己胡乱的思绪，心情感到格外的平静，痴痴地望着将要熄灭的灯火，一闪一闪的跳跃，人死如灯灭，这话说得真好，可人有那么多的情感，那么多的恨与爱，那么多的喜悦和烦恼，欢笑和忧愁，成功与失败……都跑到哪里去了呢?

灯火在摇曳中终于熄灭了，石窟里一片黑暗，上官红站起身子，点亮了另一盏灯。

突然，她看到一种现象，她定定地看着，目不转睛，似乎怕自己一眨眼，这现象就会消失一样。

她看到刚才燃尽灯火的烟雾，在空中像一个有生命的幽灵，向一个地方飘去，上官红的目光一直追随着它，直到那道烟消失在石壁上写着的两行字中间。

能使烟雾飘动，说明绝对有空气的流动，上官红心头一阵狂喜，她感觉到这石窟中有一条生路。

她叫醒了柳天赐和聂宋琴，两人听上官红一说，马上感到振奋，柳天赐熄了点亮的那盏灯，上官红点亮另一盏灯，三人果真看到烟霞消失在字的行间。

三人走过去，仔细一看石壁上的两行字，却是人用指力刻上去的，隐隐看到字的凹下去的笔划间有一条条细缝，很细小的细缝，聂宋琴失望道："姐姐，这细缝能说明什么呢？"

上官红欣喜道："天赐，你用'隔山打牛掌'击这一块。"

柳天赐一掌向那两行字的地方拍去，随着"砰"的一声响，石壁里也传来一声响，像石块掉在地上，石壁上的两行字一点损伤都没有。

柳天赐和上官红几乎异口同声说道："里面是空的！"

上官红马上又迟疑道："'隔山打牛掌'使受力的地方不受到伤害，而受力的背部却能被震得筋脉寸断，你不会将石壁震碎的吧！"

柳天赐笑道："你说的是人，师父创立的这套'隔山打牛掌'的确精妙，它是受阻愈强，而受到的伤害越大，可以说是无坚不摧，这石壁相对于人体来说可坚硬得多，我用了六成功力，所以它的背面被震碎了。"

聂宋琴以前也听说中原武林"三圣"之首韩丐天，不但嫉恶如仇，而且武功出神入化，尤其以他至刚至猛的"隔山打牛掌"而名动天下。

而此时她倒不是惊骇"隔山打牛掌"的厉害，而是从柳天赐和上官红的表情可以看出，事情有了转机，不由也跟着激动起来说道："里面或许只是一个石洞！"

上官红说道："或许是石窟的另一条通道也说不定！"

对三个处在绝境的人来说，哪怕是一个微小的希望也会看作是无限的生机，拿稻草当金条了。

聂宋琴急道："我们怎么打开它？"

上官红问道："这石壁厚不厚？"

柳天赐道："厚！"

上官红道："我们合力将这块石壁震碎。"

两人站在石壁前，潜运内力，"砰"的一声，除了听到里面石块落地的声音和上官红留下的一个掌印，石壁并没震碎，两人颓然相望。

聂宋琴站在上官红身边，只感到上官红的掌力从石壁上反击回来，刮得脸上隐隐作痛，没想到美如天仙的上官红内力竟如此的骇人。

上官红说道："如果这里有石窟的一条密道，绝对有开启它的机关。"

柳天赐心想：我和红儿两人的内力尚不能撼动这个石壁，何况别人呢，显然这不是开启石壁的方法。

上官红凝视着石壁上的几个字，突然说道："天赐，你看那个字有什么异样？"

柳天赐道："字的笔划间有细小的缝隙！"

上官红摇摇头道："还有，你看这字的笔划之间可有什么不对劲的地方？"

柳天赐凑近一看，果真看到那字的笔划间指法的运用深浅不一，有的地方深得违反书法的规则，如"否"字左边的一撇，应该是起笔重，落笔轻，可用指力写这字的人却在落笔的地方很重，造成了凹下去的一个点，石壁上的十个字有十个点，不细心很难发现。

柳天赐回头道："这人写字很古怪，在这两行字间，隐约造成十个断点，这能说明什么呢？"

上官红思索道："你用指力在十个点上点点看。"

柳天赐依言点了十下，刚一点完，只听见"嘎"的一声大响，接着就是"轰隆隆"的响声，三人各后退几步。

完整的石壁随着"轰隆隆"的闷响，裂开一道整齐划一的裂缝，裂缝越来越大，等大到一扇门的时候，"嘎"的一声，石窟里一片寂静。

三人屏住呼吸，静看这奇迹的出现，原来那字间的十个点的确是个机关，石壁是可以活动的，移动的石壁至少有两丈来厚，难怪聚柳天赐和上官红两人的内力都不能将它震碎。

这一块石壁门是由钢铁支撑的，门口掉下两块如巴掌形的石块，聂宋琴抬头望了一眼柳天赐，心想：这“隔山打牛掌”要是打在人身上，那还得了。

其实，她不知道“隔山打牛掌”是最刚猛一路的掌法，遇挫愈猛，愈强愈强，击在人身上决不会像这样打下巴掌一样大的一块肉来。

里面黑洞洞的，不知深不深，是不是一条密道，三人心里揣揣不安，柳天赐端来一盏油灯，说道：“我们进去看看……”上官红拉着聂宋琴的手，跟了进去。

三人“咚咚咚”的脚步声传得很远，这洞肯定是很深的，石洞的四壁都有斧凿的痕迹，这显然是人工开凿的一条密道。

走出不远，就有个陡斜向上的台阶，顺阶而上，又是一条平道，不过是折向进来那条平道的反方向，接着又是一条陡斜向上的台阶，上官红说道：“这绝对是一条密道，并且是通向蝴蝶崖上的。”

聂宋琴说道：“姐姐这么肯定?”她虽然嘴里这么问，其实心里早就认同了上官红的看法，上官红的分析很有见解。

上官红道：“这密道一正一反的来回曲折，显然是为了上的。”

三人浑然忘了疲劳和饥饿，顺着密道一直往上走，上了二三百个台阶后，就是一条斜道，灯火变亮，已走到了尽头。

挡在三人面前的又是一道石壁，柳天赐将灯火举近，石壁上也有两行字：“不到万一，不得开启此门!”同样是十个字，柳天赐想都没想，用手指点了十个断点。

可这次没有“轧轧”的大响，无声无息，豁然洞开，光亮和空气一下子涌了进来，三人贪婪地深深吸了一口，虽然是月光，但三人还是感到亲切无比，这次移动的是一块铁板。

第二十四章　漠外高手

三人跃下，再回首看时，骇然发现刚才的洞口已经合上，是一道墙壁，上面画着一幅如门大的绢画，画上题了岳飞“满江红”的词。

这字画笔力遒劲，气势豪迈，这密道设计如此精巧，真是巧夺天工，谁能想到挂在墙上的一幅字画后面，居然是一条密道的入口！

上官红环顾所处的地方，不由“啊”的一声惊叫，说道：“我们真的出来了，这是姑姑住的地方，蝴蝶阁。”

柳天赐一看房间摆设，果然是一个女人住的地方，锦被罗帐，迷漫淡淡的幽香，问道：“你来过这里，红儿？”

上官红道：“是表妹带我来这里的！”

柳天赐道：“不知子薇脱没脱掉阮楚才的虎口，师父他们现在到哪里去了？”

上官红道：“我们在石窟里住了整整一个白天了，外面发生了什么事情，我们怎知道！”

三人走出蝴蝶阁，皎洁的月光印在皑皑的白雪上，发出柔和晶莹的光亮，耐寒的梅花绽放红红的花蕊，格外惹眼，上官红看着地面，眉头微皱，说道：“这地方有很多人来过！”

柳天赐和聂宋琴这才看到地上有许多错乱的脚印，说道：“会不会是师父他们？师父知道我来救你，会不会赶回来的？”

上官红道：“我看不是，师父的脚印奇大，这没有师父的脚印，不过现在最要紧的是找点东西填饱肚子。”

偌大的蝴蝶崖，所到之处都静悄悄的，没有一个人迹，地上到处都是斑斑的血迹，和横七竖八的尸体，聂宋琴从没看到这血淋淋的场面，拉着上官红的手，掩鼻而过。

柳天赐看到满目萧瑟、死气沉沉的景象，不由感到心寒，想向天鹏创立的日月神教在江湖上是何等的显赫，可落到今天如此地步。

曲曲折折，三人找到日月神教生火做饭的地方，三人烧火做饭，虽然没有菜，三人觉得不啻于人间美珍，饱餐一顿。

聂宋琴放下碗筷，说道：“姐姐，你们打算到哪里去?”

上官红正要回答，柳天赐“嘘”了一声，上官红凝神一听，果然听到有几个人向这边走来，聂宋琴从两人的神色看出有人来了，也连忙噤口不语。

上官红将地上的柴火扑熄，小声道：“我们避一避。”说完，和柳天赐一起带着聂宋琴飞身而起，跃到了屋顶巨大的横梁上。

这间是日月神教用作造火生饭的大厨房，终年遭烟熏，屋顶一片漆黑，从下面看屋顶是一片黑咕隆咚，而从上面能看到下面。

三人挤在横梁上挤得很紧，横梁上一片漆黑，感觉到处都是黑烟。

聂宋琴的左手被柳天赐握着，突然有一种异样的感觉，感觉到温暖无限。

聂宋琴是成吉思汗最疼爱的“草原圣女”，这在蒙古人的心目中是众所周知的，她的地位之高和特殊的身份，是以很少有人能接近她，更别说拉她的手。

今天是第一次让自己的手握在别人手里。虽然经过了一天的相处，她对柳天赐一点都不了解，她心里却挺羡慕上官红的。

从柳天赐的眼神和说话，对上官红那份疼爱，就算是父皇对于母亲也比不过，她记得自石窟到这里，柳天赐从没正眼瞧她一眼，他眼里只有上官红，心里不由冷哼一声。

忽然又为自己这种朦胧的想法感到面红心跳，偷眼看柳天赐和上官红，见两人的眼光对视，在黑暗中闪闪发亮，似乎在柔情蜜意地谈着什么。

聂宋琴“哼”了一声，将握在柳天赐手中的手抽了出来，身子侧了侧，将头偏在一边。

柳天赐哪里明白聂宋琴那古怪精灵的想法，心想也是，上都上来了，老是握着人家的手干什么！回头朝聂宋琴歉然一笑。

聂宋琴看到黑暗中柳天赐脸庞微笑的轮廓和露出洁白的牙齿，心神不由一荡，也微微一笑，将身子向他靠了一靠。

柳天赐身子挪了挪，更贴近上官红，聂宋琴无端气极，把身子一侧，真想一下跳下去，不和他们在一起！

转而又想，我这是怎么啦！脸上不由一阵燥热，幸好是在黑暗之中，否则凭上官红的聪慧，不看破自己的心思才怪，那可真是羞死人了！

就在聂宋琴心猿意马、胡思乱想之际，门口的月光地下印出四条人影。

一个声音大声说道：“二十年前，向天鹏创得日月神教，在江湖上可谓威风八面，没想到今天却成了一个废墟，连一个鬼影都没有，可叹呀，可叹！”

另一个人翁声翁气地说道：“中原武林，也数向天鹏是条汉子，只可惜这次踏入中原都没有机会会一会他，可惜呀，可惜！”

“锵！”的一声，刚说话的那人将手中的黄金禅杖朝地下一砸，砖石破碎，方铲上的金环一阵乱响，那禅杖是由黄金打铸而成，发出金灿灿的光，少说也逾百多斤，只听他怒声说道：“红毛兔子，你不会自己想个话，老是跟我学样干什么！”

说话的人身材魁梧，阔头方脑，一对招风耳向两边张开，耳垂上还挂着两个大铜环，火气挺大的瞪着眼睛。

站在他身边的人，模样长得挺怪，上身长下身特短，面色赤红，双眼深陷，头发如两堆根根如丝的乱草，中间留一条缝隙，露出赤红的头皮，那头发红焰如火，不冷不热地说道："招风耳，你想找碴，就明着说，凭什么说是我学你的。"

这时一个尖声尖气刺耳的笑声传了进来，笑声像是铁片在锅里刮过一般，特别难听，随着人影一闪，一个特别尖的声音传了过来，说道："你们两个就别吵了，从大都一路吵到这里，够没够，我听都听烦了。"

柳天赐一看进来的人差点笑出来，进来的人头呈倒三角形，头部硕大，颈部却非常细小，身上穿着红得耀眼的长衫，上面绣着一条张牙舞爪的恶龙，手里拿着一根哭丧棒，显得不伦不类。

和他同时进门的还有一个人，这人穿着一身白衣，上面绣着一只穿山甲，眼皮低垂，脸色煞白，像抹了一层灰似的，浑身毫无一点生气，完全是一个活死人，手里拿着一柄发着白光曲曲折折的长剑。

"招风耳"猛一回头，大喝一声道："'过江龙'，你以为你是谁？老子高兴吵，你把老子吞了不成，有意见到粪坑里去提。"

一个仿佛是从地狱里发出的声音冷冷地道："大哥，别理那条疯狗，他们爱怎么咬就怎么咬，咬死一个省得清净。"

刚才还怒容满面的"招风耳"，突然仰天哈哈大笑，像一个巨大的破鼓在敲，柳天赐和上官红搞不懂他为何发笑，像一个疯子一样，只听他又声音炸耳道："哈哈，你这个大死人想让我吵，我就偏不吵，你说是不是，红发大哥！"

红发人也笑道："对，别中了这死人的奸计，我俩只要谁死了，你不笑歪了嘴巴才怪。"

招风耳连忙大声叫道："不对，不对，这么长的时间，你可曾看到他笑，死人怎么会笑！"

红发人不以为然道："他脸上不笑，肚子里不会暗笑哇！"

红发人和招风耳两人吵吵嚷嚷，"过江龙"站在一边不耐烦，拿着哭丧棒在头上猛击，发出“砰砰”的大响，而他身边的死人站着一点也没动，始终低着头，眼皮都没抬一下，的确像个死人。

不用介绍，柳天赐和上官红从四个人的外形上已经知道四个人的身份，这四人不用说就是成吉思汗帐下的六大高手之四，负责保护聂宋琴母亲的四个人，“伏杖过天”哲丝克，“血印手”红发上人，“过江龙”肖越，“穿山甲”彭冰剑，真不知这四大魔头跑到“蝴蝶崖”上来干什么。

这四个人柳天赐和上官红只闻其声，而从未见其人，他们武功如何了得，只听上辈人传说过，而从未见识，不过从他们怪模怪样的气势来看，也的确骇人，与众不同，两人蹲在横梁上，一动也不动。

聂宋琴本在“伏杖过天”进门说第一句话，就已经听出来了，差一点叫出来，她心里明白，这四人到蝴蝶崖肯定是父皇派来找自己的。

虽说四人武功盖世，但对自己却甚是尊敬，可以说是言听计从，但她还是忍住了，因为这种场合来得太突然。

下面稍稍静了一下，只听见“血印手”的声音翁声翁气地骂道：“操他奶奶的，这蝴蝶崖一个人影都没有，死尸倒见了不少，阮楚才和太乙真人真他妈的没用，这么一下也挺不住。”

哲丝克接道：“大汗派我们来援助阮楚才和看看郡主到这里来没有，如果我们路上不耽搁，上官雄也不至于将阮楚才弄得全军覆没，全是你，谁叫你去招惹那老疯子!”

红发上人深陷的双眼突然凸起，怒道：“出了事情，就往我头上推，我可没有那么心急，我刚一喊出来，有人就不要命的追上去，要不是我帮你一把，那老疯子忌惮我的‘火焰掌’，他不一针射死你才怪。”

柳天赐心想：江湖上是谁用针，难道他们碰上了“不老童圣”?

好奇心促使他继续听下去。

四个人也许是一路奔波，累了，就在门口找了一块干净的地方席地而坐，柳天赐居高临下目力所及四人的表情看得清清楚楚，红发上人从怀里掏出一个红色的小瓶子，拔开瓶塞，抿了一口，然后小心翼翼地将塞子塞上，放入怀中，闭上眼睛，似乎在运功。

“过江龙”肖越转动三角形的脑袋，用哭丧棒用力敲打自己的脑袋，发出恼人的铁器碰撞之声，从声音听那哭丧棒似乎是钢铁打铸，难道那魔头练成铁头功不成，“穿山甲”彭冰剑一人坐得稍远，不声不响，死人一个。

哲丝克骂骂咧咧地说道：“他妈的，那老疯子什么时候练得暗器功夫，叫什么‘又蹦又跳忽上忽下忽左忽右忽快忽慢弯路射人针’，的确厉害，二十年前，他好像不会这玩意，要不是老子功力深厚，险一点着了他的道儿。”

柳天赐心里好笑，果然是“不老童圣”，在襄樊点将台见他的时候，他的那“弯路射人针”似乎没有“忽快忽慢”这一个项目，真不知道他不断的练习，这“弯路射人针”将会练成什么古怪东西。

肖越将自己三角形的脑袋四周敲了一遍，开始敲中间，“当当当”三个猛响，和四周所发出的闷哼的声音不一样，懒洋洋地说道：“什么内功深厚？本来就着了道儿，只是没死罢了，并且当时那熊样，为了躲一口针，身形狼狈，又滚又爬，真是丢脸，让人呕血三升，可悲呀，可悲！”

哲丝克两只大耳朵动了两下，怒声道：“老子怎么瞧你两个就怎么不顺眼，你她妈妈的，只会站在旁边看戏，要是我们四人合力，那个老疯子不就一命呜乎了。”

肖越继续敲他的头颅，说道：“大汗可没吩咐我们帮你报私仇，再说这话亏你说出口，也不羞，四个合力打老疯子，你他妈的不要脸，我们可要脸。”

哲丝克一时语塞，不服气道：“我们四人合力打老疯子，他们不也是四个人嘛，四个对四个谁也不理亏。”

肖越冷冷说道：“除了老疯子，其他三个人是什么东西？‘金玉双煞’还有那小姑娘，也配我们动手，那不更掉面子。”

哲丝克辩道：“‘金玉双煞’当然不配我们出手，可那小女孩，老疯子叫她师姐，你难道没听见？”

肖越气呼呼地说道：“你妈的放点脑子好不好，那老疯子的话你也相信，说不准他哪天高兴管那小姑娘叫娘也说不准！”

哲丝克对肖越的破口大骂毫不为意，皱着两把扫帚眉，似乎在思索什么，认真地说道：“可那小姑娘也真他妈的邪，对我们的来历和武功家底似乎了如指掌，你说怪不怪？”

肖越一愣，因为哲丝克所言不假，那小姑娘对哲丝克和红发上人知根知底倒不足为怪，因为这两个人在二十年前名头太大，虽说由于某个原因，二十年没在江湖上混，但江湖上提到两个人还是心有余悸，记忆犹新，可自己哥仨个“死亡门”的三使者，应该不会被太多人知道，二十年前见过的，除了白佛和黑魔外，见过他们三个人的都已是死人，可那小姑娘竟然叫出自己和老三的名字，更可怕的是还说出门主的名字，这的确使他感到骇异，甚至百思不得其解，因为小姑娘是除了他哥仨外，第四个知道门主名字的人。

凭他们以往的秉性，决不会留活口的，可那小姑娘似乎看透了三人的心思，笑吟吟地说道：“你两人要是想杀我灭口，你们门主一定会废掉你们的。”

肖越打量那小姑娘，见她生得国色天香，是个绝色美女，知她所言不假，因为门主对美女特别在意，说不准是门主身边的什么人，所以和彭冰剑一直站在旁边静观其变。

柳天赐和上官红两人握着手，手心里都出汗了，两人都猜到肖越和哲丝克所说的小姑娘就是失散了三个月的白素娟。

白素娟在“九龙寨”被“金玉双煞”抓走，白素娟对江湖秘闻几乎无所不知，而且上官红是“不老童圣”的师父，而白素娟是上官红的结拜姐姐，所以“不老童圣”叫她师姐，也不是没道理的。

可“不老童圣”不是去追玉霞真人了吗？他是怎么样和白素娟三人碰上的，这就不得而知了。

不过这说明白素娟不再危险了，想到白素娟，柳天赐心头一荡，慌忙朝上官红看了一眼，上官红也正瞧他，抽出被握的手，用手指在柳天赐手上掐了一下，柳天赐大窘。

肖越一时想不透，就岔开话题，说道：“我们整个蝴蝶崖上都找过了，哪里有郡主的影子，郡主要是被上官雄抓去了，那……”

喝了一口酒，一直坐着运功的红发上人脸色越来越红，并且冒着丝丝热气，像一只油炸的大红虾，红得透紫，突然他将嘴撮起，“呼”的一声，一股细小的火箭从嘴里激射而出，那火箭闪着蓝光，射到离他两丈远的铁柱上，铁柱被点得滋滋作响，跟着那一块也被烧得通红，随着火焰的熄灭，那铁柱子被点穿了一个小洞，冒着青烟。

柳天赐和上官红看得心惊不已，这门武功真是怪异至极，上官红只听说有人能将酒喝到腹中，再摧动三昧真火，将酒烧着，用内力逼出，但大都是一团火球的形式，可红发上人却能用内力将其逼成一道火箭，由于火箭细，所以热量特高，才能断铁熔金。

坐在他身边的哲丝克、肖越和彭冰剑倒不怎么惊异，似乎见怪不怪，实际上红发上人所练的是一种极其怪异的玄学“赤焰掌”，练成了“赤焰掌”必须要排出体力的三昧真火，不然的话就会自焚的，所以三个人每天都看到红发上人吐火烧东西，见多了也就不奇怪，不过他颇为忌惮，要知道这火箭射在自己身上，血肉之躯那还得了。

红发上人吐完了火箭，脸色才慢慢的恢复到正常的红，像火一样，人瞧起来也精神多了，呼了一口气，说道：“如果上官雄抓走了郡主，我们要不惜一切地将郡主救回。”

肖越道：“可情形又似乎不对，那上官雄如果真的抓了郡主，不早就传得沸沸扬扬了。”

红发上人不以为然道：“不知郡主到没到蝴蝶崖来，大汗知道郡主出走，心急得不得了，叫太乙真人到蝴蝶崖，可那阮楚才却说没见到郡主，说明郡主根本就没来蝴蝶崖。”

哲丝克皱起扫帚眉说道：“那她会到哪儿去呢？”

肖越放下哭丧棒，摸摸头皮说道：“郡主从没踏进中原一步，江湖凶险，会不会中了人家的暗算？”

聂宋琴听了三人的对话，心里一片迷惘，事情果然如上官红所说，自己刚到中原，父皇就已知道，听到父皇为自己担心，心里又是感动，可阮楚才明明见过自己，为何说没看到呢？这是怎么回事？

要说江湖凶险，倒也不见得，自己从大都到蝴蝶崖，一路上除了碰到几个无赖，垂涎自己的美色外，倒没见过什么凶险，上官红和柳天赐对自己不是挺好的吗？

哲丝克大声说道：“阮楚才是大汗派来的，上官雄围攻日月神教理应是消灭鞑子的，可上官雄打出的口号却是为各门各派报仇，岂不怪哉！”

肖越刺耳的声音“嗤”了一声，说道：“这有什么奇怪的，日月神教突然杀戳江湖，灭九大门派，为各门各派报仇，这才有号召力吗！再说，那上官雄还以为柳天赐是日月神教的教主呢，他怎么想到大汗早就偷梁换柱了！”

红发上人接道：“我可感到奇怪，在蝴蝶崖的山脚下，我们不是见到许多尸体，他们可都是名门正派的重要人物，少林的晦能大师，武当的玄清道长，还有其他崆峒、峨嵋、华山、青城的高手，他们是谁杀的，真叫人想不通！”

肖越尖声道：“对，对，这是奇怪，他们似乎自己在杀自己人一样，那青城派的一剑杀在昆仑派弟子的身上，昆仑派的弟子一剑刺在青城派弟子的咽喉，结果两人同归于尽，真是怪事年年有，今年要比去年多，他们同在上官雄的领导下，应该是不会发生火拼的。”

红发上人翁声翁气道：“这年头什么事不会发生，向天鹏当年如何义薄云天，放眼整个中原武林，我虽与他不和，但也只他我还瞧得上眼，可后来怎么样？为了当中原武林的龙头老大，还不是乱了性子，到了事情无法收拾时，将教主之位传给乳臭未干的柳天赐，结果被自己的好友韩丐天用‘隔山打牛掌’打死，哎，可叹呀，可叹！”

肖越尖声道：“柳天赐虽说年纪不大，乳臭未干，但据说是龙尊的唯一传人，一身武学可以睥睨天下武林，只可惜和一个小姑娘、韩丐天三人死在‘断魂崖’的一个石洞里。”

聂宋琴朝柳天赐瞧了一眼，心想：真是大白天说瞎话，柳天赐和上官红都好好的，怎么说死了呢！

红发上人补充道：“大汗听阮楚才那边传来消息，还甚为惋惜，说什么千军易得，一将难求。柳天赐是龙尊传人，武功名动天下，也不足为怪，难得的就是他小小年纪，就能如此心黑手辣，在天香山庄大开杀戒，被中原武林称为杀人不眨眼的大魔头，恐怕连我们几个也只得干拜下风了。”

哲丝克“哼”了一声说道：“耳听为虚，眼见为实，我不相信那柳天赐能厉害到哪儿去，就算是龙尊再世，我也……”

肖越不耐烦地打断他的话，讥讽道：“不掂掂你的斤两，说话也不脸红，别说龙尊，就是白佛也让你消失了二十年！”

哲丝克圆睁双眼，大怒道：“过江龙你是不是跟我过不去，我是不想伤了和气，你别以为我怕你！”

打心眼里，哲丝克还是有点怕“死亡门”的三使者，特别是老三活死人彭冰剑，别看他成天死人一个，可每个人心里都害怕，不叫的狗才是最咬人的，并且是致命的。

成吉思汗帐下的六大魔比起“南海六魔”简直不可同日而语，不知要厉害多少，且嗜杀成性，脾气怪异，好恶不分，老子天下第一，六人的武功应都是绝顶一般，不差上下，但“死亡门”的三人同气连枝，尽管其他三人天不怕地不怕，但还是有所忌惮。

柳天赐听三人吵吵嚷嚷，心中思潮起伏，蝴蝶崖下怎么会有九大门派自相残杀的事呢？我和红儿三人在石窟里呆了一天一夜，师父领着群豪下山营救向子薇，自己最担心的是群豪顾不了那么多，先和阮楚才斗起来，发生混战，可事实上却并非如此，连晦能禅师和玄清道长都已战死，就算是和阮楚才他们发生混战，晦能禅师和玄清道长也会全身而退的，可怎么没有阮楚才的人死伤呢？师父得以逃脱了吗？这真是叫人不敢相信，真想自己亲自到山下看一看。

下面的四人中的三人似乎是吵惯了，大声吆喝，乱吵一通，肖越阴阴地说道："我知道'伏杖过天'够狠，从未怕过任何人，虽然躲了二十年，也是出于无奈，现在好了，可以扬眉吐气，不过，郡主没找着，我们都是不好向大汗交差的！"

这句话倒挺管用，哲丝克长长出了一口气，不再说话，红发上人抓了抓红发，也不再言语，出现了难得的静谧。

突然活死人"穿山甲"彭冰剑阴冷的声音说道："屋顶的那位朋友下来，让我们一睹芳容。"

屋子里其他七个人一听大惊，哲丝克、红发上人和肖越没想到屋内除了他四人之外，还有别的人，居然还没被觉察。

实际上以四人的功力，只要有细微的呼吸声，甚至虫爬蚁走的声音，也休想瞒过他们，主要是三人没警觉到，吵吵嚷嚷，加上声音又大，还有肖越开始的时候，用哭丧棒不停地敲击自己的脑袋，发出"砰砰"之声，扰乱了他们的听觉。

柳天赐和上官红两人一怔，心里佩服"穿山甲"的内功深厚，可屋顶上明明有三个人，怎么说是一位朋友。

上官红惊讶之余，马上意识到，自己和柳天赐的内功已达到通玄之境，内息归心，根本没有人为的呼吸之声，只要闭息，就会与自然界归于一体，只有聂宋琴内功差了一截，所以"穿山甲"只听出聂宋琴一人。

四人纷纷站起，哲丝克一声大喝，双手一振，黄金禅杖脱手飞出，带着呼呼之声，势力强劲之极，“轰!”的一声，合抱粗的横梁竟被禅杖当中击断，“哗啦”一下，整个房顶全部塌下，灰尘弥漫。

柳天赐拉住聂宋琴的手飞身而下，快接近地面时，贴地而飞，斜飘几丈开外，刚一落地，屋上的碎石砖瓦铺天盖地而下，仿佛天塌下来一般，哲丝克身子上蹿，抓住禅杖，双脚在铁柱上一撑，跟着柳天赐三人飞身扑出。

柳天赐原是拉着聂宋琴的手，觉得身后劲风呼呼，连忙将聂宋琴猛力一摔，反手一掌向后拍出。

哲丝克归隐江湖二十年，再次出山，一身强霸的密宗功夫，很少将人放在眼里，见柳天赐挥掌反拍，心中大喜，不闪不躲，禅杖挟雷裹雹急向柳天赐砸去。

谁知眼看及身，突然感到一阵狂飚扑面而至，禅杖似乎没怎么阻住，只感到气血上涌，大惊之下，连忙稳住身形，收回禅杖，双手抱圈硬接了这一掌。

“咦!”了一声，定定的站在那里，迟疑地喝问道：“你是谁?”

柳天赐在百忙之中使了全力打出一掌，才化险为夷，被对方硬接了，心中也是大为惊讶，愣了一下，没有回答。

聂宋琴被柳天赐用内力送出，人已飞出四五丈，似腾云驾雾一般，但落地的时候，像是被人托着稳稳地放在地上一般。

原来柳天赐将聂宋琴摔出，用了巧劲，就如同将聂宋琴亲手放在地上一般，聂宋琴心里一阵感动。

彭冰剑、肖越和红发上人一身的武学修为何等了得，从柳天赐和上官红飞掠的身影，就可以看出两人绝对是江湖上的高手，至少和“伏杖过天”哲丝克差不多，哲丝克一杖至少有千钧之力，居然被一个年纪轻轻的后辈反手一掌给化掉了，的确令人匪夷所思，四人成弧形将柳天赐三人围在一边。

柳天赐三人身上脏乱不堪，脸上都黑黑的一大块，看不出三人的真实面貌，但上官红和聂宋琴两人亭亭玉立，风姿绰约，身形姣好，无一不现出绝色少女的气息。

红发上人问道："整个蝴蝶崖，就你们三个活人，为何躲在屋顶上听我们说话，你们可是日月神教的?"

聂宋琴见四人眼光看到了她，以为他们都会高兴得跳起来（除了活死人彭冰剑），大叫道："郡主，见到你了，可喜呀，可喜!"可四人像不认识她一样，心里挺纳闷的，朝柳天赐和上官红一看，见两人的脸上白一块，黑一块，黑多白少，心想：我脸上也许是一样，难怪他们认不出来，又想道：我这样子不是难看死了！可柳天赐并没看她，和上官红站在一起，玉树临风，虽然身上很脏，但依然掩饰不了面上英俊美艳。

上官红微微一笑，说道："上人一说话就出错，怎么只有我们三个活人，你们三个岂不全是死人呀!"

红发上人一愣，翁声道："我们四个人怎么变成了三个人?"

上官红笑道："彭冰剑本就是一个死人!"

肖越尖声道："你知道你这是在和谁说话?!"

上官红依然盈盈笑道："在江湖上隐没了二十多年的四大魔头，再出江湖，就好了伤疤忘了痛，就飞扬跋扈起来了!"

肖越晃着三角形的脑袋，阴沉道："这么说你在教训我们，可你得够些斤两，小姑娘。"

上官红笑道："怎么？到底沉不住气了，够不够斤两，你过来试试不就知道了，不过你不可后悔的哦，再消失二十年。"

肖越真气布满全身，宽大的大红袍子如风而鼓，尖声道："小姑娘，你不觉得你的话越说越离谱了吗，老子什么大风大浪没见过，哼，不相信今天能在阴沟里翻船。"

话音一荡，肖越身影一晃，霎时幻出三条红影，曲线重叠向上官红飘进。

上官红大惊，这是江湖上传闻的“分身幻影”之术，这是一种绝妙的武学步法，每条幻影在人的眼中都是真实的，可你一进攻，却发现他又是虚幻的。

当下，她哪敢怠慢，身子一侧，拔剑在手，美姬宝剑一震出鞘，不住震动，发出百凤朝鸣之声，良久不绝。

上官红抖腕翻剑，蓝光闪耀，剑光荡漾，剑气弥漫，嗤嗤之声大作，美妙的身姿如风中拂柳，长剑被上官红浑厚的内力所激，剑身幻出三道剑影，封住了肖越的三条身影。

肖越突然身形暴退两丈，“咦”了一声，神情大是惊讶。

活死人彭冰剑也抬起头，眼皮往上一翻，两人对住一眼，惊疑不定，虽然彭冰剑灰色的眼眸闪过一丝稍纵即逝的目光，但和常人骇然不已的目光如同一辙，彭冰剑恢复死人常态，冷冷说道：“姑娘是谁?”

上官红全身戒备，见肖越不战而退，也是万分疑惑，斜持着“美姬剑”望着两人。

蝴蝶崖上青峰似剑，月华如水，上官红虽然衣服被弄脏，但逼人的美丽和优美的姿势如洛神美女。

上官红笑道：“‘死亡门’的二使者是一起上吧，我倒要见识见识二位的真本事。”

彭冰剑冷冷道：“好，那我俩就得罪了!”

一般来说，像肖越和彭冰剑这样在江湖上成名几十年声名显赫的顶尖高手，都会眼高于顶，目空一切，托大得很，不会两人联手去对付一个后辈的，更何况是个女孩子，除非是万不得已。

哲丝克和红发上人一听活死人彭冰剑这么说，也觉意外，刚才上官红长剑出手，虽然是江湖上不可多得的高手，但也不至于使肖越吓得暴退两丈，“死亡门”的两使者联手对敌也是头一遭听说。

彭冰剑脸上看不出什么表情，长剑一起，只见剑尖乱颤，霎时间便化为数十个剑尖，他的长剑本来曲曲折折，使起来如百蛇吐信，没见他身子怎么移动，但剑尖已罩住了上官红的中盘。

肖越的神色极为凝重，化作三条叠影，右手哭丧棒向上官红左肩砸去，哭丧棒隐隐带着哭声。

“当当!”两声，上官红身子斜插，已接过两招，肖越的哭丧棒原是纯钢作成，并且上面一排有七孔，随着他东打一棒，西砸一棒，哭丧棒的风声中夹着凄人心肝的哭声，听得人极为不好受。

别看他身法怪异，不成章法，但明眼人一看，却知他是大巧若拙，武功已臻化境，随心所欲而至。

彭冰剑的曲剑更见辛辣，白光如虹，吞吐开阖，招招致命，且身法极快，纵高伏低，东奔西闪，只在一盏茶的功夫，已连攻六十余招凌厉无伦的杀着。

上官红在两人的轮番猛攻之下，哪敢丝毫大意，尽管有些吃力，但姿势的美妙的确使人赏心悦目，同肖越和彭冰剑两人的怪异身法相比形成鲜明对比。

再斗数十合后，彭冰剑的剑招愈来愈快，肖越手中的哭丧棒传出的哭声，更见凄厉。

柳天赐在旁边凝目以观，从局势看红儿虽是气定神闲的样子，这是美姬剑法的宗旨所在，实则已是非常凶险，不由得握住长剑，只要一有意外就攻上去。

聂宋琴爱美，她在大都的皇宫中被许多人传了武功，境界虽不高，但所学甚博，也决非庸手，但此时所看到的不是博大精深的武学，而是上官红那飘逸美妙的身姿，心想：在和别人比斗时也是这般美妙，天下少年谁不爱？她见了四大护卫和上官红斗上，本想喊停，可又想看下去，溜了柳天赐一眼，见他眼神之中满是关切，心里又失落得很，更不想喊了。

彭冰剑猛地一声怪叫，那弯剑竟成了一条弯弯曲曲的软带，诡异曲折，飘忽不定，在一扬一挫之间，疾刺上官红的左肩。

上官红身形急起，蓝光破空，身子弯了一个美妙绝伦的弧度，一剑两使，两招“无所不为”和“无情无欲”，在身子一弯之间同时使出。

便在这时，肖越和彭冰剑的身子猛然间贴地向后滑出丈余，就像有人用绳子套住他们的脖子，以快捷无伦的手法向后猛的一拉一挥。

“当”的一声，上官红的长剑也落地了。

原来肖越急退的时候，哭丧棒已敲在上官红的手背上。

肖越和彭冰剑身形滑出，立时便直挺挺地站直，这两下动作本来是绝不可能，两人动作一模一样，膝不曲，腰不弯，陡然滑出，陡然站直，就像在全身装上了机括弹簧一般，而身子之僵硬坚诡，似僵尸无异。

肖越的头顶一道鲜血顺着额头流下，因为他在打上官红的手背时，身子滑出就缓了一缓，上官红的长剑就刺中了他的“神庭穴”，如果深入数分，肖越就会死在上官红的剑下。

上官红手背肿起，也是感到惊骇，怕两人再次攻上，连忙凌空一抓，地上的长剑应声而起，落在她手中。

柳天赐身子一侧，挡在上官红的面前，红发上人和哲丝克两人不仅武功已臻化境，而且对中原武学也是了然于胸，但从未见到上官红所使的剑法，更何况是一个女孩子，瞧她年纪不出二十岁，就算打娘胎练起，也不会有这等功力，两人来不及喝彩，突地，刚站起的肖越和彭冰剑两人又“扑通”一声一齐直挺挺地跪倒在地。

柳天赐护着上官红退了一步，不知两大魔头要干什么。

第二十五章　一代枭雄

肖越和彭冰剑跪在地上纳头便拜，说道：“肖越和彭冰剑已知错了，请门主处罚！”

肖越不敢擦拭血迹，额头上的血迹在寒风中凝结成一道血痕，面色如死灰一般，彭冰剑的额头也渗出细密的汗珠，两人的神态仿佛大祸临头，死期将至。

蝴蝶崖上只有七个人，除了肖越和彭冰剑外，其他五个人不知这是怎么回事，显然肖越和彭冰剑的样子决不是假装的。

红发上人和哲丝克两人齐齐打量上官红，怎么也想不到一个女孩子竟然是二十年前江湖上神龙见首不见尾、诡秘莫测的“死亡门”门主。

肖越见上官红没说话，更是惊骇，说话的声音都变了，迟疑道：“我知道我们三人罪孽深重，门主决不会饶恕我们的，既然这……这样，我们就……”

话没说完，就举起右掌向自己额头拍去，同时彭冰剑也将弯剑向自己脖子抹去。

这一下太突然了，两人似乎自尽的念头已决，手法太快，如果出手拦截已是来不及，上官红猛叱一声道：“慢！”

两人愕然停手，上官红说道：“谁是你们的门主？”

肖越和彭冰剑对望一眼，肖越神色悲戚地说道：“门主尽可处决我们，但请求不要将我们扫出‘死亡门’！”

上官红暗道：他们怎会将我认作死亡门的门主呢？我可从未入什么门什么教的，更别说是门主，这期间肯定有什么不对，于是道：“我说的是实话，我叫上官红，不是你们所说的门主！”

肖越摇摇头说道：“难道门主真的不知？”

上官红惘然点点头，肖越说道：“刚才门主所使的可是‘美姬剑法’？”

红发上人和哲丝克一听，大吃一惊，心想：怪不得如此了得，原来还是“美姬谷”的人，他两人虽然和肖越、彭冰剑一起在大都里效力，但他们四人之间是极少交谈，彼此之间了解更少，肖越和彭冰剑在大都里极少抛头露面，几乎过着于世隔绝的生活，这次入中原也是轻易不露身份的，不想在铜陵被一个女孩叫破，当时两人也是骇然色变，想不到两人竟然是怕“死亡门”的门主。

可上官红的年纪看上去不足二十岁，二十年前说不定还没出生，也就是说在肖越和彭冰剑两人名头极盛的时候，还没有她，这不是奇事一桩？

上官红说道：“不错，可这又说明什么？”

肖越说道：“‘美姬剑法’只有门主一人会使，而且门主交代见了‘美姬剑’如见门主。”

上官红似乎明白了什么，原来威震江湖的“死亡门”就是在“美姬谷”，而“毒牡丹”美姬就是死亡门的门主，美姬不让自己称她为师父，难道就是传她为“死亡门”门主之意？

彭冰剑冰冷的声音略带一丝亲切的暖意说道：“其实刚才门主和大哥一出手，我们就明白了门主的身份，只是不敢肯定，因为以前门主说要继承她门主之位，必须学会‘美姬剑法’，而学‘美姬剑法’不仅要悟性奇高，而且对美貌的要求近乎苛刻，不是一朝一夕的事，我们认为……”

上官红笑了笑，说道：“认为我是假的？”

彭冰剑说道：“嗯，所以我们就联手斗胆得罪门主，请门主发落。”

上官红虽然得了美姬的真传，并且得知她和龙尊一段缠绵悱恻的爱情，但这些都是间接了解的，对美姬的过去却了解甚少，知她是一个性格生僻的异人，作为一个女人，这种心境是痛苦的！

一个渴望真爱却又不能得到的女人，这是一个多么致命的可悲啊！

上官红叹了一口气，说道："不错，我见过美姬，但我们之间没有任何师徒名分，她也不让我叫她师父，更没有传什么门主给我！"

肖越和彭冰剑似乎不相信自己的耳朵，满脸疑惑。

肖越说道："这么说门主她……她还在美姬谷里?!"声音充满惊恐。

上官红点点头说道："我还是在十月份才出美姬谷的。你们站起来吧！"

肖越脸上露出欣然之色，说道："门主饶恕了我们?"

上官红惊疑道："难道你们犯了什么十恶不赦的大罪?"

肖越用手搔了搔他那倒三角形的脑袋，为难地说道："这……这……"

上官红说道："如果你们觉得有什么不便就不必说了。"

肖越忙道："不，虽然以前门主没传你门主之位，但既然你会'美姬剑法'，也就是'美姬剑法'的唯一传人，而且美姬剑又在你手里，我俩已认了你，过去的事不妨讲给你听……"

原来龙尊和美姬两人倾心相爱，可由于两人都是身负盖世神功，都心高气傲，后来美姬气走了龙尊后，龙尊再也没到"美姬谷"来，美姬也因此一直忧郁不乐。

后来龙尊为了印证是正压邪，还是邪压正，就教白佛和黑魔两个徒弟，把江湖搞得风云突变，虽然龙尊从未在江湖上露面，但他的名声由白佛和黑魔传得更是神玄。

美姬也出了几回美姬谷，但还是始终拉不下架子去会龙尊，却在江湖上留下了"毒牡丹"的恶名。

为了胜过龙尊，美姬就抓了形状怪异的三兄弟，分别授以各种奇形怪状的武功，然后叫他们三兄弟专门去和龙尊的白佛、黑魔作对。

“死亡门”三使者原本是犯了天条做性命买卖的江洋大盗，那天正被朝廷的禁卫军抓着，在汴京斩首示众，刚到午时，行刑者把刀问斩，就在钢刀离他们三个生死兄弟的脖子毫发之间，突然美姬从天而降，不知使了什么怪异的手法，三个行刑者像中了魔一样，全都倒卷钢刀自戕而死，就在电光火石之间，三兄弟只感到缚在身上的粗索立断，然后三人被一根长绳串成一串，腾空而起。

美姬用手提着绳子，带着三兄弟，在众目睽睽之下劫了法场，所以是美姬给了三兄弟第二次生命。

三兄弟亡命江湖，杀人越货，巧取豪夺如吃萝卜白菜，但唯一的就是将义字看得比生命还重要，因此唯美姬门主命是从，以“死亡门”三使者的身份在江湖上捕杀那些成名的高手，不管是黑道还是正道，提起“死亡门”无不谈虎色变。

美姬之所以成立“死亡门”，主要是想在影响力方面压过龙尊，其实这一目的她也达到了，“死亡门”的三使者成了江湖上死亡的代名词，影响远远超过了白佛和黑魔，可尽管三使者在江湖上无往不利，但使美姬失望的是龙尊就像在这世上消失了一般，对这件事不闻不问，美姬希望以她这种极端的做法，将龙尊引到美姬谷里来，可没有！

于是，美姬就派三使者去将白佛和黑魔杀掉，看你龙尊还出不出面，并且规定只许成功不许失败，如果失手，就自绝而死。

三使者领命而去，三人都知道这次行动将决定三人的生与死，他们的对像不是别人，而是武林至尊的两传人。

在蒙古大草原上，五人经过一番激斗，结果是两败俱伤，三人身负重伤，躺在草原上奄奄一息。

就在他们生命系于一线的时候，正碰到成吉思汗狩猎经过这里，于是三人就第二次被救，三人再也不敢回到美姬谷，于是就隐在大都效力于成吉思汗。

但是三人的心中还是有个疙瘩，碰到上官红就以为是门主派来追杀他们三人的，三人虽然杀人越货，无恶不作，但“义”是他们唯一的金字招牌，所以他们决定以死谢罪。

上官红听完肖越的话，心潮起伏，原来江湖上许多血腥的杀戳，并非存在什么深仇大恨，而是一个执拗的念头所造成的。

爱之深，恨之切，美姬所做的一切都是太在乎龙尊的缘故，这在旁人的眼里是多么不可理喻、令人难以置信的事，可身处爱河的男女就因为太爱而毁了自己。

上官红知道三使者一方面是报恩的心理，另一方面肯定是美姬对他们太严厉，所以才使他们惧怕。

美姬和龙尊两个千古奇人，武功可以说空前绝后，但两人互不低头，互不让步，相互争斗了一百多年，结果却彼此抱恨，这又是何必呢?

上官红幽幽叹了一口气，说道：“你们不用担心，其实门主并没有追究你们的意思，自你们走后，她感悟自己杀孽太重，就自残双腿而忏悔，所以我想在她心里面已经饶恕了你们，她也没叫我为她清理门户。”

肖越和彭冰剑一听大吃一惊，肖越神情激动地说道：“这不可能，门主爱自己的美貌胜过她的性命，怎么会自残呢?”

上官红明白对一个女人来说，美貌是自己的第二生命，美姬自残双腿是需要多么大的打击和勇气啊，心神触动，颇有些伤感地说道：

“事实的确如此，我想她会终老在美姬谷里，再也不想到这个令她伤心的世上来……”

顿了顿，上官红又道：“现在成吉思汗救了你们，你们要报恩，人各有志，不能勉强，但你们所选择的道路，加上你们原来就染指了中原武林许多人的血，中原武林再也不会有你们的容身之地，你们好自为之吧。喏，这位就是你们要找的郡主，你们将她带回去吧!”

上官红用手指了指站在身后侧的聂宋琴，说完这些话，上官红蓦地觉得自己很累，一切都兴味索然，转身对柳天赐道：“天赐，我们走吧！”

突然聂宋琴冷笑一声说道：“上官红，你也太托大了，你知道你自己的身份，说走就走，世上哪有这么便宜的事，你是叛贼上官雄的女儿上官红，你们四人给我将她拿下！”

红发上人和哲丝克这才知道一直站在后面的就是郡主，哲丝克大惊，翁声道：“郡主，你怎么在这里？”

聂宋琴道：“就是被叛贼之女上官红抓到这里的。”

柳天赐大怒，狠声喝道：“你为何这般恩将仇恨，行事这般歹毒！”

聂宋琴一声娇笑道：“哟，差点忘了，这位就是大名鼎鼎、名震江湖的日月神教教主柳天赐，穿山甲和过江龙你俩不好抓你们的门主，抓柳教主这件大功就交给你们了！”

四大魔头都深知郡主年纪虽小，但却刁钻百出，诡计多端，在大都里是最爱作弄别人的，可这次似不是假话，“呼”的一声全都退后一步，没想到此刻站在眼前的两个人分量如此之重。

哲丝克双耳一耸迟疑道：“郡主，那柳天赐不是已死了吗？”

聂宋琴怒道：“放屁，他好好地站在你面前，什么时候死了！”

“锵！”的一声，哲丝克黄金禅杖一摆，直取上官红中部，只见他庞大的身躯就在半空，便如一只巨大的青鹤凌空扑击而下。

红发上人直抢而前，脚下一点，忽然一个筋斗摔了出去，身法怪异，已达极点，似是向前摔倒，一双赤红手掌已向上官红胸口拍去。

上官红身法曼妙无比，长剑在哲丝克的方铲上一点，身子弹起，蓝光直下，直刺红发上人的头颅。

红发上人在地上一个打滚，狼狈万状地滚向上官红的身边，右手斜斜上拍，上官红只感到一股热浪向自己逼来，灼热无比，不敢靠近。

而一边的哲丝克舞动禅杖，直攻猛打，沉雷滚滚。

上官红怒极，剑势一变，身影忽高忽低，飘忽不定，身前身后仿佛织起了弥天蓝网。

红发上人看似手忙足乱，就好像一个初学武功的莽汉，可不论情势如何凶险，总能在千钧一发之际避开上官红凌厉的杀着。

上官红知道红发上人这种看上去颠三倒四的功夫，实则中藏奇奥变化，比正路功夫可要难得多，知道今日一斗已是凶险无比。

另一边柳天赐力敌肖越和彭冰剑也不轻松，肖越的哭丧棒夹着凄厉的哭声砸向他的左肩，柳天赐沉肩避开，运用龙尊神功，顿时将击来的劲力卸去。

肖越的红袍和彭冰剑的白袍鼓了起来，便似为疾风所充，彭冰剑的身子如一具僵尸直上直下，毫不弯回，弯剑挥动，在目光下如银蛇狂舞。

柳天赐长剑向前划开，一溜寒波，红光暴射，涵盖了彭冰剑全身上下十几处要穴。

彭冰剑身形一躬，变得又瘦又小，突然，复又身形暴长，手臂凭空长了二尺双爪，白骨森林，寒气逼人，闪电般地向柳天赐胸前探将过来。

柳天赐大惊，侧身向双爪削去，彭冰剑左掌猛翻，挥起五指向长剑上一弹，“铮”的一声，柳天赐顿感虎口微麻。

柳天赐微微一愣，这魔头的内力似在自己之下，就在这一怔之间，肖越尖声怪叫，突然往前一蹿，哭丧棒横扫柳天赐腰肋，与此同时，彭冰剑的弯剑寒光暴闪，直取中宫，两大盖世魔头联手，威不可挡。

柳天赐面临大敌，斗志倍增，将腰一拧，移形换位，避开两人的正面进攻，剑走偏锋，顿时满空红光耀眼，嗡嗡轻啸之声摄人魂魄。

“死亡门”的三兄弟虽然各自性格和所练武功不同，兵器也不一样，但他们同生死共患难，心息想通，临阵攻守，相辅相成，相得益彰，配合得妙到毫巅。

彭冰剑的弯剑挟风裹雷，只取外围，用剑气织成光网，将敌手裹住，而肖越却借着彭冰剑的掩护时而揉身欺近，猛砸猛扫。

在四大魔头二对一的攻击下，柳天赐和上官红都感到吃紧，已是凶险无比，就算是在点将台上，二人力斗群豪，也没感到如此吃力。

四大魔头都明白谁拿下两人都是奇功一件，所以都展开平生所学，招招抢攻，一丝不给两人以喘息还手的机会。

柳天赐和上官红被四大魔头逼到一块，就在这时，奇迹发生了，柳天赐手里的龙尊剑红光大盛，发出高吭的龙吟之声，上官红手里的美姬剑蓝光大炽，发出轻柔的凤鸣之声，两人心里意动，各自一声低啸，身法一变，身随剑走，剑随身活，手腕震处，龙吟凤鸣，如长空滚雷，轰然暴响，如大海飓风，呼啸而至，剑气纵横，灵蛇出洞，剑花闪烁，似星驰月走，滚石飞沙。

红蓝光交织在一起，此消彼长，彼消此长，煞是好看。

两人心息相通，浑然忘我，聂宋琴看得目瞪口呆。

“有情天魔”和“无情地罡”是龙尊的“龙尊剑法”和“美姬剑法”揉合在一起所创立的剑法，在柳天赐和上官红两个相爱的人使出来，更是珠联璧合、浑然天成。

四大魔头只感到面前陡然出现一堵铜墙铁壁，滴水不进，仿佛一出招，就会陷进他的天罗地网之中，着着危机。

场上形势逆转，柳天赐和上官红大开大合，你攻我守，四大魔头只有招架之功，毫无还手之力，就是招架也是身形狼狈，满地打滚。

不一会儿，四人汗如雨下，怪叫迭起，红发上人脸上赤红，摧动“赤焰掌”竭力抵挡，可对方却如一面墙，将热浪挡在中间，蝴蝶崖上几丈方圆，积雪迅速融化，雪水汩汩流淌。

这时柳天赐长剑左闪，右侧露出一个空档，彭冰剑心中大喜，好不容易看到一个破绽，连忙移形换位，一剑刺向柳天赐的左肩，谁知弯剑刚刚递出，虎口穴一麻，“当”的一声，弯剑落地。

彭冰剑大骇，只见蓝光一闪，脖子一凉，彭冰剑只得身子一挺，平躺在空中。

危急中，彭冰剑使出“飘尸功”躲过这一剑，上官红也是一惊，没想到对方功力这般出神入化，直上直下，能将身体仰卧在空中。

哲丝克见机将禅杖兜头向柳天赐拍去，柳天赐将头一偏，上官红左侧长剑回削，“咔嚓”一声，胳膊粗的禅杖竟被美姬剑拦中削断。

柳天赐一掌拍去，被削断的禅杖向哲丝克夹着劲风倒撞而去。

哲丝克大惊，连忙躬身用手里的半截禅杖去挑，挑是挑开了，可谁知一股力道却透着手里的半截禅杖，当胸一撞，“砰”的一声，哲丝克坐倒在地，“哇”的一声，吐出一口鲜血，再也爬不起来。

红发上人双唇一撮，一道蓝色的火箭向柳天赐劲射而来，这火箭能断铁熔金，柳天赐和上官红都见识过，哪敢马虎，可柳天赐身子前倾，一时半刻也避不开，那蓝色光箭来势极快，一个念头间就已到柳天赐面前。

可奇怪的是那火箭离柳天赐身体两寸之间，就自动熄灭，柳天赐心中一喜，这才想起在东瀛山吃了化火神丹，能避水，避火，百毒不侵。

红发上人也是惊骇不已，这小子真邪门了，就算是神仙鬼怪，三头六臂，也是怕火的。

就在这一怔之间，火箭变粗，蓝光变红，柳天赐食指一屈，“嗤”的一声，随形剑气射出，红发上人的内力比起柳天赐的龙尊内力来说还是差了一截，加上心神一滞，真气外泄，那火箭被随形剑气逼着倒卷，“腾”的一下，红发上人的红袍着火。

红发上人再也顾不了那么多，连忙贴地一滚，幸好地下都是雪水，身上灰头土脸，狼狈不堪。

四大魔头有作战能力的只剩下“过江龙”肖越，上官红长剑斜削，谁知肖越不抵不挡如泥雕木塑一般，垂手而立，闭目待毙。

上官红连忙收剑，“哗”的一声，将肖越的“龙袍”划了一道长口，冷冷地问道：“怎么不还手？”

肖越仿佛觉得自己在鬼门关走了一趟，七魂出窍，定定地望着上官红，好半天没回过神来。

上官红这一剑如果不缩回，肖越就会被开肠破肚，而上官红收发自如，只在肖越胸前拉了一道长口，丝毫不伤及皮肤，运剑之巧的确是妙到毫巅。

就在这时，只听见一声喝彩从崖边传来，道："好，好剑法，哈哈……"

在场的七人大惊，环目四顾，崖边竟是黑压压地站满了人。

四大魔头、柳天赐、上官红六人生死相斗，竭尽所能，只有聂宋琴是个闲人，可她也被柳天赐和上官红双剑合璧的精彩表演吸引得如痴如醉，所以这伙人什么时候上的蝴蝶崖，七人中竟没一个人觉察到。

这伙人将七人围在中间，上官红向那发话的人望去，人突然整个呆住了，霎时间泪如泉涌，长剑落地，定定地站在那里，嘴里小声喃喃道："爹爹!"

柳天赐向那人一看，差点笑了出来，只见喝彩的人头戴皇冠，皇冠上用金线绣了四个大字"武林皇帝"，穿着皇袍，腰间系着一根玉带，身侧各站着两名僵尸般的人物，脸上毫无表情，身穿黑衣，黑衣上写着"侍卫"两个大字，活脱脱的像书上所说之皇帝的模样。

那人打量了上官红一眼，也是全身一震，颤声道："红儿……你真是红儿?"

上官红抬起头，已是泪流满面，哽咽道："爹爹，我是红儿!"

柳天赐一下子也是呆了，想不到这个怪模怪样的"武林皇帝"就是自己的岳父上官雄，站在那里不知如何是好。

上官雄说道："红儿，这么多时日苦了你!"说着眼眶也湿润了。

柳天赐听上官红讲她与父亲的往事，上官雄一向疼爱上官红，就因为上官红误入密室才使上官红离家出走，但到底还是天下父母心，只在当时气头上而已，柳天赐不由也是感动起来。

上官红摇摇头，只任泪珠儿滚滚而下。

上官雄接着说道："红儿，爹爹对不起你，事后你娘都给我讲了，我派人到处找你，可没你的消息，没想到你离开为父这几年月来，武功大进，真是虎父无犬子，哈哈，为父很高兴，不过，现在好了，我们父女可以团聚了。红儿，你恨爹爹吗?”

上官红摇摇头，说道：“爹爹，女儿怎会恨你呢?我知道你也是有苦衷的，以前我不了解你，现在我为有你而感到骄傲!爹，娘可好?”

上官雄神色微变，叹了一口气说道：“你娘命苦，自你走后，食之无味，寝之不安，由思你过度，在几月前就已……”

上官红忍不住大哭一声，道：“娘!……”

上官雄道：“红儿，人死不能复生，你只要记住你娘一片爱你之心就可以了，来，过来，让爹爹看看你!”

上官红站着没动，迟疑道：“爹爹，红儿有一个请求，不知你能不能答应红儿?”

上官雄“哦”了一声，说道：“你说来听听!”

上官红道：“我……我……我离开爹爹这些时日，已和天赐私订终身，而没告之爹爹，爹爹你不会怪罪红儿吧?”

“哈哈……”上官雄仰天大笑，说道：“我还以为是什么事呢，男大当婚，女大当嫁，只要是红儿看中的，做爹的难道会是那种父母之命、媒妁之言的俗套之人!”

说着，目光一扫站在上官红身侧的柳天赐说道：“再说柳少侠一表人才，英雄少年，武功盖世，红儿，你有眼光，爹爹怎会怪罪你呢?等爹爹将今晚之事办完，你和柳少侠和我回去，我将发出武林帖，遍邀天下各门各派为你们举办最大的完婚大宴，哈哈……”

上官红心头大喜，想不到自己苦尽甘来，心中所有的委屈都烟消云散，高兴地说道：“天赐……还不过来叫爹!”

柳天赐看到上官雄的眼光一扫自己，身子一愣，这眼光里精光暴射，太熟悉了，可就是一下子想不起在哪里见过。

上官雄的脸上掠过一丝阴霾，转而哈哈大笑道：“哈哈，看看，我女儿就是这般心急，等你们完婚那一日再叫也不迟嘛!”

上官红羞得俊脸绯红，这时天刚黎明，一股幸福而甜蜜的暖流，让上官红感觉到像回到无忧无虑的童年，一扭头说道：“爹爹，你又说红儿!”

上官雄哈哈一笑道：“好啦，好啦，爹爹再不说了!”

一瞬间，父女俩一下子变得毫无隔阂，仿佛回到了多年以前。

上官红一看到父亲，沉浸在喜悦之中，想当年父亲倒戈成吉思汗，宋人都大骂父亲是元狗、鞑子，现在父亲被中原武林推为武林盟主，终于可以扬眉吐气了，几年不见，父亲更见英姿伟岸，豪气勃发。可就是父亲现在这身打扮，明明一个武林盟主，却穿着武林皇帝的装束，上官红隐隐感到一丝别扭，但当着这么多人面，又不好说出来。

柳天赐一直在思索着刚才的眼光，那个触动他心灵深处的眼光，心中疑云密布，始终觉得怪怪的，这念头越来越强烈，忍不住又抬头看了上官雄一眼，上官雄的目光看着天际，似乎在沉思。

柳天赐一下看不透上官雄那漠视天下的目光中包含着什么，暗道：柳天赐啊柳天赐，你就别胡思乱想了。

这时天边的地平线上红日初升，东边的天空朝霞四射，像一块锦红的绸缎，那么绚丽。上官雄仰首而立，宛如天神。

从人群中走出一个老者，靠近上官雄低声说道：“皇上，柳天赐在天香山庄的时候被向天鹏任命为日月神教第二代教主，还被韩丐天传为丐帮帮主，你看……”

这老者说话声音甚低，但柳天赐身上聚龙尊内力，所以听得清清楚楚。

上官雄点点头，那老者躬身退下。

柳天赐心里一哂，心想：我这岳父大人，摆明是想当皇帝，刚才那说话的老者似乎是在天香山庄与自己交过手的点苍派高手，不知他说这话是何用意!

上官雄笑容满面说道：“红儿，你和柳少侠过来，让爹爹看看。”

上官红携着柳天赐的手，走上前去，上官雄笑呵呵地牵着上官红和柳天赐的手，突然，柳天赐只感到自己的虎口穴一紧，上官雄双手翻飞，快捷无比地点了他和上官红身上的九处大穴。

柳天赐在这突如其来、电光火石之间，连忙一运龙尊内力，可还是迟了，只觉得体内真气受阻，全身不能动弹，目瞪口呆地站在那里。

上官红也是瞪着惊恐骇然的大眼睛呆立在那里，目光中满含疑问。

柳天赐真想破口大骂，世上哪有如此卑劣的人，刚才还笑呵呵，这么突然袭击，任你武功再高，在毫无防备的情况下，也是没反抗的余地，可惜此时他已是说不出话来。

上官雄看了一眼柳天赐，冷冷地说道："将小姐和柳少侠带下去!"

从人群里走来一男一女将上官红和柳天赐带到一边。

上官雄又道："将他们全部给我拿下，不可伤了那女孩!"

站在他身侧的四个身穿黑衣、完全没有表情的人应声而出，径直向被围的四大魔头走去，四个黑衣人赤手空拳，没带任何兵器。

四大魔头刚和柳天赐、上官红交手，锐气大挫，心中恼怒无比，后见到上官雄和上官红像拉家常一样谈起父女之情，根本没把他们四人放在眼里，就像他们四人不存在一样。

四大魔头哪受得如此侮辱，知道今天是凶多吉少，后来上官雄突然出手制住了柳天赐和上官红，这一招倒大出四大魔头的意外，不知这位昔日的南下带刀统领在弄什么玄虚。

四大魔头都知道上官雄生性残暴，且老谋深算，做事不依常理，四个黑衣人像是一个机器，眼里像不存在世间万物，垂着手向他们走来，的确使人有点惊骇。

因为这四个黑衣人全部都是差不多的面孔，以前在江湖上也未见过，且他们的行为大反常情。

在这阵式下，四大魔头也有点心虚发慌，四个黑衣人，一步，两步，三步……几乎快走近他们，依然还是垂着双手，那架势像索命的阎王。

四大魔头不由自主地一起向后退了几步，哲丝克手里拿着半截禅杖，大吼一声道："看你们是什么妖魔鬼怪，来来来，先吃你爷爷一禅杖。"

说着，朝天一棍疾向走近他的黑衣人戳去，惊恐之下，哲丝克使了十成功力，禅杖卷起一阵罡风砸向黑衣人。

这一砸力道奇大，足可以开碑裂石，可谁知那黑衣人似乎不知道厉害一般，或者说根本没有生命，还是垂着手向前走去。

哲丝克这一砸使出全力，在他想象中那黑衣人的血肉之躯定会当场气绝，因为对方毫不抵挡。

可砸出去之后，哲丝克蓦的出了一身冷汗，因为他感觉到几十年修为的内力在这一击之下突然无影无踪，黑衣人像一个有形无质的人，这太令人不可思议。

这时黑衣人走到他面前，缓缓地抬起手向他的"肩井穴"抓去。

柳天赐和上官红一看，心头大惊，因为那黑衣人伸出的爪子，赫然是五根白森森的指骨，上面还闪着死人骨头上的荧荧磷光，没有一丁点肉，看得使人作呕，头皮发麻。

哲丝克在刚才一砸之间，招数已用过头，想撤招已是来不及，只得左手封挡。

可奇怪的是，那黑衣人看似缓缓抓出，但当哲丝克封挡的时候，突然如鬼魅一般，那死人爪子已快捷无比地暴伸，和刚才点柳天赐和上官红穴的手法一模一样，就是突然加快，几乎是一种从静止到光速的变化。

哲丝克刚挥掌到一半的时候，黑衣人的鬼爪子将自己的肩井穴扣住，"当"的一声，半截禅杖落地。

"肩井穴"被黑衣人扣住，哲丝克只感到一阵钻心的疼痛，眨眼间，额头上已渗出豆大的汗珠。

另外三个魔头见哲丝克在一招被擒，已是惊骇不已，对方使的是什么手法，都没看清楚，只感觉到像鬼魅一样。

第二十六章　成吉思汗

就在三人回头一呆之间，同样被另三个黑衣人扣住了“肩井穴”。

四个黑衣人拿下四大魔头，只是在一瞬间的事，在旁人看来，这几乎是人力所不能为的事。

四个黑衣人扣住四大魔头的肩井穴，脸上没有一丝表情，神情漠然地转过身向上官雄走来。

上官雄笑了笑说道：“这世界真小，四位近来可好？没想到我们会在这里以这种方式见面，委屈你们了四位老兄！”

见四人满脸惊恐而没反应，上官雄又道：“四位老兄只是大汗帐下的红人，可别拉不下架子！”

红发上人满脸涨红，怒道：“上官雄，你这个叛贼，今天我们四个中了你的妖法，栽在你手中，如果你有种，敢不敢跟我们真抢实刀地干？”

上官雄左侧一个老者突然欺上一步，“啪”的一耳光打在红发上人的右脸上，喝道：“红毛鬼子，吃了熊心豹胆，有你这样跟皇上说话的吗……”

话还没说完，那老者突然大叫一声，栽倒在地，痛得满地打滚。

原来红发上人练的“赤焰掌”是世上邪恶的一种掌法，这种掌法只要击中敌人，就会中火毒，火毒攻心就会当场毙命。

那老者一掌打在他的脸上，打得越重，中他脸上的火毒越重，可那老者怎么能想到人的脸上会凝结火毒呢！在地上哀嚎一声，双脚一蹬就毙命了，并且身上腾的窜出一股火苗，跟着散发出一阵难闻的刺鼻焦臭味，叫人恶心。

上官雄看都没看那老者一眼，依然面带笑容地说道："红发上人，你的赤焰掌长进了不少嘛，嗯，有意思，有意思……"

红发上人摸不透上官雄说这些有什么意思，大喝道："上官雄，你不要装神弄鬼，我红发上人不吃你那一套。"

上官雄哈哈大笑，说道："红发上人你怎么还这么孩子气，你心里不服气是吗？好吧，今天朕陪你玩两招，看看你的赤焰掌有什么过人之处。放了红发上人！"

黑衣人松了红发上人的肩井穴，垂手站在一边，这一切在柳天赐看来真是诡秘莫测，上官雄是他第一次看到，以前从红儿的口中听到关于他的事，似乎不是这个样子，你瞧他举止神情，怎么瞧就怎么别扭，似乎是要么多一根筋，要么少一根筋，你看他笑眯眯的，给人的感觉实在有一种无形的杀气。

上官红此时不知道是什么心情，惘然不已。

回想昨夜在蝴蝶崖的后洞里，经历了生生死死、死死生生，才出了石窟。没想到刚在石窟里还与自己以姐妹相称的聂宋琴突然反目为仇，她原想将四大魔头打败后，和天赐找一处能遮风挡雨的地方，过一段世上最普通的生活，日出而作，日落而息，男耕女织，生下两人的骨肉。

可没想到碰到了父亲上官雄，父亲的出现在她的心里掀起了惊涛骇浪，她没有理由不恨这个父亲。

因为父亲对待自己的亲生女儿太绝情了，就算是女儿看到了天大的秘密，作为父亲也不会让女儿只有死路一条，无数次想到这一点，上官红仿佛就经历了一场恶梦，心就像掉进了冰窟中。

随着时光流逝，人是容易忘记仇恨的，更何况现在肚子里怀有她和天赐的血肉，一种天然的母性，使她渐渐忘记了父亲的绝情，所以，当父亲说了一句红儿你好吗，就是这么简单的一句问候，上官红脑中浮现父亲往日对自己的种种慈爱，她多么想父亲能接纳自己和天赐，那一刻她感到幸福极了，仿佛得到企盼已久的东西。

可父亲在春风满面中，在欢笑声中点了她和柳天赐的穴道，这突如其来的行为，使自己对父亲产生了一种恐惧的感觉，几年不见，父亲身上发生了许多变化，许多令她感到惊恐的变化。

虽然现在和父亲近在咫尺，但一点也感觉不到父爱的温暖，甚至觉得父亲脸上的笑容和表情都是一种诡秘的东西，没有一丝温暖，还隐隐有一种使人感到可怕的东西。

上官雄的脸上依然挂着微笑，亲切地说道：“好了，红发上人，你也不要客气，现在你可以向我进招了，来吧!”

红发上人看了笑容满面的上官雄，有一种说不出的震骇，愣愣地站在那里，竟不知怎么办才好。

上官雄叹了一口气说道：“怎么，上人也会有害怕的时候？好吧，那我就向你进招了。”

上官雄懒洋洋地说完了这话，又缓缓地举起右掌，向红发上人推出。

上官雄这动作悠闲得就像细心地在给花浇水，或是坐在池溏边垂钓，一点也不霸道，那样子也像是红发上人的好朋友，伸手去拍拍红发上人的肩膀一般。

红发上人退后一步，脸色大变，连忙扎了一个马步，神色凝重的双掌当胸平推。

站在上官雄身边的众人连忙退后几步，上官雄只是单掌而立，柳天赐只感到一股彻骨的寒意从上官雄的掌中弥漫开来。

众人可以清晰地看到被太阳晒化的雪水又迅速结成了冰，红发上人脸色由红转成淡红，再转成橘黄，一会儿变白，接着变青，红发上人结了一层冰霜。

柳天赐大惊，原来上官雄是运用玄冰掌在和红发上人的赤焰掌比拼内力，其实水火不相容，这是最凶险的一场比拼，一个极阴一个极阳，稍有不慎就会丧命。

场上的形势，明显的是上官雄高出太多，红发上人大叫一声道："你……"真气外泄，就凝立不动。

上官雄收回单掌，红发上人挺立不动，站立成一个冰人，连眼珠子都不会转动，就像一个冰雕。

上官雄微微一笑，双掌向外一翻，"砰"的一声，红发上人被强大的掌力震成无数个碎片，整个身体被肢解，令人震骇的是居然没洒下一滴血来，原来红发上人的内脏都被冻成冰块，血也凝成一根根冰棍。

聂宋琴吓得花容失色，尖叫一声，掩上双目，上官雄拍了拍双掌说道："去将郡主请过来，千万不要伤了她。"

捉拿红发上人的黑衣人转过身向聂宋琴走去，聂宋琴大声叫道："上官雄，你不要过来，你不要过来……"

黑衣人充耳未闻，离聂宋琴越来越近，聂宋琴一步一步地往后退，在她的身后就是万丈悬崖，聂宋琴惊恐地停下，不再后退，喊道："你不要过来，你过来我就跳下去……我说的是真的!"

黑衣人缓缓地伸出白骨森森的手爪向聂宋琴抓去，聂宋琴一声尖叫，身子向后翻倒，真的向崖下跳落。

就在这千钧一发之际，黑衣人突然如鬼魅，如闪电向聂宋琴抓去，就像秃鹰搏击地上的目标，系于一发之间将聂宋琴的头发抓住，聂宋琴已是昏死过去。

上官雄仰天哈哈大笑，将手一挥，说道："将他们统统带回去。"

柳天赐目睹这骇人的一幕，突见上官雄仰天哈哈大笑，脑海中蓦地如一道雷电闪过，他已完全想起来他身边的上官雄就是在天香山庄传自己日月神教教主之位的假向天鹏。

不错，上官雄就是那个假的向天鹏，而且他身边的四个黑衣人就是那假的日月神教的阴阳天地四大护法。

在天香山庄，他们都带着人皮面具，现在他们都恢复了本来面目。

纠缠着他、一直使他万分迷惑的事情，现在终于豁然开朗了，柳天赐看到上官雄左手的铁手，更断定了自己的感觉，埋在东嬴山的那五人，就是日月神教的教主和他的阴阳天地护法。

此时他也想到上官雄为何假以辞色，然后突然袭击，点了自己和上官红的穴道。

上官雄是这次阴谋的主角，他当然明白柳天赐的身份，想到这里，柳天赐不由出了一身冷汗，深深懊悔自己不该太大意，已着了上官雄的道儿，现在不知上官雄该怎样处置自己和红儿。

柳天赐试图用龙尊内力冲破被封的穴道，谁知上官雄的点穴手法甚是古怪，自己身上浩瀚的龙尊内力竟然冲不破被封的穴道。

上官红的心里更加气愤，父亲性情大变，突然将她抓住，如果自己和天赐稍有戒备，任父亲武功再高，也休想拿住自己，现在却……唉，还反而连累了天赐，心里大为懊丧。

上官雄钻进一个描龙绣凤的大轿子里，四个黑衣人抬起轿子如飞向崖下走去，一百多名武林各派的人物押着柳天赐、上官红、聂宋琴和三大魔头，尾随而下。

蝴蝶崖悬崖峭壁，险峻异常，唯一的一条山道是经由人工凿成，只容一人通过，所谓一夫当关，万夫莫开。

但四个黑衣人并肩抬着大轿，起蹿飞跃，那描龙绣凤的大轿在四人起落有致的跃动下，像一片云彩，冉冉而下。

这四个曾扮日月神教的阴阳天地四大护法的神秘黑衣人，武功不仅出神入化，而且轻功也是惊世骇俗。

他们没讲过一句话，似乎根本不说话，只会像听命的机械人一般，他们出手递招之间就抓住了四大魔头的肩井穴，不知使用的是什么怪异武功。

这各门各派的近百人，武功已是个个不弱，都是一等一的高手，用不了多少时候，一行人已到了蝴蝶崖下。

山脚下的平洼处躺着许多横七竖八的尸体，弥漫着浓浓的血腥味，这些死者大都是和柳天赐激战阮楚才所剩下的武林群豪，显然这里经过了非常惨烈的拼杀，柳天赐心里万分焦急，搜寻地下的尸体，并未见师父韩丐天和向子薇以及阮楚才的尸体，心想：师父难道已脱险了，还是被上官雄抓着了？

一行人刚到洼地的中央，突然四周的山谷上人声鼎沸，战马急嘶。

柳天赐四顾一望，发现一万多名蒙古铁骑已将洼地团团围住。

前面的一排守兵弯弓搭箭，半蹲着身体，后面的骑兵身着鲜亮铁甲，手里拿着兵器，用蒙古语高声呼喊，声势震天。

上官雄所带的虽然都是武林各门各派的高手，但哪里见过上万人整齐划一的场面，不免有点乱了阵脚。

只听见上官雄说道："将六人带到中间，其他的人列队对敌，不可慌乱。"

一阵急动，柳天赐和上官红六人被押到洼地中央。

"哈哈，带刀南下统领上官大人，见了我铁木真怎么缩在轿子里不出来相见，素闻中原有句古话：大丈夫敢作敢当，上官大人这么藏头缩尾如何做得了中原武林盟主，是不是中原武林的确缺少英雄豪杰！"

一个声若洪钟的声音从山坡的南面传来，四周的蒙古骑兵发出轰天大笑。

柳天赐循声向南望去，只见一个气派非凡威严十足的中年人，如鹰隼一般的双目，高高的额头，黑须飘拂，端坐在一匹全身赤黑的战马上，心想这个铁骑横扫大漠以北之人果真不同凡响。

有两个特别让人注目的人，一个是站在地下、但身高比骑在马上的成吉思汗还高，整个脸上如炭一般黑，脸盘子比寻常人的两个脸还要大，脚手比一般人都要大得多，像一个巨神，在柳天赐的心中，师父韩丐天如一尊铁塔，而这个人的身材却是奇大，其他的人比他要小得多，他手里抡着两块大板斧，那板斧又厚又大如两扇大石磨，少说也有四五百斤，心想：这也许就是六大魔头中的“大力神”巴颜图。

成吉思汗的左侧则是一个个子特别矮小的老头，但胡须特别长，垂到他所乘的马肚子，手里拿着双钩，穿着黄色的长袍，长袍上绣着一只龇牙咧嘴的金钱豹，不用说这人就是“死亡门”的三使者中的老二“坐山虎”关塑。

上官雄从大轿里钻出来，脸色微微一红，说道：“上官雄叩见大汗。”

上官雄本来也想和铁木真当场翻脸，可一见到成吉思汗，自觉矮了三分，神色极不自然。

成吉思汗哈哈大笑，说道：“上官大人不用多礼，再说你早就起了叛逆之心，早就不是我的属下，士别三日，刮目相看，你现在似乎比带刀南下统领风光多了，哈哈，不错吗，皇袍加身，哈哈……

“说实在的，现在你上官雄与我成吉思汗分道扬镳，自立山头，但打心眼里我还是佩服你是个人才，在你任南下带刀统领期间，足智多谋，战功赫赫，多少大宋子民死在你手里，现在中原武林居然推你为武林盟主，然后你自封为武林皇帝，我就是百思不得其解，有血性的中原豪杰，怎么会听命于一个双手沾满大宋百姓鲜血的人呢！”

柳天赐的判断没错，上官雄就是那个杀害向天鹏的真凶，然后又在天香山庄传他日月神教教主之位的假向天鹏。

上官雄从岳家军倒戈成吉思汗，虽被封为南下带刀统领，但实权却不大，所统领的只是南宋降过来的官兵，作为蒙古军进攻南宋的先头部队，上官雄一直忧心不得志，后来他总结了一条规律就是历史上的任何一个开国皇帝都是起于江湖，于是他就萌动了做中原武林盟主的念头。

上官雄就修了一个巨大的密室，搜罗各门各派的武功秘笈，然后再抓来一百多名武林高手，让他们在密室里自相残杀，他相信弱肉强食的道理，经过残杀剩下的一定是最凶猛最残忍的杀人武器。

剩下的四个杀手经过药水浸泡，成为了一个没有生命、没有人性、没有灵魂的杀手，这四个杀手没有痛感，有的只是凶残，他们只听命于他们的主人上官雄。

上官雄练成了各门各派的武功，自认为有实力来一统中原武林，但中原武林却是日月神教和丐帮的天下。

日月神教和丐帮之所以在江湖上起一种中流砥柱的作用，是因为两大教派前赴后继为武林安危大计，以抗击元军为己任。

上官雄乃一个为人所不耻的民族败类，怎能取得中原武林人的信任?

上官雄冥思苦想，心中酝酿了一个重大的阴谋，他要将中原武林搅得一塌糊涂，在中原再树自己的形象。

于是，他就劝说妹夫向天鹏，两人联手称霸武林，向天鹏一听大怒，在蝴蝶崖上和他大吵起来。

上官雄就起了杀向天鹏之心，于是就派人送了一封信到蝴蝶崖，说自己倒戈成吉思汗是假，其实是在等机会作内应，叫向天鹏来与他相商抗元大计。

果然向天鹏带着阴阳天地四大护法来了，向天鹏为人豪放，怎么会想到这是一次死亡之行。

上官雄在酒中下毒，将向天鹏等人毒死，并且将五人的脸皮剥下制成人皮面具，为了怕别人发现，就从水运将五具尸体送到无人烟的海岛东嬴山去埋了。

谁知这一切被柳天赐发现，柳天赐杀死侍卫混入他们当中，上官雄其实早就察觉，但他发觉柳天赐的武功和内力已是出神入化，犹在自己之上，心中大惊，于是他就不动声色。

在天香山庄，他以日月神教的名义残杀武林同道，并且故意放了一些人，让这些人将这一消息传到江湖。

后来他又将日月神教的教主之位传给柳天赐，金蝉脱壳之后，他又到云南大理抢得《随形剑气》并且还用“隔山打牛掌”将段安庭的哥哥打伤，然后又找了一个替身作假的向天鹏，用“隔山打牛掌”将其震伤，这所做的一切就是为了挑起日月神教和丐帮火拼，同时他还传令日月神教各堂各分舵追杀武林各大门派，四处树敌。

等时机成熟，上官雄才恢复本来面目，出面登高一呼，顺理成章地被推为中原武林盟主，统领武林群豪血洗蝴蝶崖。

后听说韩丐天和柳天赐在蝴蝶崖上大显神威，使他的计谋几乎败露，连忙带着四大杀手和一百多名武林高手前往蝴蝶崖剿灭韩丐天和柳天赐。

在蝴蝶崖的山脚下将群豪杀死，韩丐天和阮楚才却已脱逃。

上了蝴蝶崖，见柳天赐和上官红力战四大魔头，人说虎毒不食子，上官雄初见女儿，怜惜疼爱之情也是油然而生，可一想到女儿和柳天赐在一起，武功已达到登峰造极的地步，终将会坏了自己的大事。

最让他激动的事就是抓了“草原圣女”聂宋琴，聂宋琴就像一个筹码，可以要胁成吉思汗。

没想到螳螂捕蝉，黄雀在后，成吉思汗竟在这里将他们围住，自己只有一百多人，而成吉思汗却有一万多人，纵使都是个个武功盖世，怕也是难以突围出去，上官雄不由得有点心虚，说道：“铁木真，我在你的大营里忍辱负重这么多年，身为大宋的一个子民，我怎会向着你呢？现在中原武林都认同了我，你不要在这里挑拨离间！”

成吉思汗仰天大笑道：“上官雄，说得漂亮，别人不了解你，你那些伎俩只能糊弄中原武林那些有勇无谋的莽夫，你的狼子野心昭然若揭，却还在这里不知羞耻为自己涂脂抹粉，哈哈，好笑，好笑！”

上官雄嘿嘿一笑，说道：“这不是大都，你又能奈我何！”

成吉思汗马鞭一指说道：“怎么，普天之下，莫非王土，上官雄，天作孽犹可恕，自作孽，不可活，在哪里都是一样。”

上官雄心下盘算，看来今天成吉思汗志在必得，不如放手一搏，当下腰板一挺，说道："公义当前，我上官雄岂是贪生怕死之辈！"

成吉思汗大笑道："上官雄，你心里真是这么想的吗？你今天所创的这番基业，也确实不简单……"

上官雄心里一怔，说道："杀人一刀，自损三千，我们今天被逼，大不了鱼死网破。"

成吉思汗哈哈大笑道："上官雄果真识时务，如果我们网开一面呢？"

上官雄没想到成吉思汗会有这么一说，怔怔的不知说什么好。

成吉思汗又平静道："当然，那也是有条件的。"

整个山谷一片寂静，大家都关心成吉思汗提出什么条件，成吉思汗说道："只要上官雄将自己项上的人头送上来，我们就可以网开一面。"

上官雄额头上渗出细密的汗珠，说道："铁木真，人头在这里，你有本事就过来取吧，别忘了你的女儿在我这里。"

成吉思汗面色一变，说道："你敢动琴儿一下，我会让你死得很痛苦。"

上官雄说道："横竖终是一死，形势所迫，非我本愿。"

成吉思汗沉思了一会儿说道："好吧！只要你将琴儿和三大护法送过来，今天我成吉思汗就让你们安全离开！"

上官雄道："我如何信你?!"

成吉思汗哈哈一笑说道："我铁木真说出的话岂有戏言。"说完，手一挥，东边山谷的骑兵马上后撤。

上官雄等东面的骑兵撤完，这才将手一招，说道："放人！"

聂宋琴穴道被解，突然叫道："慢，我要将这两个人也留下！"说完，伸手一指柳天赐和上官红。

柳天赐心里大是奇怪，想不通聂宋琴如何这样对他和红儿，聂宋琴朝柳天赐诡秘一笑，然后转头对成吉思汗说道："父皇，他就是现在日月神教的教主和丐帮的帮主柳天赐，那女孩子就是叛贼上官雄的女儿上官红!”

成吉思汗听了一愣，虽然成吉思汗目前还是处在黄河以北，大军南下，但进攻南宋的雄心已在他的筹划之下。

南宋朝政已乱，人心惶惶，军备松弛，成吉思汗对南宋朝廷倒不怎么在意，但中原武林的力量却不可小觑，日月神教和丐帮在北方多次阻扰他的守军，而且个个武功高强，神出鬼没，一直以来，中原武林一直是成吉思汗的一块心病。

要消灭南宋必须先清除中原武林，所以成吉思汗对中原武林的一举一动都很了解，对于柳天赐他早就密知，但想不到的是，柳天赐年纪轻轻竟然会是中原武林最具实力的，最大两个帮派的首领。

成吉思汗心想，如果柳天赐为我所用，中原武林就不足为患了，微一沉吟说道：“上官大人，琴儿的要求你没听到吗?”

上官雄阴沉着脸，四顾山坡上排烈整齐的蒙古骑兵，无奈地说道：“将上官红和柳天赐也放掉!”

山谷里一片寂静，上官雄钻进轿里，一行人眨眼间走得无影无踪。

成吉思汗仰望天空，看都没看上官雄一眼，嘴角也浮出笑意。

上官红的心里蓦地涌起揪心的悲哀，为了自身，父亲竟然舍弃了他的女儿，而此时自己和天赐穴道被点，看来只有死路一条了。

突然聂宋琴咯咯一笑，走到上官红面前说道：“好姐姐，谢谢你在石窟之中没有杀我，但你是叛贼上官雄的女儿，我聂宋琴今天不得不除了你。”

说完，“刷”的一剑向上官红胸口刺去。

柳天赐大惊，眼睁睁地看着红儿就要死在妖女的剑下，心里悲痛，但又不能动弹。

聂宋琴出手极快，眼看长剑及胸，突然黄影一闪，“当”的一声，聂宋琴手里的长剑脱手斜飞。

跟着红、白人影一晃，两人抓起上官红向东面电射而去。

这一下来得太突然了，柳天赐睁开双眼一看，只见“死亡门”的三使者抓着红儿向东边飞逃。

三人的轻功可谓是妙绝人寰，几个起落就已上了东边的山坡，成吉思汗大怒，想不通三使者为何突然将上官红劫走，喝道：“放箭！”

顿时，万箭如飞蝗齐发，走在后边的“坐山虎”关塑，扯下黄袍的下襟，左手将袍子在身前舞得像一块大盾片，劲力贯袍，将射来之箭尽皆挡开。

但就是这微微一顿，离得最近的一百多名骑兵蜂拥而上。

关塑一声大吼，道：“大哥，你们将门主带走，我来挡后。”

说完，身影一晃，双钩横扫，顿时十来名蒙古骑兵跌下马去。

原来，“坐山虎”关塑一看到上官红身边的“美姬剑”，就已明白上官红的身份。

蒙古军虽然不会武功，但个个英勇矫健，虽然受伤，滚落下马，但还是一声吆喝，十几名大汉同时涌上，各使蒙古摔跤手法，二十几只手一起抓向关塑。

摔跤勾打之术，蒙古人原是天下无双，关塑身子矮小，十几名骑手差不多高出他半头，眼见十几人抓到，关塑长须突然根根竖起，只听见一片惨叫之声，十几名蒙古兵捂着脸从山坡上滚落下来。

个个脸上鲜血淋漓，如刀剑划了一般，哀叫不已。

这时在左侧的两个骑兵，突然伸出双手，将关塑的长须抓住，长须自两人的手中滑出，胡子一拂，便将两人拦腰裹住，然后陡然将头一甩，长须飘拂，“呼”的一声，将两名身躯高大的骑兵甩在空中，像是被人用内劲掼出去一般，将身后冲在前面的几十名骑兵砸倒下马，顿时大乱，就这么一挡，三人带着上官红已翻过了山坡。

“大力神”巴颜图大声道：“大汗，我去将他们擒回来。”

成吉思汗惊疑未定，摇摇头道：“不用了，他们志向已定，留住也没用，由他们去吧。”

没想到在这关键时刻，三使者救了红儿，三使者是死亡门的人，而红儿是死亡门的门主，定然不会加害红儿，想到这里，柳天赐不由长长吁了一口气。

聂宋琴一直看着柳天赐，微微一笑，柳天赐恨恨地瞪了一眼，心想自己若能动弹，非一掌毙了这个反复无常的妖女不可！

成吉思汗骑在马上爱怜地看了聂宋琴一眼，说道："琴儿，你一个女孩子跑到中原，就不怕遇着危险，叫父皇担心。"

聂宋琴将嘴一撇，说道："你早知我到中原来见向天鹏，又说担心我，哼！"

成吉思汗哈哈大笑道："你可见着向天鹏了？"

聂宋琴道："向天鹏已死了，你是知道的。"

成吉思汗仰天说道："人终将会有一死的，但向天鹏的死的确蹊跷，我相信向天鹏绝不是被韩丐天打死，这其中被人利用了，唉，中原武林烽烟四起，天下大乱，这是一个大大的阴谋，不过，也终有个水落石出的时候，我想不会很快的……"

顿了顿，成吉思汗又道："琴儿，你和你妈的心思我知道，所谓世事如此，我所做的一切，只是顺天承命，你不会明白的，你母亲也永远不会明白的，因为这是一个民族与一个民族的仇恨，唉，不说了，我们回大都去吧！"

柳天赐忽然感到成吉思汗苍老了许多似的，但还是敬佩他分析得独到精辟。

成吉思汗所带来的骑兵所乘的都是蒙古优良战马，脚力均快，不到两个时辰，就已抵达蒙古草原。

柳天赐第一次看到大草原，天似苍穹，笼盖四野，天苍苍，野茫茫，风吹草低见牛羊。一望无垠的大草原上，碧天之下，几千座营帐如点缀在天幕上的星星，战马欢嘶，刀枪如戟，不由慨叹，难怪元军所到之处，如风扫落叶，常胜之师自有常胜之道。

到了帐前，马上有人上前参见成吉思汗和聂宋琴，两人上前搀扶成吉思汗下马，成吉思汗怒声道："退下，我铁木真下马都要人扶，还能一统天下吗?"说完，跃下马来，回头对聂宋琴答道："琴儿，叫你母亲过来，今天晚上，我要大摆宴席招待柳少侠。"

"巴颜图，快给柳教主解开穴道!"说完，哈哈大笑，携着柳天赐的手走进大帐。

柳天赐想不到成吉思汗会如此待己，凭自己武功，成吉思汗就在咫尺，只要一掌就可以将他打死，但人家对自己显然一片诚心相待，自己又怎能行小人所为。

柳天赐自与上官红一起悟出"有情天魔"和"无情地罡"剑法，身上魔性已除，只有一股天地浩然正气，所想所做的自然都是侠义中人所想所做。

柳天赐心想，大丈夫立身处世，该怎么样不怎么样，岂能在元人面前失君子之度，于是，昂然进入大帐。

成吉思汗见柳天赐气宇轩昂，不自禁地喜爱起柳天赐来，心想：若能将此人收归麾下，胜于攻下南宋十座城池，说道："柳教主，请!"

柳天赐在成吉思汗下首入座，成吉思汗哈哈大笑道："柳教主，来来，我铁木真和你一见如故，只是痴长你几岁，来，我俩同桌对饮。"

说完，将柳天赐拉到他左边坐下，不一会儿，聂宋琴换了一身崭新的蒙古服走进帐里，束着腰，将头发笼进帽子里，更见婀娜、明丽可人。

聂宋琴朝柳天赐灿烂一笑，径直走到他身边坐下，说道："父皇，娘说她不太舒服，不能来了。"

成吉思汗脸上掠过一丝不快，说道："我知道你娘不会来的，罢了，上酒，今天晚上我要和柳教主一醉方休。"

话音一落，八名美丽的蒙古少女手里托着煮开的马奶酒款款而入，成吉思汗说道："柳教主年纪轻轻，武功已致化境，在中原武林可谓是龙种人物，此所谓少年有成，哈哈，难得难得。”

柳天赐心里颇感沧桑，说道：“大汗抬爱，我柳天赐只是一介草民，胸中只有燕雀之志，只不过机缘巧合，武功方面才算得上有所小成，但在藏龙卧虎的中原武林中，这点技艺还不能登堂入室，。作为一个武林中人，我也没什么大的志向，只想凭自己的力量来挽救我们中原武林这次天大的浩劫。”

成吉思汗假意一惊，说道：“哦，柳教主所指的浩劫……？”

柳天赐道：“大汗早就知道，中原武林被一个极有野心的人所操纵，整个江湖阴云密布，杀机四起。”

成吉思汗哈哈一笑，说道：“偌大的中原武林，总没有一个人来主持大局，谁要想统一武林，肯定是有所牺牲的。”

柳天赐道：“不，这是一个巨大的阴谋，他愚弄了所有的人。”

成吉思汗欠了欠身子，说道：“你知道这个人是谁？”

柳天赐道：“当然！”

成吉思汗道：“以柳教主的根基，只要我铁木真的帮助，中原武林还不是听令于你，跟了我铁木真的人，我不会让他吃亏的。”

柳天赐哈哈大笑道：“我柳天赐纵然不屑，但是非曲直，民族大义还是分得清楚。没有大志，只是心愤蒙古残暴，侵我疆土，杀我同胞，柳天赐满腔热血，是为了武林正义和中原百姓而洒！”

成吉思汗伸手在桌上一拍，道：“这话说得好！我们敬柳教主一碗。”说着，举起碗来，将马奶酒一饮而尽。又道：“贵邦有一位老夫子曾道‘民为贵，社稷为轻，君次之’，这话当真有理，想天下者，天下人之天下也，唯有德者居之，柳教主也看到我大蒙古朝政清平，百姓安居乐业，各得其所，我铁木真不忍见南宋子民陷于疾苦之中，无人能解倒悬，这才挥师南征，不惮烦劳，这又何错有之！”

柳天赐端起斟满的马奶酒独自一饮而尽，朗声说道：“不错，我们大宋皇帝乃无为昏君，宰相将官个个大大的奸臣。”众人都是一怔，想不到柳天赐竟会直言指斥宋朝君臣，都一齐望着柳天赐。

柳天赐神情激动道："但你异邦入侵中原，杀戳无辜，尸横遍野，怎么说没有错，逐鹿中原，称王称霸，是你们有野心人所做的事，但天下兴亡，百姓疾苦，你们又有谁看得见？"

成吉思汗仰天长笑，说道："说得好，说得好，柳天赐可说是韩帮主和向教主之后的真豪杰，钦佩钦佩！但一人之力，何其渺小，不可逆转潮流！"

柳天赐道："君子量人不以力小而居之，所谓尽一分力，发一分光，我柳天赐今生既然陷于别人的阴谋，我必须将真凶揪出，为武林伸张正义。"

聂宋琴突然在一旁问道："然后呢？"

柳天赐道："然后，然后就和红儿找一处世间没有纷争、没有忧愁的地方，过着平静的生活！"

成吉思汗含笑道："醉情田园，植于沃野，安享清平，人生一大快事，柳教主可谓是性情中人。"

聂宋琴冷哼一声道："哼，亏你七尺男儿，说起来也不害臊，大丈夫不能担道义，担责任，担安危，那算什么，不如一个妇人，不以国耻，沉缅儿女私情，苟活人世！"

成吉思汗一愣，喝道："琴儿，不得放肆！"转而口气一软，又道："不过，琴儿说的也不是没有道理，男儿应当志存高远……"

柳天赐听了聂宋琴的话，有些汗颜，但还是怒声说道："人各有志，应量力而行。"

聂宋琴道："除利避害，小人之志！"说完站起身来拂袖而去。

第二十七章　大闹元营

刚走到帐口处，忽然传来一声桀桀怪笑，门口一暗，走进来三个人，走在前面的是一个驼背老妇，脸如风干的橘皮，一边怪笑，一边猛吟，像一个大病初愈的人，她身后跟着两个一模一样打扮的人，身上穿着布满口袋的长袍。

聂宋琴大惊，还没弄清怎么回事，走在前面的老妇人突然将口一张，一口浓痰向她电射而来。

聂宋琴连忙将头一低，老妇人身形滴溜溜地一转，右手一探，已将聂宋琴扣住。

这只是眨眼间的工夫，大帐内众人瞠目结舌，想不到竟有这三个怪物冲了进来，弄得大家都措手不及。

柳天赐更是大惊，他认出了两个身上布满口袋的人就是“千毒不毒怪”和“千毒怪”，这两怪在日前樟树镇露过面，怎么会跑到蒙古大营里来了，那老妇人就不知道是谁。

突然营房中号角声此起彼伏，四下里千人队百人队来往奔驰，将三人团团围住。

柳天赐暗暗心惊，心想：这成吉思汗引军布阵确有章法，幸好刚才没有妄动，不然的话，纵有通天的本领，怎能逃出这军马重围。

三人突然见自己被千军万马所困，也都俱是一怔。

就在这一怔之间，两名大汉已向“千毒怪”抓去，突然两声惨叫，两个抓着“千毒怪”的大汉翻倒在地，身上扭曲了一下，就已死去，脸色变黑。

众人大惊，纷纷向后退了一步，就像大白天撞见鬼一样，柳天赐知道“千毒怪”口袋中无毒不有，各种各样，千奇百怪的毒都能在他口袋中找得到，这些毒物一经碰上哪有命在。

这时大帐外火把通明，人影跑来跑去，万马齐嘶，一个人高声喊道：“禀告大汗，刚才三个已劫去了‘九龙珠’！”

成吉思汗脸色一变，沉声喝道：“不能放走一个！”

老妇人干涩笑道：“铁木真，你女儿在我们手里。”

成吉思汗阴沉着脸，说道：“今晚谁人抓住这三人，封为蒙古第一勇士，你敢伤害琴儿，我叫你们三个死无全尸。”

“千毒怪”高声喊道：“神偷怪，我们散伙吧，我哥俩个先走了。”

柳天赐心里大惊，想不到那像得了重病的老妇人竟是四怪中的“神偷怪”，在樟树镇上见到的“神偷怪”是一个男的，怎么会是个老妇人呢？

其实，“神偷怪”的确是个女人，并且还是当年江湖中的美女，以偷技和易容术著名，柳天赐在樟树镇所看到的神偷怪，是经过易了容的“神偷怪”。

“神偷怪”怪笑道：“哼！老娘早知你两个老怪物不是什么好东西，临阵脱逃！”

“千毒怪”笑道：“夫妻本是同林鸟，大难临头各自飞，我俩又不是夫妻，好，就此别过！”说完，两人身形急起，向大帐外掠去。

“神偷怪”高声叫道：“九龙珠在他们两个身上，别让他们跑了。”

众人都怕沾上了“千毒怪”身上的毒，见两怪闯来，纷纷往两边一闪，听了“神偷怪”的喊叫，又都拼死用长兵器封住了两怪的去路。

两怪见刀枪如林，只好翻身跃回，“千毒怪”伸手往怀里一掏，掏出一物，向成吉思汗掷去，喊道：“他妈的，不就是一颗破珠子，老子才不稀罕，给你!”

果然一颗明晃晃的珠子向成吉思汗急射而去，哲丝克横里一步，顺手一抄，接过那飞来之物。

突然，“啵”的一声，那物竟已炸开，散发一阵怪怪的香味，哲丝克和他身边的几个大汉翻倒在地，昏死过去，众人大骇。

“神偷怪”左手挟持着聂宋琴，右手成掌击出，“砰砰”两声，挡在她前面的两个蒙古兵脑浆迸裂。

柳天赐心想：我是帮谁？这三怪原来是来偷九龙珠，聂宋琴说九龙珠是蒙古人的至宝，二十年前侠道就有十一人来夺，未能成功，没想到让“神偷怪”获得，今晚，我何不与三人联手冲出去。

柳天赐心念甫动，只见成吉思汗身边蹿出几条人影，刚要迎上，忽然只感到自己右手被一只温暖的小手握住，仿佛柔滑无骨一般，侧头一看，见身边站着一个身形娇小的蒙古士兵，这士兵眉清目秀，握着自己的手满面惊喜，再看他的手洁白如玉。

心里一惊，想不到这蒙古军营竟然还有熟识自己的人，正疑惑间，那士兵小声呼道：“黑虎哥!”

柳天赐心神一荡，这才认出握着他手的是绿鹦，惊喜道：“绿鹦，你怎么会在这里?”

绿鹦妩媚一笑道：“爹爹要抓我到飞来峰去，为了见你，我偷偷溜出几次，都被爹爹抓着，后来我就偷偷地混到蒙古军营，在这里躲了十几天，没想到……没想到在这里遇上你了。黑虎哥，这是真的吗?”

柳天赐大为激动，双手握着绿鹦的小手，笑了笑说道：“两个月不见，人就变得好哭起来。”说着为绿鹦揩去腮边的泪水，绿鹦脸一红，更是泪如雨下。

人们都在如临大敌，有几个人看着自己的同伴和柳天赐低头细语，也没怎么在意，柳天赐劝说了绿鹦好一阵子，绿鹦才破涕为笑。

绿鹦在点将台上被父亲“无影怪”带走，准备将她带到飞来峰，绿鹦只要一有机会就脱身往北跑，她知道柳天赐要到北方的，就这样，父女俩像捉迷藏一样跑到了蒙古，绿鹦钻进了蒙古军营，将自己打扮成一个士兵，在蒙古军营里躲了十几天。

当天晚上，被调到成吉思汗的大帐，说是有紧急任务，号角声起，她和众士兵杀出，突见朝思暮想的柳天赐坐在大帐上方，欣喜不已，乘一片混乱之际，就走到柳天赐身边，握着柳天赐的手，怎叫她不高兴而泣。

柳天赐无意间乍逢绿鹦，也是万分高兴，只听绿鹦小声道："黑虎哥，我爹知道我在蒙古军营，只是几万人中难以找到我，我想他也在军营里，我不要和他回去，我们偷偷地走吧！"

柳天赐豪气一生道："好，我们今晚来个大闹元军。"

绿鹦思忖了一下，忽然脸上露出古怪笑容，说道："黑虎哥，你先和他们三人一齐往南冲，我去去就来……"说完人影一晃，就不见了，消失在大帐之外。

柳天赐双手朝成吉思汗一拱，朗声道："大汗，我柳天赐告辞了。"

成吉思汗此时只关心"九龙宝珠"，面上一笑，言不由衷地说道："道不同不相为谋，柳教主请了。"说完又转身看着场内。

巴颜图等人站在成吉思汗身边，相顾愕然，一齐望着成吉思汗，均想：好不容易，鱼儿入网，岂能纵虎归山。但成吉思汗客客气气地送柳天赐出帐，众人也不便动手。

三怪虽然都个个武功了得，但蒙古兵一批又一批，蜂拥而上，三人杀得手都累软了，个个大汗淋漓，气力不支，凶险异常，陡然听到柳天赐一个人往帐外走，柳天赐的大名三人早就听说，只是一时想不到在这绝境之中遇到他，分不清他是敌是友，但不管怎么说，他是个汉人。

"神偷怪"从怀里掏出"九龙珠"向柳天赐击去，学着"千毒怪"的口气，高声喊道："不就是个破珠子，老娘才不稀罕。"

众士兵以为又是什么会爆炸的毒珠儿，纷纷避开，不去接它，柳天赐反手一抄，接在掌心一看，掌中红光大盛，九条血龙在珠子里盘旋游动，果真是“九龙宝珠”。

心想：“神偷怪”怎么将宝珠给我，回头一看，几条人影从后方蹿出，几个起落，就拦住了他的去路，旋即明白，“神偷怪”这是金蝉脱壳。

“大力神”巴颜图如一尊黑塔站在他的面前，说道：“大汗既已放你走，但你得将你手中的珠子留下。”

柳天赐将“九龙珠”放入怀里，笑道：“就此别过，后会有期!”

就在说完后，四个人奔到身前，将他团团围住。

这四个人均是一流高手，与人动手，决不肯自坠身份，倚多为胜，但柳天赐武功实在太高，每人又均想得那“蒙古第一勇士”的称号，只怕被别人抢了头功，再说形势已是危急万分。

但见白刃闪动，刀光耀眼，四人手中均已执了兵器，“大力神”所持的双斧站在前面，左边一个秃头执一条钢鞭，右边的一个麻脸手中拿一根铜棍，后边的一个鹰钩鼻的人拿着一根鸠杖。

柳天赐看四人奔跑身形和取兵刃手法，四人中似是秃头的武功较弱，当即双掌拍出，击向秃头的面门，左边的麻脸铜棍一立，向柳天赐掌心点来。

柳天赐右手回转，突然暴伸两尺，伸手抓住了秃头的金鞭，秃头待要抖鞭回击，鞭梢已入敌手，当即顺着对方一扯之势，和身向柳天赐扑去，但左手中已多了一柄明晃晃的匕首。

柳天赐叫道：“好!”双手同施擒拿，右手仍是抓住钢鞭不放，左手径自来夺秃头的匕首，就这样柳天赐和秃头的双手已成了交叉之势。

秃头满以为这一匕首刺出，柳天赐非放脱钢鞭而闪避匕首不可，谁知连匕首也要一并夺去。

就在这时，巴颜图板斧和麻脸的铜棍已同时攻到，柳天赐一扯钢鞭不下，大喝一声，一股罡气自钢鞭上传了过去，秃头胸口犹如被大铁锤重重一击，眼前金星乱舞，“哇”的一声，喷出一口鲜血。

秃头自知受伤不轻，慢慢地退开，在地下盘膝而坐，气运丹田，忍住鲜血不再喷出。

巴颜图三人见柳天赐一出手就将秃头打伤，俱都一惊，三人不敢冒进，严密守住门户。

三怪见柳天赐果然和元军作战，并且武功高猛，顿时群情振奋，“神偷怪”抓起挡在身前的两个彪形大汉，随手掷出，将帐篷砸了两个大洞，圈子扩大，三人同时松了一口气。

柳天赐见招拆招，虽然和三人打成了一个平手，但心里还是暗感焦躁，心道：如此缠斗下去，我终究要抵敌不住。

忽听得怪啸一声，麻脸手中的熟铜棍一摆，余地挑而上，柳天赐侧身避过，突觉眼前一暗，铜棍的端部喷出一股黑烟，鼻中顿时闻到一股腥臭之气。

柳天赐一掌拍出，麻脸大惊，暗想：便是狮虎猛兽，遇到我棍中的毒砂，也得晕倒，他居然若无其事，这可奇了！他哪里知道，柳天赐自吞了化毒神珠，连“千毒怪”的“化骨散”都不怕，百毒不侵，你毒砂如何能使他晕倒。

大力神和鹰钩鼻便在柳天赐之侧，虽非首当其冲，但闻到少些，已是胸口烦恶欲呕，忙蹿跃远离。

柳天赐斜过身子，却见鹰钩鼻的鸠杖已夹着风声打到跟前，当下一记“隔山打牛掌”击出。掌出，气劲如潮，涌动间发出虎口啸龙吟般。

鹰钩鼻身子矮小，行动敏捷，急忙往地下一扑，随即几个小筋斗就像一个大皮球般地滚了开去。

柳天赐见有隙可乘，叫道：“咱们走吧！”说着已率先冲了出去。

三怪心中大喜，连忙几个急攻，将身边的蒙古兵打得东倒西歪，向柳天赐打开的缺口冲去，四人冲出了大帐。

巴颜图见柳天赐脱出包围，飞蹿起来，柳天赐身后的蒙古兵马与他相距不过数丈，纷纷抢先，十余枝长矛指向他的背心，柳天赐双臂一振，架开了长矛，反手抓住两名军士向巴颜图掷去，叫道：“接住了!”

巴颜图伸手接住，这么一延缓，势必给柳天赐走得更远，当即侧过左肩一撞，两名军士倒飞丈余，“大力神”抡着板斧猛往柳天赐背上砸去。

柳天赐情知只要还得一招，立时给他缠住，数招过后，麻脸和鹰钩鼻又跟着攻上，那时想脱身又得大费周章，当即夺过两枝长矛向后戳去。

虽然长矛向后戳去，但柳天赐的脚下却没片刻停留，背上犹如长了眼睛一般，一矛刺向“大力神”的右肩，一矛刺向他的胸口，准力劲力，绝无半分减色。

“大力神”巴颜图暗暗喝彩，双斧横砸，“喀喀”两声，双矛齐断。

这时柳天赐和三怪已钻入了蒙古军的大帐中去了。

大帐外的蒙古军排得密密层层，这些蒙古兵本是追三怪追到这里，三怪忽然钻进成吉思汗的大帐，于是，这些蒙古兵就列队守在外面，不敢贸然进去。

此时柳天赐四人抢入阵来，如虎入狼群，蒙古兵阵脚大乱，柳天赐左拍右推，蒙古兵东倒西歪，只听见刀枪撞击，叱喝叫嚷，反而阻住了“大力神”等三人的追击。

柳天赐藏身军马之中，犹如入了密林，反比旷地上更易脱身，他几个起伏，奔到一名大呼小叫的马夫长马前，伸手将他拉下马来，随即跃上马背，在众军中东冲西突。

三怪也效法柳天赐，各自抢一匹马，突然一声娇叫，柳天赐一回头，见“神偷怪”翻身上马，但她手上扣住的聂宋琴被几名蒙古兵活活的拽下马来，衣服自袖子处撕开，露出雪白的胸脯，此时正卧在地上，蜂拥而上的铁骑正朝她头上踩去。

聂宋琴被成吉思汗封为“草原圣女”，地位崇高，若在平时，谁敢动她一个指头！但此时大家都杀红了眼睛，哪里顾得那么多，管你什么圣女、公主，只管往上踩，眼看聂宋琴就要被铁骑踩成肉泥。

柳天赐转过身，将马屁股一按，坐下的马后足跪下，双掌接住踏向聂宋琴身上的马蹄，猛力一掀，四匹马翻倒在地，反手一抄将聂宋琴抱在怀里。

这时一支长矛向柳天赐当胸刺来，柳天赐忽然往地下翻倒，低头一看，见自己抢过的马不堪刚才所使的神力，竟口吐白沫，倒地而毙。

柳天赐将聂宋琴往背上一摔，探手将长矛握住，挑起那枝长矛，横里一扫，顿时倒下一片。

此时，“大力神”、麻脸、鹰钩鼻又已攻到身前。

柳天赐四顾见战马云集，人声鼎沸，比刚才围得更紧了。

王帐前的大旗下，成吉思汗右手持着马鞭，凝神观战，神情甚是肃穆，想不到中原竟还有如此勇士。

柳天赐大喝一声，背着聂宋琴向成吉思汗扑去，只三四个起落，就已蹿到成吉思汗身前，左右护卫亲兵大惊，几十人忙挺着长刀长矛上前阻拦。

柳天赐率着三怪突围而出，成吉思汗也走出大帐，心里又惊又惧，见柳天赐如下山猛虎，在千军万马中左冲右突，横扫千军，慨叹不已，深责自己刚才不该纵虎归山，突见自己的爱女滚落下马，心里大急，正准备大声喝止，危急之时，却见柳天赐反而救了琴儿，心里大是不解，分不出柳天赐是敌是友。

其实柳天赐在危急之时救下聂宋琴，当时他完全想都没想，就尽自己全力救了，因为他始终感到聂宋琴怪怪的，凭自己的感觉聂宋琴绝不会害自己。

柳天赐掌风呼呼，挡者披靡，三名蒙古兵被他掌力扫得向外跌开，只须再抢数步，掌力便可及成吉思汗之身。

众亲兵大骇，舍命来挡，但又怎敌得住柳天赐的神勇。

“大力神”巴颜图见形势危急，将手中的一把板斧飞出，往柳天赐头上砍去，柳天赐低头让过，脚下丝毫不停。

这时，成吉思汗身前已形成一个大的空缺，柳天赐飞身一跃，右手一探，想将成吉思汗抓住。

突然，背上的聂宋琴发出一声尖叫，柳天赐心里一怔，反掌扫出，巴颜图和鹰钩鼻忙向两边纵开。

柳天赐转过身来，见巴颜图和鹰钩鼻并没伤聂宋琴，心中大怒，真想将聂宋琴从背上摔出去。

聂宋琴见柳天赐咬牙切齿，知他恨自己，附在他耳边说道：“天赐，你若将我摔下去，又何必救我。”

柳天赐脸一红，心想：她怎知我是这么想的，这妖女！只听聂宋琴吹气如兰，又说道：“谢谢你，你心里很怕蒙古兵伤害我，是不是?”

说着，紧紧搂着柳天赐的脖子，缕缕青丝拂在他的脸庞。

柳天赐冷哼一声，正要回话，忽瞥见麻脸的铜棍急点聂宋琴后心要穴，柳天赐一掌拍向巴颜图，左掌一摆，“砰”的一声，只震得麻脸全身发烧，一张麻子脸顿时通红。

但便在这时，鹰钩鼻着地滚进，鸠拐挺上，鸠头已触到柳天赐左肋。

柳天赐全身内力有七成对付麻脸，三成对付巴颜图，全无余力抵挡鹰钩鼻，危急间，左肋硬是缩了半尺，总算避过了敌招最厉害的一着，但鸠头还是刺入他肋中数寸。

柳天赐一运气，肌肉回弹，鸠头进势受阻，再难深入，跟着飞起左腿，将鹰钩鼻踢了个筋斗，“喀喳”一响，鹰钩鼻三根肋骨齐断。

这一边，麻脸和鹰钩鼻同时挫败，巴颜图却乘虚而入，掌力疾摧，柳天赐左肋气门已破，再也抵挡不住，只觉一股大力排山倒海般压至，再行硬拼，非命丧当场，心想：我柳天赐命休矣！

突然，柳天赐后背上的聂宋琴飞身跃起，落在柳天赐面前。

巴颜图大惊，收回掌力，饶是如此，聂宋琴还是硬接了巴颜图四成功力，“砰”的一声，聂宋琴身子连晃，倒在柳天赐怀里，“哇”的一声，喷出一口鲜血。

柳天赐百感交集，抱着聂宋琴，抽出龙尊剑舞成一团剑花，护住聂宋琴，势如疯虎，招招都是拼命。

巴颜图和麻脸一呆，柳天赐“刷”的一剑向巴颜图刺去，剑光颤动，又向麻脸回刺，两人见他双目通红，神情大异，不由得退开两步。

巴颜图和麻脸一呆之下，又提起兵刃，一齐攻向柳天赐，但“天魔剑法”何等厉害，竟逼得两人近不得身，蒙古数千军马四下里围住，吆喝声震天动地，眼观三人激斗。

柳天赐只感到怀里的聂宋琴气若游丝，心中发急，急攻数剑，冲天而起，但巴颜图的板斧力劈而下，无奈柳天赐只得再次跌下，如此反复几次，都被逼回，柳天赐最后一冲，几名蒙古兵长矛在空中架住，柳天赐挥剑一扫，竟然将长矛网打破，再次跌落，手一软，长剑险些脱手，心里一惊，才知自己太心急，而力虚所致，再这样硬打硬拼，势必力乏困死，只得长长吸了一口气，与二人游斗。

就在这时，忽见北面几座营帐火光冲天，一会儿，大火蔓延，风助火势，火借风力，越烧越旺。

蒙古兵大乱，奔走相呼道：“救火哇，救火哇！”“不好了，有人点火烧营。”

跟着一个娇小身影的蒙古兵骑着马杀到柳天赐身边，蒙古军马纷纷散开。

柳天赐已认出了绿鹗，这才知道她去放火烧营，不由得精神大振，长剑一封，砍在巴颜图的板斧上，顿时那厚厚的板斧被削掉一角，火花四射。

这时，火势愈来愈猛，将天空都照亮了，柳天赐看清方位，巴颜图一怔之下，将板斧顺势朝前一送，板斧伴着一股劲风压将过来。

柳天赐怕伤了聂宋琴，不敢侧身闪避，回剑相挡。

巴颜图板斧微斜，“嗤”的一声轻响，柳天赐右手下臂被斧口划伤，伤口虽然不深，但划破血脉，鲜血迸流。

巴颜图一招得手，大喜，板斧往回一拉，偏削出去。

这时绿鹦高声喊道：“大力神，你先下去，让我来擒他。”

巴颜图见一个蒙古兵飞身一跃将自己板斧挡住，心想：军中有这般好手，我怎从未见过，难道是与我抢“蒙古第一勇士”称号来的，于是大喝一声道：“这里用不着你，我巴颜图一人足矣。”嘴上说着，手上却丝毫不慢。

绿鹦一声娇笑，身子弹起，说道：“我不管了!”话还未说完，巴颜图只觉得后颈一凉。

绿鹦人影一晃，运了登天轻功，在空中毫不借力的就翻到巴颜图的后背，巴颜图哪曾见过这样形同鬼魅的轻功，忙将脖子一缩，板斧拉了一个大弧线，向后一砍，柳天赐乘机抱起聂宋琴，跃上了一匹无主的马。

其实，绿鹦身子后翻，长剑下带，剑风及巴颜图的后颈，巴颜图不用转身，也伤不了他，但颈部是敏感部位，巴颜图颈脖极粗，猛地感到一股凉意，叫他如何不骇，板斧拉回，用力过猛，将身后的一匹马连头砍下。

绿鹦见柳天赐上马，长剑脱手向巴颜图掷去，巴颜图用力过头，只得贴地一滚，避了过去，绿鹦身子平飞，抢了一匹马，两腿一夹，在柳天赐的马上拍了一下，两马负痛，向南疾驰而去。

三怪被几千名蒙古兵缠住，陡见缺口大开，也连忙跟着柳天赐向南急逃。

整个蒙古草原火光冲天，千万人来来往往，救火的救火，打斗的打斗，热闹得不可开交，绿鹦欣喜不已，从没看到如此热闹的场面。

巴颜图见几人逃脱，大踏步追了上来，他身躯高大，一步有异常人两三步远，连跨几步，竟追上了跑在最后的“千毒不毒怪”，伸手将“千毒不毒怪”所乘的马尾拉住，猛的往后一拉，“绷”的一声，竟将马尾拉断，那马吃痛，一声长嘶，向前跃去，扑倒在地。

“千毒不毒怪”没想到巴颜图如此神力，大惊之下，身子借势一跃，纵到“千毒怪”的身后，两人合骑一马。

“千毒怪”从口袋中摸出一把东西，向后急射，巴颜图知道厉害，不敢硬接，挥动半截马尾一扫，将暗器打落在地。

这时，大队蒙古军马却也急冲追至，蒙古军督战的万夫长大喝道：“放箭！”这些蒙古兵个个都训练有素，能征善战，马不停蹄，人在马上弯弓搭箭。

刹那间，千弩齐发，五人只感到身后劲风猎猎，各自用兵器回挡，五人中，绿鹗内功稍差，后背中箭差点摔下马来。

蒙古兵一边追杀，一边放箭，因而速度还是缓了一些，柳天赐六人乘四匹马追风逐电，迅如流星，片刻间将追兵抛在后面。

这时，巴颜图从一名蒙古军官的手中接过铁弓长箭，拉满了弦，搭上狼牙雕翎，向柳天赐劲射。

柳天赐不用回头，从这劲急异常的箭中就知发箭者显是内力极为深厚，柳天赐食指一伸，发出一道剑气，迎着那支利箭，那来势甚疾的羽箭受到柳天赐剑气的阻力，在空中顿了顿，“砰”的一声，箭头折断。

巴颜图大骇，想不到柳天赐施的什么法，内力如此惊人。

四匹马风驰电掣，不一会儿将追兵远远地抛在后面，再也没听到吆喝之声，天空星光灿烂，四周寂静，只听见马蹄声在空旷的草原上传得很远，还有马儿喘着粗气的呼吸声。

柳天赐抱着聂宋琴，问道：“聂宋琴，你怎样？”

聂宋琴“嘤”了一声，柳天赐探他鼻息，只觉得呼吸微弱，知道一时无碍，转头又呼道：“绿鹗，绿鹗！”

绿鹗应道：“黑虎哥，我不要紧！”

柳天赐心里一宽，再也支持不住，更昏昏沉沉地伏在马背上，任着马儿奔驰。突见前面又有许多军马过来擒上官红，当即挥长剑，大叫道：“别伤了红儿!”左右乱刺乱削，眼前一团模糊，只见东一张脸，西一个人，舞了一阵剑，终于撞下马来，他还在大叫道：“杀！杀！杀……”蓦地里天旋地转，人事不知!

也不知过了多久，柳天赐这才悠悠醒转，他极不情愿地睁开眼睛，只感到阳光刺目，耳边流水淙淙，仿佛沉睡了一个世纪。

打量四周，他欣喜地发觉自己处在一个山谷里，阳光灿烂，四匹马围成一圈，躺在自己身边，为自己遮挡风寒。

原来柳天赐昏倒在马上，但他食过“通兽灵丹”，所以马儿就把他带到避风的山谷，然后围成一圈护着他，为他取暖。

聂宋琴躺在自己的怀里，赤裸着胸脯，紧紧地贴着自己，脸色苍白，柳天赐惘然地看了一眼这个她读不懂的女孩，为她整理好衣服，扶着她坐起。

绿鹦趴在马肚子上沉沉睡着，嘴里还喃喃地念着“黑虎哥，黑虎哥!”一支羽箭还插在她的背上。

柳天赐这才回想起昨天晚上的一场恶斗，心惊不已，小臂的伤口现已结痂了，醒是醒了，但他觉得身上一点力气也没有，人一点也不想动。

不一会儿，三怪也醒了，“千毒怪”跳起来，大骂道：“谁把我们弄到这个鬼地方?”

突然，“叭”的一声，“神偷怪”出手如电在“千毒怪”的脸上掴了一巴掌，“千毒怪”大怒道：“疯婆子，你干嘛打我!”

“神偷怪”双眼一翻，道：“睡在老娘的玉腿上，又不撒泡尿照照，凭你也想吃老娘的豆腐。”

柳天赐听了不由微微一笑，“千毒怪”老脸一红，讪讪说道：“是你将玉腿放在我头下的，怎么怪我。”

"神偷怪"抽回双腿，卷起裤脚揉了揉，柳天赐一看，不由吓了一跳，"神偷怪"的小腿果真洁白如玉，发出晶莹的柔光，弹指欲破，奇道："这老婆子怎会有这么美的玉腿，真是不可思议。"

"神偷怪"笑道："这么说，是老娘勾引你了，你们两个老鬼一直跟着我，又是为了什么?"

"千毒怪"气呼呼地说道："我兄弟俩都知道你是江湖上第一大美女，可不敢生什么非分之想!"

柳天赐不由哑然，这"千毒怪"是不是吃错了药，这么丑的老妇人居然是天下第一大美女，只听见"千毒怪"又道："你偷了我们的十一颗珍珠，只要你还给我们，我俩就会在你面前消失。"

"神偷怪"大笑道："我还以为是什么东西，给你!"说着从怀里掏出一个蓝色的荷包，抛给"千毒怪"。

"千毒怪"一愣，想不到"神偷怪"这么轻易地将"聚龙心经"给自己，打开袋口一看，果真十一颗珍珠都在里面。

柳天赐认得那是上官红的蓝荷包，十一颗珍珠是红儿仿那颗真的"聚龙心经"做的。

突然，"神偷怪"咯咯娇笑，那笑声如一串银铃，仿佛一个十七八岁的少女所发出的，"千毒怪"和"千毒不毒怪"相顾愕然，"千毒怪"说道："你笑什么?"

"神偷怪"好久才停住笑声，说道："你两个天底下最大的傻瓜，这十一颗只不过是普通的珍珠，无论是色泽还是质地，都算不上什么值钱的东西，偏你两个怪物把它当宝贝，还将老娘追到蒙古。不过，这得谢谢你俩，让我神偷顺手牵羊地得了成吉思汗的'九龙珠'!"

柳天赐这才明白，在樟树镇"神偷怪"偷了"千毒怪"的宝珠，两怪穷追不舍，才将"神偷怪"追到蒙古大营，"神偷怪"在蒙古大营里偷了"九龙珠"，被蒙古兵逼到成吉思汗大帐里，正好碰到自己。

"千毒怪"和"千毒不毒怪"大为沮丧，"神偷怪"咯咯一笑道：

“不过，你们也不要泄气，有一颗珠比你们所要的‘聚龙心经’可珍贵得多!”

“千毒怪”两兄弟双眼马上大放异彩，齐问道：“什么珠子?”

“神偷怪”道：“就是我从成吉思汗那里得到的‘九龙珠’!”

“千毒不毒怪”说道：“‘聚龙心经’是武林泰斗龙尊的武功秘笈，那九龙珠是什么东西?”

“神偷怪”又是银铃般的笑声后，说道：“这你们就不懂了，你知道二十年前中原武林前去夺‘九龙珠’的事，他们为什么要去夺，就是因为‘九龙珠’是至高无上的武林秘笈，中原武林的那些侠道人物，怕成吉思汗习得上面的武功，成为天下第一，整个蒙古人对它顶礼膜拜，也是这个原因。”

柳天赐听得不由瞠目结舌，想不到“神偷怪”居然能如此瞎说乱讲，不过，也是有模有样，说得煞有介事。

“千毒怪”和“千毒不毒怪”听完了“神偷怪”的话，都一齐贪婪地望着柳天赐，柳天赐这才想起，“神偷怪”为了将自己拉在里面，使了一个金蝉脱壳，将“九龙珠”扔给自己了，现在“九龙珠”就在自己怀里，他这才明白“神偷怪”一气乱说的用心。

原来“神偷怪”在危急时将“九龙珠”抛给柳天赐，现在脱离了危险，心里又后悔起来，“神偷怪”一生偷过不少的东西，连大宋皇上的玉玺，只要她心动，也可以偷过来，所以她深知“九龙珠”的珍贵，可柳天赐的武功她是见识过的，她不想去冒这个险，所以，她就让“千毒怪”和“千毒不毒怪”先去投石问路。

果然，“千毒怪”两兄弟站起身来，柳天赐暗自叹了一口气，只觉得四肢百骸软绵绵的，一无所依，心想：此时别说斗两怪物，就是一个村夫也可以将自己打败。

两怪对柳天赐也颇为忌惮，不敢贸然而进，“千毒怪”说道：“柳教主，你伤得重不重，不要紧吧!”

柳天赐坐起身子，仰天大笑道：“你们两个是不是要得‘九龙珠’，很好！不过，你两人要赢得我一招半式，我就给你，你们三人一起上吧！”

三人一听柳天赐的笑声中气充足，再看他的神态镇定自若，无不骇然，柳天赐扬威于元军之中，耀武于万众之前，这份功力可谓是前无古人后无来者，就算是三人合力也不是其对手的。

见三人惊疑未定，柳天赐淡淡一笑，说道：“千毒怪，你那兜里什么东西最毒？我们来打一个赌怎么样？”

“千毒怪”疑问道：“怎么赌?!”

柳天赐道：“只要你能将我柳天赐毒着，这‘九龙珠’就交给你们三人!”

“千毒怪”暗想：你这不是往枪口上撞吗？就算你武功盖世，百毒不侵，我的“腐骨散”就会让你立时倒地，桀桀一笑道：“柳教主，我们与你无怨无仇的，我看这赌就别打了，你只要交出‘九龙珠’，我们就……”

柳天赐打断他的话，说道：“你就不用担心，所谓愿赌服输，我觉得这是公正的一个方法!”

“神偷怪”提了一口气，她知道“千毒怪”使毒天下无双，只等柳天赐一倒地，就将九龙珠抢到手。

柳天赐又道：“不毒怪，千毒怪身上最毒的毒物，你能解得了吗?”

“千毒不毒怪”摇了摇头说道：“还没研制出解药。”

柳天赐笑道：“如果千毒怪的毒物没将我毒死，说明我能解，同时，你也输了，是吗?”

“千毒不毒怪”满不相信，心想：你自己自寻死路，还在这里牛皮哄哄，那“腐骨散”是聚天下三大巨毒合炼而成，连我都无法解毒，想不到你死到临头，还笑眯眯的，于是说道：“那当然!”

柳天赐道：“当然，打赌是要公平的，所以如果你们输了，不毒怪可要为她们解除身上所受的箭伤和内伤。”

“千毒不毒怪”看了一眼还昏迷不醒的绿鹦和聂宋琴，绿鹦背上的箭如果稍稍向左偏一点，射中心脏，那就是华陀再世也无回天之力。而聂宋琴的内伤更重，脸色苍白如纸，如果自己施手相救，也不是什么难事，说道：“好！”

“千毒怪”从胸前的口袋里掏出一枚黑色药丸，伸指一弹，药丸如箭般的向柳天赐射去，柳天赐一张嘴，将药丸吞了下去。

三怪都睁大眼睛凝视着柳天赐，约摸过了一盏茶的功夫，柳天赐突然翻倒在地，“神偷怪”身影一晃，快速绝伦地向柳天赐怀里抓去。

“千毒怪”和“千毒不毒怪”大惊，想不到“神偷怪”占了先机，双双跃起。

突然，“神偷怪”怪叫一声，身子向后倒飞，柳天赐哈哈大笑，坐直身子。

柳天赐虽然功力大伤，这一掌还不到他的五成功力，但“神偷怪”毫无防备，幸好她武功绝顶，应变极快，借掌力向后翻出，但还是“蹬蹬蹬蹬蹬”退了五步，惊魂不定地望着柳天赐。

“千毒怪”和“千毒不毒怪”两兄弟更是瞠目结舌，柳天赐服了“腐骨散”这天下最毒的毒物，不但没事，反而红光圆润，神光电转，两人相互望了一眼，大惑不解。

柳天赐自己也感到奇怪，他只知道自己在东赢山上服了化毒神丹，百毒不侵，没想到服了“腐骨散”体力竟奇迹般地恢复。